DE ZEVENTIENDE ZOMER VAN MAURICE HAMSTER

DE 17de ZOMER VAN MAURICE HAMSTER

Laure Van den Broeck

Clavis

Laure Van den Broeck
De zeventiende zomer van Maurice Hamster
© 2009 Clavis Uitgeverij, Hasselt – Amsterdam
Omslagontwerp: Studio Clavis
Trefw.: vriendschap, vertrouwen, diefstal, coming of age
NUR 285
ISBN 978 90 448 1084 4
D/2009/4124/070
Alle rechten voorbehouden.

www.clavisbooks.com

Dit boek is gedrukt op papier met een certificaat
van de Forest Stewardship Council,
die verantwoord bosbeheer stimuleert.

Voor Denis

Iedere schrijver kent wel dat bloedstollende moment waarop je je boek voor het eerst schoorvoetend uit handen geeft aan een welwillend persoon, en vervolgens meteen achter de sofa wegduikt. De volgende mensen wil ik uit de grond van mijn hart bedanken voor hun vurige aanmoedigingen, hun opbouwende kritiek en hun scherpzinnige commentaren: Denis Drieghe, Stefanie Vande Peer, Claire Basquin en Allyna E. Ward.

# 1

'Hé, daar komt de hamster!'
Ik draaide me om en wenste dat ik de bus had gemist. Achterin zaten Heinz, vroeger een vriend van me, zijn verfoeilijke liefje Melanie, en Martin en Ashley, een duo boerenzonen die niets liever deden dan iedereen de duvel aandoen.
  Heinz gaf me een knikje, bijna onmerkbaar, en draaide zich toen weg om iets tegen Melanie te zeggen. Toen hij en ik jonger waren en nog vrienden, had ik het fijn gevonden dat hij zo volgzaam was en ik hem kon commanderen. Nu verafschuwde ik hem om precies dezelfde reden. Hij had zich helemaal laten inpakken door een schepsel als Melanie. Ze was niet bepaald een schoonheid en bezat de twijfelachtige charme van een babyhaai, die zijn ongeboren broertjes en zusjes opvreet in de baarmoeder.
  In het begin van hun relatie had Heinz nog af en toe met me gepraat, tot Melanie daar een eind aan maakte. Het was zo'n vier maanden geleden dat we nog iets tegen elkaar hadden gezegd.
  Ashley en Martin zaten met elkaar te konkelfoezen. Ik hoorde ze hinniken en met hun voorste tanden klapperen, in een poging een paard na te bootsen. Waarschijnlijk waren ze opgewonden door het weer, dat was losgebarsten in een vervaarlijke storm.
  Ik negeerde ze.
  Toen zei Martin, luid en sloom: 'Hey, cowboy! Wil je bij me in het zadel?'
  Met een schok realiseerde ik me waar het over ging. Een maand voor de schoolvakantie had iemand een foto van een cowboy met ontbloot bovenlijf en wulps getuite lippen op mijn kastje geplakt. Ik had aangenomen dat die bedoeld was voor een of andere meid

en per vergissing bij mij was terechtgekomen. Nu wist ik wie erachter zat. Tuurlijk. Het was typisch de humor van Ashley en Martin. Ashley, de meest bijdehante van de twee, had ooit heel wat deining veroorzaakt in de klas toen hij een jonge, knappe vervangingsleerkracht had gevraagd of ze gevoelige tepels had.

Ze bleven maar joelen en hinniken. Ik besloot om de tegenaanval niet rechtstreeks te voeren, maar via Heinz.

'Hé, dikkop, kun je je vriendjes niet laten zwijgen?'

Heinz keek uitdagend terug, maar met een zweem van bezorgdheid. 'Wat is het probleem?' Hij had een hekel aan ruzie.

Melanie staarde me aan zonder een spier te vertrekken, op wat ze zelf waarschijnlijk een treiterend onverschillige manier vond.

Ashley riep vrolijk: 'Sorry, hamstertje, niet kwaad bedoeld. Maar vertel ons eens, wie mag er achter op je paard?'

Ik draaide me naar hem om. 'Jij in elk geval niet, Ashley, want ik heb geen zin in kerels die naar varkens stinken en met moeite hun naam kunnen schrijven. Trouwens, je hebt al een vriendje.'

Ashley keek boos. Martin riep, voor de hele bus: 'Rukker!'

De buschauffeur had er genoeg van, ging op zijn rem staan en riep dat hij geen onbeschofteriken op zijn bus wilde.

Ik draaide me om en keek naar de regen.

Ze begonnen weer te giechelen.

Ik was woedend.

Zeven jaar geleden emigreerden Heinz en zijn ouders, de Bubendorfs, uit Duitsland naar Amerika en vestigden ze zich in Graynes. Heinz' vader was een spoorwegingenieur die werkte aan een hogesnelheidslijn tussen Boston en New York, die nooit af raakte. Zijn moeder was huisvrouw.

Toen Heinz voor de eerste keer in ons klaslokaal opdook, een bleek, stil jongetje met onberispelijke manieren, voelde ik me onmiddellijk tot hem aangetrokken. Ik herkende iets van mezelf in hem, want ik had twee jaar, van mijn zevende tot mijn negende, met mijn moeder op het Griekse eiland Hydra gewoond. Net als ik een jaar eerder was Heinz een nieuwkomer, een outsider die was verkast uit een ander werelddeel. In zijn blik las ik een ziekmakend verlangen naar wat hij had achtergelaten, en een verbaasde weerzin tegen de wereld waar hij het nu mee moest stellen. Hij keek zwijgend om zich heen, met zijn ogen knipperend als was hij nog maar net van het vliegtuig gestapt, gedesoriënteerd door een nacht slecht slapen en het ruwe ontwaken in vijandig gebied.

Heinz' aura van beleefdheid en weerloosheid liet een alarmbelletje rinkelen in mijn hoofd. De leerkrachten zouden dol op hem zijn, maar onze klasgenoten, een kluwen van lawaaiige, verwende en nauwelijks opvoedbare rotkindertjes, zouden hem levend verslinden wanneer ze de kwetsbaarheid van de nieuweling roken.

Dus ik stak daar een stokje voor. Met een nonchalante glimlach, alsof we elkaar al van ergens kenden, stapte ik tijdens de speeltijd op hem af, vastbesloten hem geen seconde te lang alleen te laten. Ik hield hem uit het zicht van de andere kinderen, kringelde om hem heen als een eenmansrookgordijn en babbelde non-stop. Ik spuide, zonder erbij na te denken, de meest uiteenlopende opmerkingen over de school en de leerkrachten. De plek in de haag waar je net doorheen kon als je te laat kwam en de poort dicht was, het bankje in de klas waar de hele vakantie een rot ei in had gezeten.

Het lukte. Ik slaagde erin ons te laten opgaan in de massa. Mijn tactiek had gewerkt.

We werden vrienden, maar wat later werden we tieners en kwamen we op de grote middelbare school terecht. De vanzelfsprekendheid waarmee we vanaf de eerste dag met elkaar waren omgegaan, verdween langzaam. Heinz begon dingen leuk te vinden die mij verveelden, zoals football en auto's. Hij kreeg andere vrienden, jongens die zijn interesses wel deelden. Hij raakte zijn babyvet niet kwijt, zoals de meesten onder ons, maar kwam zelfs een beetje aan en begon op aanraden van de gymleraar intensiever aan sport te doen. Hij kweekte spieren, maar zag er nog steeds *gemütlich* uit.

Hoewel we uit elkaar groeiden, bleef ik wel nog lang de status van Eerste Vriend van Heinz Bubendorf genieten. Mijn onzichtbare lobbywerk destijds had ervoor gezorgd dat hij nooit een buitenbeentje had hoeven zijn, en het was maar normaal dat ik op mijn beurt privileges genoot. Toen ik en een paar anderen naar Heinz' huis gingen, was ik degene die na vijf uur mocht blijven en aristocratisch met de Bubendorfs dineerde. Heinz was enig kind en converseerde met zijn ouders als hun gelijke. Dat maakte de etentjes, die op zich al iets formeels, iets on-Amerikaans hadden, extra speciaal. Ik was dol op hun gastvrijheid, hun voorkomende manier van doen, hun zangerige Duitse stemmen en de manier waarop ze 'Oiropa' zeiden in plaats van 'Europa'.

Mevrouw Bubendorf was erg met me ingenomen. Ik hielp haar met de niet eenvoudige speurtocht naar een schoenmaker en de bakker met het lekkerste brood. Ik gaf haar tips over het bereiden van de Thanksgivinggerechten (tot mijn grote woede had mijn moeder rondweg geweigerd ze allemaal uit te nodigen en hun een feestmaal voor te schotelen) en we bakten samen hele ladingen brownies volgens Amerika's favoriete recept.

Terwijl mevrouw Bubendorf en ik bespraken wat de beste plaats in de tuin zou zijn voor een toverhazelaar, praatten Heinz en zijn vader over baseball. Meneer Bubendorfs zware accent maakte dat de conversatie een vreemd wetenschappelijke bijklank kreeg. Heinz keek af en toe vragen in mijn richting. Andere jongens sloten geen vriendschap met zijn moeder door het uitwisselen van recepten. Beetje bij beetje schudde Heinz zijn bleekheid, zijn beleefde manieren en zijn accent af. Hij spendeerde hele middagen op de training van het footballteam. Hij verdiepte zich in wiskunde en wetenschap, de vakken die ik altijd had gehaat. Op de duur zaten we dus ook niet meer bij elkaar in de klas.

Tijdens de weinige momenten waarop we nog eens met elkaar praatten, vertelde ik sappige roddels over de meisjes op wie hij stiekem verliefd was.

Het was hopeloos.

Ik stapte een halte te vroeg van de bus, Heinz en zijn vriendjes negerend, hopend dat ze tragisch zouden omkomen in de volgende bocht. De regen was opgehouden. Het begon al lichtjes te schemeren, een goeie drie uur voor de normale tijd. Mijn moeder en ik woonden in Graynes, een gehucht niet ver van de stad Berkton, waar ik net vandaan kwam met de bus. Ik wandelde in de berm van de hoofdweg, Graynes Road, en inhaleerde de rijke, kruidige lucht van de bomen.

Bij de overweg tuurde ik naar het punt waar de sporen verdwenen in de mist die uit het bos kwam gekropen. Twee keer per dag passeerde de Vermonter door Graynes, slingerend door de bochten, onophoudelijk toeterend om herten en mensen van de sporen te jagen. Het dramatische geluid vervulde me altijd met een verlangen om aan boord te gaan en te reizen, ver weg. Helaas, voorlopig zat de kans om ver weg te gaan er niet in. Er was trouwens helemaal geen station in Graynes.

Mevrouw Swansey stond voor het raam van haar woonkamer, helemaal in beslag genomen door iets wat zich bij ons huis afspeelde. Zij was onze enige buur in een doodlopende straat, die uitkwam in het bos. Ik lette elke ochtend op of ik nog tekenen van leven zag bij mevrouw Swansey. Niet omdat ik haar verdacht van een teer gestel en aasde op haar erfenis, maar omdat het me geruststelde dat ze er was. Ik bracht thuis veel tijd alleen door, en zij was nu eenmaal het dichtstbijzijnde menselijke wezen.

De man van mevrouw Swansey was al jaren dood. Ik had hem zelfs nooit gezien. Ze had een zoon, maar hij was veel te getrouwd en te succesvol en te rijk om haar te komen opzoeken. Dus zat ze net als ik alleen in een krakkemikkig huis en ze werd een beetje warrig in haar hoofd. Ze kwam een paar keer babysitten, wat ik altijd grappig vond omdat ze zo'n onmogelijk kleine gestalte had. Ik denk dat ik boven haar uittorende vanaf mijn elfde.

Tijdens het babysitten vertelde ze me verhalen over vroeger, steeds dezelfde verhalen, haar ogen groot achter haar brillenglazen. Ze herbeleefde alles waar ze over vertelde, met een stem die trilde van verontwaardiging, verdriet of plezier, naargelang de anekdote. Meestal haalde ze herinneringen op aan haar zoon en gewoonlijk leerde ik een paar nieuwe woorden, waarvan de kans klein was dat ik ze zou gaan gebruiken.

'Hij was net een cherubijntje,' sjirpte ze in mijn oor, als een bejaarde krekel. 'Weet je wat dat is, een cherubijntje?'

Mevrouw Swansey zwaaide toen ze me zag en verdween uit het zicht. Ik wist dat ze onderweg was naar buiten, maar ik liep haastig door. Ik had geen zin om te kletsen. Die ochtend had ik een hardnekkige vlek op mijn broek ontdekt. Zoals te verwachten viel, hadden we geen ontvlekker in huis en was ik naar Berkton gegaan om er te halen. Mijn moeder had het te druk om zich om triviale dingen als vlekken te bekommeren. De laatste tijd had ik de indruk dat ze het hele huishouden aan de triviale kant vond vergeleken met haar carrière, die een vliegende start had genomen. In ieder geval was ik steeds vaker de klos als het op koken en schoonmaken aankwam.

Het huis zag er donker en verlaten uit. Ik verlangde naar het moment waarop mam thuiskwam en we zouden eten.

Ernest de kat was op de veranda en begon toen hij me zag ongeduldig op en neer te lopen, miauwend met zijn staart in de lucht.

Ik morrelde aan de deur om ons allebei binnen te laten en hoorde toen plots voetstappen, die van achter het huis kwamen.

Ik versteende.

'Hallo?' Een jongen van mijn leeftijd kwam om de hoek. 'O, hoi,' zei hij toen hij me zag.

Ik zei niets en staarde hem aan.

'Het spijt me als ik je aan het schrikken heb gemaakt, maar ik heb je kat teruggebracht. Hij was in onze tuin.' Hij praatte langzaam en vriendelijk. 'Zo, dan ga ik maar weer.'

'De kat?' Ik keek naar Ernest en toen terug naar hem. 'Hoe wist je dat het onze kat was? Hij draagt geen halsbandje.'

'Dat heb ik gewoon uitgezocht.' Hij wachtte even en glimlachte kameraadschappelijk. 'Ik heb het gevraagd aan mensen.'

'Maar ...' Ik probeerde niet al te wantrouwig te klinken. 'Wat deed je achter het huis?'

'Kijken of er iemand thuis was.' Hij antwoordde geduldig, nog steeds vriendelijk, maar ik kon zien dat hij niet zo'n zin had in een kruisverhoor.

Snel, om over iets anders te beginnen, zei ik: 'Ik heb je nog niet eerder gezien, hè?'

Hij antwoordde niet meteen, maar leunde tegen de muur, verplaatste zijn gewicht en streek door zijn donkerblonde, halflange haar. Het zag er een beetje vettig uit, of misschien was het gewoon vochtig van de regen. Hij probeerde het achter zijn oren te duwen, maar het bleef niet zitten. Hij was een beetje kleiner dan ik. Zijn jeans en zijn T-shirt zagen er groezelig uit, alsof hij ze al een paar dagen aanhad.

Mijn oordeel over hem zou 'onopvallend' luiden, als ik voorbijging aan z'n ogen. Die waren diep hazelnootbruin en ze schitterden, alsof hij op het punt stond me een ongelooflijk geheim te vertellen.

Hij lachte ontwapenend. 'We zijn net hierheen verhuisd. Mijn ouders hebben een huis gekocht aan Graynes Bend.'

'Hoe heet je?'

'Dean. En jij?' Hij klonk beleefd maar ook wat onverschillig, alsof hij net op een feestje was aangekomen voor het echt losbarstte, en over koetjes en kalfjes moest praten.

'Mo. Dat komt van Maurice, mijn grootvaders naam.'

'Mijn grootouders zijn allemaal dood. Ik moet gaan. Ik zie je nog wel.'

'Tuurlijk. Dag.'

Hij draaide zich om en verdween, zijn T-shirt spookachtig wit in het opkomende duister.

Rond halfnegen kwam mam thuis, afgemat van een lange dag werken. Dankbaar schoof ze mee aan en we vertelden elkaar wat er die dag gebeurd was. Ze was secretaresse in een advocatenfirma en moest veel overuren maken. Ze hield van haar werk, schoot goed op met haar baas en speelde met de gedachte aan een rechtenstudie te beginnen als mijn zus en ik het huis uit waren.

Ik vertelde over Dean en de kat.

'Dat is aardig,' zei ze. 'Arme Ernest. Denk je dat hij oud wordt?'

'Maar Ernest houdt helemaal niet van vreemden, hij laat zich niet zomaar oppakken en wegdragen. Trouwens, honden verdwalen, katten niet.'

Ze fronste even. 'Wat was er dan aan de hand? Het was toch geen inbreker?'

'Ik weet het niet. Het leek me gewoon een beetje verdacht.'

Ze haalde haar schouders op. 'Hier valt in ieder geval niet veel te stelen.'

We aten in stilte. Het was weer gaan regenen en ik bedacht hoe er wel eens iemand in de natte bosjes verscholen zou kunnen zitten, die ons in de keuken gadesloeg. Ik ging rechtop zitten en probeerde achteloos te doen.

'Ga je naar meneer Coldwell deze zomer?'

'Misschien. Waarschijnlijk wel. Hij vroeg me hem te helpen zijn kelder op te ruimen. Dat wordt leuk.'

Meneer Coldwell was mijn leraar Engels en ik hielp hem met allerlei dingen. Hij was, om het in zijn eigen woorden te zeggen, een 'dwaze ouwe sok', en mijn enthousiasme om een middag door te brengen in zijn verslonsde gezelschap was nogal beperkt. Zijn invloedssfeer was nevelig, je struikelde er over de lege flessen, de enige waarheid die er gold was boekenwijsheid, en het vuilnis werd er nooit opgehaald. Meneer Coldwell slaagde erin zich op de been te houden door middel van een voorraad rookwaren en sterke drank, en een wankel, ternauwernood standhoudend plichtsbesef. Het was pedagogisch onverantwoord dat ik buiten de klas nog tijd met hem doorbracht. En dan heb ik het nog niet eens over de klussen die hij me liet doen.

Mijn moeder leek het niet te deren. Ze had een zwak voor hem. 'O ja, dat wordt zeker leuk!' Ze had de ironie in mijn stem niet gehoord. 'Ik wou dat ik kon helpen. Ik ben gewoon dol op ouwe rommel. Ik kan nooit voorbij een antiekwinkel zonder 'm leeg te kopen.' Ze lachte en schraapte haar bord leeg. 'Dat was heerlijk, schatje. Zou je nog willen afwassen? Ik moet naar bed. Ik ben uitgeput. Sorry, hoor.'

'Geeft niet,' mompelde ik.

Ze gaf me een knuffel en een zoen. 'Slaap zacht, lieverd.'

Na de afwas trok ik me terug op mijn kamer, ik ging zitten en schreef een stukje in mijn dagboek. Op papier kon ik mijn bittere, wrokkige gevoelens na het busincident eindelijk de vrije loop laten. *Martin en Ashley zijn wonderen van de natuur,* schreef ik. *Alleen door een wonder slagen een baviaan en een nijlpaard erin om samen de bus te nemen. Ashleys eigendunk is volkomen lachwekkend. Alleen omdat die zielenpoot van een Martin zo achterlijk is om de hele dag achter hem aan te draven, denkt hij dat hij iets voorstelt. Die twee randdebielen zouden een gevaar zijn voor de samenleving, als ze niet zo meelijwekkend dom waren. Ja, eigenlijk moet ik medelijden met ze hebben. Onlangs zag ik Ashley Martin een marsreep voeren, die hij vlak daarvoor achter zijn rug van de grond had geraapt. De inhoud van Martins hersenpan stelt qua intelligentie niet meer voor dan wat je na een wandeling in het hondentoilet van Berkton van je schoen kunt schrapen. Ashley is in staat om uit verveling een kleuter onder de trein te duwen, dus hij eindigt vast en zeker ooit in de nor. Waar maak ik me eigenlijk druk over? Heinz verdient zijn zielige vriendjes.*

De middag kreeg nog een intrigerend staartje toen ik thuiskwam en een vreemde jongen op de veranda aantrof. Hij was ... Ik aarzelde en speelde met mijn pen. *Er was iets bijzonders aan hem, maar ik weet niet wat. Hij gaf me het gevoel dat, als ik maar ver genoeg het bos in liep, ik hem tegen zou komen. Als in een droom.*

2

De volgende ochtend was het heet en drukkend, typisch voor New England in deze tijd van het jaar. De zon stond hoog aan de hemel en probeerde met haar verschroeiende stralen vruchteloos de uitgestrekte bossen en de vele riviertjes en meertjes uit te drogen.
Ik stond op het punt me op de veranda te nestelen met een boek, toen de telefoon ging. Het was meneer Coldwell.
'Is dit eh ... kan ik Maurice spreken?' Zijn stem klonk heel ver weg, alsof hij om hulp vroeg vanuit de woestijn, naast zijn auto, die in een greppel was beland.
'Ik ben het, meneer Coldwell.'
'Nee maar, hallo, Maurice!' Hij schreeuwde, maar zijn stem klonk nog steeds dun en ver weg. Hij moest zijn telefoon laten repareren, net als enkele andere dingen, maar het kwam er nooit van.
'Hoe gaat het, meneer Coldwell?'
'Ik heb je hulp nodig!'
Daar gingen we al.
'Ik ga ... Ik wil ... Ach, laat maar! Het gaat over dat klusje! Kun je meteen komen?'
'Tuurlijk.' Ik zuchtte. 'Ik ben er zo.'
'Prima! Tot straks!'
De verbinding werd verbroken en ik legde de hoorn op de haak. Ik had 'm beter kunnen laten rinkelen. Je moest in een optimistische bui zijn om meneer Coldwell aan te kunnen, en ik was een beetje met het verkeerde been uit bed gestapt. Ik dronk een groot glas water en ging op pad.

Er was geen beweging bij mevrouw Swansey, waarschijnlijk was ze naar haar koorrepetitie. Of ze lag dood op de keukenvloer. Ik bezwoer bij haar langs te gaan op de terugweg.

Het was maar tien minuutjes wandelen naar meneer Coldwells huis, en ik was bijna halfweg toen iemand mij riep.

'Hey!'

Het was Heinz. Hij liep op een drafje om me in te halen en vertraagde toen hij naast me kwam lopen.

Ik negeerde hem.

'Hey, Mo, sorry van toen we op de bus zaten.'

Ik keek hem nijdig aan. Alle woede van gisteren kwam in één klap terug.

'Jij zielige idioot, Heinz. Nu begin je tegen me te slijmen, wanneer je achterlijke vriendjes je niet kunnen zien? Ga iemand anders zijn gat kussen. Ik wil je niet in mijn buurt. Ik wil zelfs niet *gezien* worden met een slappe vod als jij.'

'O, komaan, Mo. Ik was je niet aan het pesten, dat heb ik nog nooit gedaan. Waarom zou ik de schuld moeten krijgen van wat Martin en Ashley tegen jou zeggen? Ik bemoeide me met m'n eigen zaken.'

'Precies. Je stond erbij en je deed niets toen je vriendjes mij een homo noemden.'

'Dat zeiden ze helemaal niet.'

'Nou nee, maar ze bedoelden het wel, of niet soms? Was dat niet duidelijk genoeg? Iedereen op die bus met het verstand van een gekookte aardappel had dat wel door. Behalve Melanie dus.'

'Zeg dat niet over Melanie.' Heinz liep rood aan. Hij bloosde snel en ik vermoedde dat hij minder tijd overhield om aan zijn conditie te werken nu hij een vriendinnetje had.

'En laat me nu met rust. Ik moet ergens heen en ik wil niet dat je achter me aan loopt te waggelen.'

'Oké. Maar ik zei dat het me spijt!'
Hij riep dat laatste tegen mijn rug, een beetje vertwijfeld, zo leek het wel. Ik liep door en keek niet om.

Ik was oprecht gepikeerd door de insinuatie van Martin en Ashley dat ik op jongens zou vallen, omdat het een aanfluiting betekende van het naar mijns inziens flexibele menselijke vermogen om gevoelens te koesteren voor onwaarschijnlijke, weinig beloftevolle maar des te interessantere doelwitten, een vermogen waar ik nog maar net een tipje van had opgelicht. Dat ze mijn seksuele voorkeur op zo'n vulgaire manier wilden vastpinnen, vond ik net zo beledigend als hadden ze me saai of kleurloos genoemd.

Misschien was ik wel een beetje los van de realiteit op dat moment. Ik las dromerige romans à la *De passie* en *Orlando*, die me lieten geloven dat de meeste mensen werden beheerst door een soort van vluchtige, ongrijpbare seksuele identiteit, en het ze was gegeven om om de veertien dagen van rol te veranderen in een gigantische opvoering van fluisterend gelonk.

Tuurlijk was ik al eerder verliefd geweest, maar die even korte als absurde bevliegingen vormden een lachwekkende basis voor een determinatie van mijn geaardheid. Mijn affectie werd afgevuurd met onvaste hand en in een dikke mist, en de lukrake schoten troffen zowel mannen als vrouwen, zowel jongens als meisjes, soms zelfs tegelijkertijd. In het spervuur stonden caissières, acteurs, klasgenoten en leerkrachten (natuurlijk), en een Griekse barmeid die niet bijster veel te doen had, behalve staan staren naar zee, wat haar in mijn ogen, toen ik acht was, uitermate aanbiddelijk maakte.

Misschien hadden al die mensen toch iets gemeen, niet wat je een kwaliteit of een karaktertrek kon noemen, maar toch: ze waren onbereikbaar. Ze bevonden zich op zo'n veilige afstand dat hun pukkeltjes, hun beperkte intelligentie of hun twijfelachtige muzieksmaak mijn adoratie onmogelijk in de weg konden staan. Onnodig te zeggen dat ik nog niet bijster veel ervaring in het fysieke aspect van de romantiek had, op wat tongzoenen met beschikbare, oninteressante meisjes na. Het was een poosje geleden dat ik 'het' nog had gevoeld. Soms leek het alsof ik schoon genoeg had van iedereen, en een mietje genoemd worden werkte niet echt stimulerend.

Meneer Coldwell zat me op te wachten op zijn veranda. Hij was een grote, magere kerel met een langgerekt ascetisch gezicht en een verstrooide, tobberige manier van doen. Als hij een god zou zijn, zou hij er niet veel van bakken; hij zou afwezig zitten plukken aan het grote weefgetouw des levens, zich afvragend waar z'n bril gebleven was, terwijl de wereld uiteen werd gerukt tijdens een apocalyps zo verwoestend dat je haren er tweeduizend jaar later nog rechtop van gingen staan.

Hij onderwees het liefst de verhalen en de poëzie van opperkraai Edgar Allan Poe, en wel op zo'n manier dat het leek alsof hij onze jeugdige rozige levenslust in inktzwarte treurnis wilde drenken. Soms viel hij plots stil tijdens zo'n les en staarde hij niets ziend boven onze hoofden, soms raakte hij koortsachtig geagiteerd door ons gebrek aan enthousiasme voor de valleien des doods en boorde hij zijn toornige, rood omrande blik in de verontruste bambiogen van Shelley Gucci, die nietsvermoedend haar nagels had zitten lakken. Mijn medestudenten waren doorgaans niet erg op hun gemak bij hem.

Ik kreeg pas een jaar Engels van meneer Coldwell toen hij me op een dag wilde spreken over een baantje. Toen ik hem vroeg wat het was, zei hij dat ik nog dezelfde avond bij hem moest langskomen en dat ik dan meteen kon beginnen. 'Het is kantoorwerk, zo zou je het kunnen noemen,' zei hij. Zijn ogen waren groot en vol spanning achter zijn brillenglazen. Ik kreeg het vreemde gevoel dat er narigheid van zou komen als ik weigerde.

Toen ik die avond bij hem thuis kwam, wees hij me een schrijftafeltje aan waarop al een grote kop koffie was klaargezet. Ik ging zitten en hij schoof een stapel papieren naar me toe. Het waren verhandelingen.

Ik staarde hem niet-begrijpend aan.

Hij knipperde twee keer met zijn ogen en zei: 'Wel, denk je dat je ze kunt lezen en beoordelen?'

Ik gaapte hem stomverbaasd aan en keek vervolgens naar de verhandelingen. Het waren er zo'n honderd, van lagere klassen.

'Ik weet het niet.' Ik stond perplex. Was dit een grap?

'Je zou me er geweldig mee helpen. Het is echt niet moeilijk. De meeste zijn kort en bedroevend slecht geschreven.' Hij glimlachte mistroostig. 'Daarom wil ik dat jij het doet, als je erover kunt zwijgen. Vertel het zelfs niet aan je moeder, hoe eh ... áárdig ze ook is. Ik word verondersteld m'n eigen werk te doen ...' Hij pauzeerde even en kuchte. 'Het zit zo, ik kan het gewoon niet meer. Niet én lezen én lesgeven. Ik functioneer maar half zolang ik die pokkenverhandelingen moet lezen. Ik dacht dat ik dood zou zijn vóór mijn vijfenvijftigste. Pech gehad. Dus ik heb geen keus, ik moet een assistent hebben.'

'Bent u ziek?' Ik begon me zorgen te maken. Wat als hij plots een toeval kreeg, of een hartstilstand? Ik zou me geen raad weten.

Hij lachte hol. 'Nee hoor, hoewel ik me soms onwel voel, soms, wanneer ...' Hij brak zijn zin af en ging toen verder. 'Weet je, hoe meer ik te weten kom over mijn studenten, hoe overweldigender de drang om er ter plekke de brui aan te geven. Als ik hun meelijwekkende schrijfsels niet meer hoef te lezen, heb ik een kans dat ik het volhou tot ik met pensioen kan. Ik wil streven naar volstrekte anonimiteit in de klas, een zee van onbeschreven, onbezoedelde gezichten die mijn les komen volgen en waar ik verder niets mee te maken heb. Het liefst zou ik de zaallichten kunnen doven en ongestoord mijn gedachten onder woorden brengen, afgeschermd van mijn omgeving door de helle spots. Zo zou ik willen lesgeven. Geen vragen, geen herrie, geen verhandelingen.'

Hij leek op te fleuren bij de gedachte. 'Ik weet niet waarom ik niet eerder op het idee ben gekomen.'

Ik had geen idee wat ik ervan moest denken. Wat voor leraar wil nu niets te maken hebben met zijn studenten? Aan de andere kant wilde ik hem wel helpen. Hij was er helemaal op gebrand, ik kon niet echt weigeren. En bovendien is het vleiend om door een leraar te worden uitgekozen als zijn assistent, zelfs al is die leraar niet goed bij z'n hoofd.

'Ik zal het proberen.'

'Jouw verhandelingen zal ik nog wel lezen. Dat kan ik nog net aan.' Hij glimlachte joviaal, wat erg onnatuurlijk voor hem was. Hij leunde over me heen en ontblootte zijn tanden. Ik zag mezelf weerspiegeld in zijn brillenglazen, ineengedoken aan de schrijftafel, en ik vreesde enkele bange ogenblikken dat ik me in de greep van een krankzinnige had laten vallen.

Maar daarna liet hij me alleen en ik las urenlang verhandelingen die avond, tot ik zelf niet meer wist of 'hoofdpersonnage' juist was gespeld of niet. Meneer Coldwell zat te lezen op de veranda. Hij rookte kleine sigaartjes. Het was volmaakt stil.

Toen ik klaar was en erg slaperig, bedankte hij me uitvoerig en betaalde hij me vijftien dollar per uur, een bedrag dat geen enkel ander baantje me zou opleveren. Natuurlijk bleef ik voor hem werken, en ik vertelde het aan niemand.

Na een tijdje ging meneer Coldwell met me om als met een oude kameraad, daarbij vrolijk negerend dat ik pas zeventien was en op de koop toe een van z'n studenten.

'Ha! Daar ben je. Laten we meteen beginnen.'

'Goed, en met u, meneer Coldwell?' antwoordde ik koeltjes. Het gedoe met Heinz had me wat uit m'n humeur gebracht, en ik was nog niet klaar om me door de excentrieke dwaasheden van meneer Coldwell te laten meevoeren.

Hij schudde mijn gereserveerde begroeting van zich af en wenkte me naar binnen. Het interieur van zijn huis was niet gestoffeerd met de rekwisieten van bestudeerde gezelligheid die de meeste mensen gebruiken om vreemden op hun gemak te stellen. Geen ludieke brievenbus in de gedaante van een teckel, geen welkomstmat, geen klokkenspel dat huiselijk klingelt bij het minste zuchtje wind. Meneer Coldwell had immers geen vrouw die zich met dat soort dingen bezighield, en bovendien bracht hij in de lente, de zomer en de herfst zo veel mogelijk tijd op de veranda door, waar hij las onder een staande lamp die ooit wit was geweest, maar nu onder de vliegenscheten en de nicotinevlekken zat.

Hij laveerde door de woonkamer, navigerend tussen stapels kranten, krakkemikkig meubilair en wegdeemsterende planten, bereikte de kelderdeur en gooide die open.

'Zullen we?'

Hij stommelde de trap af, tussen zijn tanden fluitend. Hij leek me heel erg opgewekt.

In een hoekje onder aan de trap lag een hoopje aardappelen te spruiten. Hun ziekelijk witte uitlopers kropen als tentakels omhoog, de trappen op, alsof ze hoopten helemaal boven te raken en meneer Coldwells aandacht te trekken, zodat hij ze vrij kon laten. De kelder zelf gaf onderdak aan de gebruikelijke rommel: kapotte dingen, gaande van kasten tot een rolstoel (waar had hij die vandaan?), snuisterijtjes met een hoek af, lege kartonnen dozen.

Een hele wand was uitgerust met brede houten schappen. Ongeveer de helft daarvan was gevuld met een twaalftal grote kartonnen verhuisdozen. Meneer Coldwell wees ze aan.

'Mijn erfenis,' zei hij. 'Dit is alles wat mijn moeder bezat, op kleren en huisraad na. Twee jaar geleden is ze plots gestorven.'

'O ...'

Meneer Coldwell had me nooit eerder over haar verteld.

Hij vervolgde ingetogen: 'Ik heb wat van haar kleren in een aparte kast bewaard. Ze hebben nog steeds haar geur, na al die tijd. Het is alles wat er overblijft van haar lichamelijke persoon, een zucht, een vleugje. Het wordt steeds flauwer, maar het is er nog steeds. Is dat niet geweldig? Na al die maanden? Ik vind het in ieder geval een hele troost. Ze rook naar een mengeling van lavendel, handcrème, hooi en kattenvacht. Een fris maar warm parfum.'

'Het spijt me,' zei ik. 'Dat ze is gestorven, bedoel ik.'

'Ze was een dame.'

Ik liet een respectvolle stilte vallen, voor ik vroeg: 'En wat bent u hiermee van plan?'

Hij wierp een ontmoedigde blik in de richting van de dozen. 'Ik ben heel erg slecht als het op sorteren aankomt. Ik kan onmogelijk beslissen wat ik moet houden en wat niet. Als het van mij afhing, liet ik alles hier gewoon staan, in het donker, maar ...' Zijn stem klonk plots lager en intenser, alsof hij in een klaslokaal was met de gordijnen dicht, verzonken in een doemgedicht. 'Het laat me niet los. Die dingen leven, ze ademen, ze hebben een ziel. Het

is verkeerd om ze hier te laten, in het stof. Of ze moeten naar boven, om tussen de levende dingen te vertoeven, of ze moeten doorgegeven worden, zodat ze een nieuw bestaan krijgen, maar ze kunnen hier niet blijven. Dit is net ... het vagevuur voor ze.'
Hij keek me aan. Hij beefde lichtjes. 'Jij kunt me hierbij helpen. Als buitenstaander.'
'Oké.'
'We hoeven niet meteen te beginnen.'
'U zegt het maar.'
Hij haalde diep adem en perste een geforceerde glimlach naar me toe.
'Weet je wat, dit wordt leuk! Ik zal je eens wat laten zien!'
Hij pakte een doos, groef even door de inhoud en haalde een fotolijst tevoorschijn. Hij liet me die bekijken.
Het was een sepiafoto, genomen op een lang vervlogen zomerdag. Ik zag drie jonge mannen op de oever van een rivier, met hun ruggen naar de camera, bezig zich uit te kleden. Een van hen keek over z'n schouder naar de fotograaf terwijl hij zich bukte om zijn laars uit te trekken. Hij lachte, hij leek iets te roepen. Meneer Coldwell, glimmend van ingehouden trots, legde een vinger onder de kin van de jongeman.
'Deze jonge kerel met z'n adonislijf werd later burgemeester van een stadje in de buurt, en de dertigste president van dit schitterende land,' zei hij plechtig. 'Wat is z'n naam? U krijgt dertig seconden!'
'Calvin Coolidge,' zei ik. 'En?' Ik deed expres onverschillig om hem op stang te jagen. Het lukte niet.
'Dit is een zeldzame foto waarop meneer Coolidge lachend te zien is, en bij mijn weten is het de énige foto waarop hij op het punt staat in zijn blootje te gaan zwemmen. Hij was geen opmerkelijk staatsman en was bekend – berucht – om zijn onmededeelzaam-

heid en zijn gebrek aan enthousiasme. Eens verzekerde een stoutmoedige dame die naast hem zat op een banket hem dat ze in staat was om ten minste drie woorden conversatie uit hem te krijgen. Hij vertrok geen spier en antwoordde: "U verliest."'
Hij grinnikte.

'Hoe mijn moeder aan deze foto gekomen is, daar heb ik geen idee van, maar het is een authentiek ding, waar een verzamelaar veel geld voor zou neertellen. Niet dat zoiets me interesseert, maar goed.'

'Wat gaat u er dan mee doen?'

'Ik weet het niet. Nu ik in de herfst van mijn leven ben, vrolijkt dit soort dingen me geweldig op, dus misschien hang ik het wel in mijn slaapkamer.'

Nieuwsgierig geworden, bekeek ik de dozen wat beter. 'Wat is er nog meer?'

'Ik heb die dozen nog niet allemaal doorzocht,' zei meneer Coldwell weemoedig. 'Ik strandde telkens op herinneringen en vreemde voorwerpen. Ze was een formidabele vrouw. Ik zal je eens wat vertellen. Ooit gaf ze me voor mijn verjaardag een eerste druk van *The Catcher in the Rye*. Zo'n soort mens was ze. Ze liet je aldoor voelen hoeveel je voor haar betekende, en niets was te veel. Ik moet je nog wat anders laten zien. Boven. Kom.'

Hij draaide zich om, keurde zijn schat geen blik meer waardig, net een kind dat zich niet lang kan concentreren op een speeltje waar het niettemin dol op is, en slofte weer de trappen op.

In een hoek van de woonkamer vatte hij post naast een middelgrote kast, gemaakt van hout en leer. Ze zag er niet erg praktisch uit.

'Herken je dit object?'

'Nee.'

'Dit is een antieke hutkoffer, rechtgezet op z'n zij, als een kast. Zie je? Is het niet prachtig?' Hij aaide het gebarsten leer en de koperen scharnieren liefdevol met z'n vingers. 'Als er iets is waar ik evenveel van hou als van boeken, dan is het wel antieke reisuitrusting.' Hij glimlachte. 'En het is niet zomaar om het even welke koffer, nee, het is de koffer van mijn groottante Millicent. Deze koffer vergezelde haar op haar reizen naar China en India, zelfs naar Australië. Ze was me er eentje, heb ik van horen zeggen. Er was niets dat ze liever deed dan haar rokken opschorten en koers zetten naar het onbekende. In tijden waarin vrouwen hun neus nog niet durfden te snuiten zonder toestemming van hun chaperon, speelde zij tennis met de vrijgezellen op het dek. Kun je je dat voorstellen? Al die tennisballen, verzwolgen door de golven. Heel romantisch.'

Hij gaf de koffer nog een laatste liefkozende haal en zei toen: 'Zullen we die ouwe rommel even laten rusten en een kop koffie drinken?'

Ik was dol op de koffie van meneer Coldwell. Het spul was een echte schop voor je kont. Zijn specialiteit waren van die kleine zwarte espresso's die je in één slok moest achteroverslaan. We dronken er gewoonlijk een paar na elkaar, waarop ik de rest van de dag zin had om te rennen.

We zaten op hoge barkrukken in een nis in de keuken die meneer Coldwell speciaal had ingericht om koffie te drinken met bezoek, en om te roken. Hij beweerde dat de nicotine de cafeïne afbrak en dat je zo minder zenuwachtig werd van de koffie. Ik rookte niet, behoed door een restje gezond verstand ergens in een obscure kronkel van m'n brein.

'En wat ga je deze zomer allemaal doen?' Het koffieritueel bracht meneer Coldwell altijd in een opgewekt, praatgraag humeur.

'Ik weet het niet. Lezen, dingen doen. Ik zal wel zien.'

De telefoon ging. Het geluid brak onze conversatie abrupt af. Meneer Coldwell bleef zuchtend zitten, waarschijnlijk in de hoop dat het gerinkel zou ophouden. Het hield niet op, dus hij kwam overeind en slofte mompelend naar de telefoon. Het bleek iemand van school te zijn, dus ik dronk mijn koffie op, wuifde naar hem en vertrok.

3

Langzaam liep ik terug over de aardeweg die het huis van meneer Coldwell verbond met Graynes Road, en ik dacht na over hoe ik de rest van de dag zou doorbrengen. De espresso had mijn kop opgefrist en ik had er weer zin in. Misschien, dacht ik hoopvol, hield Heinz zich nog ergens schuil in de buurt en kwam hij straks tevoorschijn vanachter een boom, zodat ik hem nog wat meer kon uitschelden.

Ergens halverwege kwam ik nog een zijweg tegen, een door putten geteisterd, veredeld bospad, dat naar een boerderij liep. Het was de boerderij van Ashley Stokes. Toen ik voorbijkwam, speurde ik het weggetje af, behoedzaam tussen de bomen turend. Ik verwachtte half Ashley en Martin daar te zien, opgaand in een of andere barbaarse activiteit, zoals schapen slachten of geweerlopen afzagen.

In plaats daarvan zat er een jongen met een baseballpet gehurkt naast een fiets, die ondersteboven tussen zijn pedalen liet kijken. De jongen zag me en stak een arm omhoog, die hij snel weer slap langs zijn zij liet vallen. Ik keek om me heen. Er was niemand behalve ik.

De jongen was opnieuw de fiets aan het bestuderen. Hij had me gegroet, dus ik moest erheen.

Toen ik dichterbij kwam, zag ik dat het Dean was. Puffend liet hij zich op zijn achterste in het zand zakken, waar de boombladeren boven hem voor een eilandje schaduw zorgden. Hij kneep zijn ogen tot spleetjes onder zijn pet. Zijn jeansbroek en zijn T-shirt waren bedekt met een fijn laagje stof, zodat ze er meer versleten uitzagen dan ze waren. Hij nam zijn pet af en veegde met zijn hand over zijn voorhoofd.

'O, jij bent het. Wat zit je hier te doen?'

Ik probeerde een beetje verveeld te klinken, zoals hij gisteren, maar het lukte niet echt. Het klonk wantrouwig.

Hij grijnsde. 'Hey, Mo. Alles goed?'

Ik negeerde de vraag en wees met mijn kin naar zijn fiets. 'Wat is er stuk?'

'De ketting. Ellendig stuk ijzer. Ik krijg hem er niet meer op.'

Ik haalde mijn schouders op. 'Ik ken niks van fietsen. Ik heb niet eens een fiets.'

'Je meent het.' Hij nam me even op, alsof hij zo zou kunnen zien wat er nog meer voor wereldvreemds aan me te ontdekken viel.

'Waar gaat die weg naartoe?' Hij gebaarde naar het hobbelige wegje dat in het bos verdween. 'Als er een huis is, kan ik misschien wat gereedschap vragen.'

'Een boerderij.'

'O, geweldig.' Hij hees zich overeind en zette z'n pet weer op.

Ik schraapte mijn keel. 'Ik zou er niet naartoe gaan, als ik jou was. Het zijn niet de meest vriendelijke mensen. Ze zijn gesteld op hun privacy.'

Hij keek me verrast aan en zei toen spottend: 'Hoe bedoel je? Gaan ze me neerknallen?'

Het idee was niet zo absurd. Nog niet zo lang geleden, in een gehucht zoals het onze, was er een jongen vermoord, door de kop geschoten door een ouwe gek met een roestig geweer. De jongen was een tennisbal uit de tuin van de bejaarde gaan halen.

'Meneer Stokes heeft een geweer. Maar je moet eerst voorbij de hond raken.' Ik zei het ernstig, zonder een zweem van ironie. 'De jongen die daar woont, Ashley, zit bij me op school en hij is een zwaar geval. Retegemeen, die kerel. De hele familie is ongeletterd uitschot. Ze kweken chinchilla's in hun schuur, voor de pelzen, en ze haten pottenkijkers.' Ik bekeek hem taxerend. 'Ze zouden weleens kunnen denken dat je een dierenrechtenactivist bent. Die komen meestal op de fiets. En volgens mij schieten ze alvorens je te vragen wat je er komt zoeken.'

'Ik ben niet bang voor dat soort volk.'

Ik lachte droog en maakte aanstalten om te vertrekken. 'Tja, ik kan je maar waarschuwen. Doe Ashley de groeten van me. Zeg dat hij zachtjes aan doet met de testikelverbrijzelaars.'

Ik draaide me om en begon te wandelen in de richting van Graynes Road.

Algauw hoorde ik hoe hij me achternakwam. Hij zat op z'n fiets en duwde hem met zijn voeten op de grond vooruit. Hij sleepte ze door het stof. Zijn sneakers waren versleten en gescheurd.

'Ik ben van gedachte veranderd. Ik heb vandaag geen zin om met prikkeldraad te worden gegeseld. Ik neem dit stuk schroot mee naar huis.'

Het eindje weg waar we liepen, ging licht naar beneden. In plaats van de remmen te gebruiken, liet hij zich rijden, hobbelend, met zijn voeten zijwaarts uitgestoken. Toen remde hij en hij slipte, zodat zijn fiets ongeveer met de neus in mijn richting stond.

'Wil je mijn stek zien?'

Dat was onverwachts. Ik keek hem aan om te zien of hij het meende. Ik twijfelde.

'Tuurlijk.'

'Het is niet ver. We kunnen een korte weg nemen, door de bossen.'

Hij wachtte tot ik hem had ingehaald, sprong toen van zijn fiets en kwam naast me lopen.

'Wat ging je doen vanmiddag?'

'Niets. Jij?'

'Ik? Niets. Even de buurt bekijken. Deze fiets testen. Het is behoorlijk heuvelachtig hier.'

Het huis van zijn ouders was een enorme villa, koel en ongenaakbaar in al haar glorie. Vlak voor we bij de oprit kwamen, sloeg Dean een paadje in dat parallel leek te lopen met de tuin. Iets verderop stopte de tuin en liep het paadje door. Toen het grote huis niet meer te zien was, verscheen er een soort tuinhuis, dat gemoedelijk tussen de bomen stond. Om het tuinhuis lag allerlei rommel te zieltogen in het gebladerte, vooral fietsen of onderdelen van fietsen.

'Daar is het. Mijn stek. Wacht tot je het vanbinnen ziet,' zei Dean trots.

Ik baande me met lichte tegenzin een weg door de rommel. Ik had me laten verleiden tot een bezoek aan een van die gore puberteitspaleizen, een hok met een matras op de vloer, wat idiote tijdschriften en halfopen zakken mul geworden chips.

Dean hield de deur voor me open.

Vol verbazing nam ik het interieur van de hut in me op. De zon scheen door de achterste ramen (die vuil waren, dat geef ik toe) en verschafte een warme gloed aan een vrolijk allegaartje van stoelen in alle formaten en een keukentafel die leeg en schoon was. Hij had een kampeervuurtje, een wasbekken en een gammele kast voor z'n kookspullen. In een hoek stond een bed met een opgevouwen slaapzak op een matras, en een tapijtje op de vloer. Er stond een laag kastje met wat boeken en zelfs spelletjes. Het geheel zag er fris en netjes uit.

Ik knikte goedkeurend en keek van hem naar z'n interieur en weer terug. Zijn hut deed me denken aan het verblijf van een negentiende-eeuwse goudzoeker die graag Latijn studeert in z'n vrije tijd. Niet meteen wat ik van Dean had verwacht.

'Niet slecht,' zei ik.

'Het ziet er misschien wat kaal uit, maar ik heb net opgeruimd. Ik heb nog een kast nodig voor m'n kleren. Nu zitten ze daarin.' Hij wees naar twee kartonnen dozen op de vloer.

'Kun je je kleren niet gewoon bij je thuis laten?'

'O, het is gewoon handig om hier een stel kleren te hebben. Ik wil mijn ouders niet de hele tijd met m'n bestaan confronteren. Ze vinden het best dat ik hier woon. Ze denken dat het goed is dat ik voor mezelf leer zorgen.'

'Super.' Ik voelde een steek van jaloezie. Ik wou dat we ook een tuinhuis hadden.

'Ik verdien zelfs m'n eigen geld, met fietsen repareren,' zei hij trots.

'Geweldig.'

'Ik wil niet echt meer naar school, omdat ik toch niet verder studeer. Mijn vader kan het betalen, geen probleem, maar ik zou liever het geld zo krijgen, dan begin ik m'n eigen zaak. Ik probeer hem nog te overtuigen.'

'Wat voor zaak?'

'Ik weet niet, fietsen, buitensporten, je weet wel, tenten en zo …'

Hij leunde tegen de deur. 'En jij? Jij gaat vast studeren. Je lijkt me het intellectuele type.'

'Bedankt.' Ik lachte groentjes. 'Ik wil wel gaan studeren, als mijn ouders het geld bijeen kunnen schrapen. Ik spaar zelf ook al, met mijn baantje.'

'Wat voor baantje?'

'Een van de leraren. Ik doe klusjes voor hem.'

Hij trok zijn wenkbrauwen op en keek me geamuseerd aan. Ik zuchtte ongewild. 'Het is de leraar Engels en hij is gestoord. Het kan hem niet schelen of ik een leerling ben van hem, of zijn tante. En hij betaalt goed.'

'Wat wil je gaan studeren?'

'Iets met taal ...'

'Ha zo.' Hij lachte liefjes en knipoogde.

'Rot op.'

We stonden nog steeds in het midden van de kamer, en ik draaide me weg om naar zijn filmposters te kijken.

'Ik zet wat muziek op,' hoorde ik achter me. 'Wil je thee?'

'Ja, oké.' Ik gaf die meid van *Pulp Fiction* – hoe heette ze ook alweer? – een verbaasde frons. Ik kon me niet van de indruk ontdoen dat hij plots, en op hoogst merkwaardige wijze, veranderd was in iemand anders. Hij had zo nonchalant en koel geleken, en nu gingen we thee drinken als een stel ouwe dametjes. Daar was ik niet op voorbereid.

Hij zette water op en was een tijdje in de weer met een pot groene kruiden.

Thee, dus. Ik pijnigde m'n hersens, op zoek naar iets om te zeggen.

Hij was eerst. 'Dus, wanneer zijn je ouders precies gescheiden?'

O. 'Lang geleden, toen ik pas een jaar oud was. Weet er niets meer van. Ik woon bij mijn moeder en mijn vader woont in de stad. Hij is hertrouwd. Mijn zus woont op kamers.'

Mijn moeder was van de grote stad naar het gehucht Graynes verhuisd in de late jaren tachtig, nadat zij en mijn vader uit elkaar waren gegaan. Ik herinnerde me helemaal niets van de scheiding en de periode ervoor, omdat ik nog zo jong was toen het gebeurde. Mijn vader had zes weken lang z'n kop laten hangen en was vervolgens hertrouwd met een jongere collega van hem die luisterde naar de naam Candee.

Mam deed nooit iets om pap in onze achting te doen dalen, maar wanneer ze het over hem had, kreeg ze iets ongelovigs, deed ze gegeneerd luchtig over 'm, alsof hij een idioot kapsel was dat ze jaren had gedragen. Een onwillige glimlach plooide haar mondhoeken terwijl ze zich verbaasde over het feit dat ze ooit met een vent getrouwd was geweest die ijsblokjes in een glas wijn het toppunt van verfijning vond. Laat staan een vent die hertrouwd was met een zekere Candee.

Natuurlijk wilden Vicky en ik altijd meer horen over de ongelukkige verbintenis waar we niettemin ons bestaan aan te danken hadden, maar het enige verhaal dat ze ons wilde vertellen, nam een aanvang op het moment dat ze wakker schrok uit de roes na twee bevallingen, zich begon op te vreten over de wijn, en besliste dat het huwelijk een vergissing was. Ze haalde haar schouders op, trok een gepikeerde hoek in één wenkbrauw en zuchtte dat ze te jong was geweest om te trouwen en dat ze het gedaan had omdat hij zo wereldwijs had geleken.

Ik kende mijn vader helemaal niet zo goed, maar ik vermoedde dat ze zich tot hem aangetrokken had gevoeld omdat hij zo'n joviale kerel was, en pas later tot de ontdekking kwam dat ze onverenigbaar waren op een diepgaander niveau.

Toen ik nog nieuwsgierig was (na een tijdje hield dat op) naar ons lang vergane gezin, probeerde ik op eigen houtje de leemten in het verhaal te vullen. Ik staarde naar verkleurde foto's waarop de jonge mam en pap gebruind waren en er erg aardig uitzagen. Ze reden met zo'n enorme Oldsmobile. De raadselachtige aantrekkingskracht van de foto's werd merkwaardig genoeg nog vergroot omdat ze zulke alledaagse taferelen toonden: mam aan de afwas, pap in de tuin met een kruiwagen, een opgetuigde kerstboom. Pap was een sympathieke vent, iemand met wie je zonder plichtplegingen een tijdje aan de toog kunt hangen. Ik had hem nooit slechtgehumeurd of kortaf meegemaakt. Hij kauwde gum en ik had hem Candee (die na hun huwelijk gezegend werd met de naam Candee Hamster) speels op haar achterste zien tikken.

Ik ging pap en Candee een keer per jaar opzoeken in de stad. Ze hadden het knus en elk jaar zag ik ze een beetje ouder en gezetter worden. Onze ontmoetingen verliepen in een gemoedelijke, vredige sfeer. We waren beleefd tegen elkaar. Candee had me een tijd wantrouwig benaderd om mijn moeder, maar was eroverheen gekomen. Nu deed ze haar pluchen naam alle eer aan en wreef ze spinnend door mijn haar met de geruststellende sensualiteit van een rijpere stoeipoes. Mijn vader en ik babbelden over het weer en mijn cijfers op school, tot er een paar uur voorbijgegaan waren en er een zweem van ongemak in zijn blik sloop. De conversatie begon te haperen. Alles was gezegd, we waren klaar om onze gescheiden levens verder te zetten. We namen hartelijk afscheid en ik stapte op de bus, die me na vier uur eindeloos gestaar door het raam terug in Berkton zou afleveren.

Het contrast in persoonlijkheid tussen mam en pap was terug te vinden in de volgende generatie. Ik leek op haar en Vicky op hem. Victoria was een kletskous en geobsedeerd door hersenloos amusement. Ze adoreerde haar vader.

Tijdens het Griekse intermezzo (mijn moeder werkte voor een Amerikaans reisbureau in die tijd en had het aanbod om twee jaar in het zonnetje te gaan zitten niet afgeslagen) was Vicky bij pap gebleven. Daarna was ze weer bij ons komen wonen, maar tijdens haar jaren van puberteitswaanzin had ze meer dan eens overwogen om voorgoed bij hem in te trekken. Uiteindelijk, toen ze op het punt stond te vertrekken, kon ze het niet over haar hart verkrijgen haar met lipgloss ingesmeerde, rinkelende, ratelende vriendinnen achter te laten, dus bleef ze bij ons.

Eerst waren we opgelucht, want door haar beslissing kwam er eindelijk een eind aan een periode waarin ze dag in dag uit tranerige conversaties voerde aan de telefoon, die door haar werd gemonopoliseerd vanaf de dag dat ze 'hallo' leerde zeggen. Maar in plaats van ons met rust te laten, zeurde ze nu elk weekend om naar een pretpark of een winkelcentrum te gaan. Mam en ik keken dan verstoord op tijdens het lezen en rolden met onze ogen naar elkaar.

Na een tijdje concludeerde ze dat er niets met ons aan te vangen was en ze trok in bij Stacy, een meisje dat poedels kweekte. We lieten haar graag vertrekken. Nu zat ze op de universiteit in een ander deel van het land en ze had het er erg naar haar zin. Ze kwam pas thuis met Thanksgiving, wat snel genoeg zou zijn.

Dean was iets aan het zeggen.

'Wat?'

Hij herhaalde het, iets luider, maar nog steeds op een nonchalante toon. 'Ik wou dat mijn ouders nu eindelijk gingen scheiden. Ze luisteren niet naar me als ik het ze vriendelijk suggereer.'

Mijn wenkbrauwen gingen alweer de hoogte in, rechtstreeks naar hem dit keer. 'Waarom?'

'Eén: ze kunnen elkaar niet uitstaan. Twee: mijn vader heeft altijd wel een vriendin. Drie: het komt er toch wel van. Beter vroeg dan laat. Is minder zielig voor ze, vind je niet?'

'Tja.' Ik wist niet echt wat ik moest zeggen. Het was net alsof hij het over personages in een soapserie had.

'Wat doet je vader?'

'Hij is verzekeringsexpert. Mijn ma is hoofdredactrice van *Country Living*. Ken je dat? Het is een walgelijk blad, gespecialiseerd in chic-rustieke rotzooi, je weet wel, net-echte ouderwetse lantaarnpaaltjes voor in de tuin, veel sfeer maar geen hond die ertegen wil pissen.'

Ik glimlachte.

Hij lachte terug. 'Mijn pa heeft dat eens gezegd, tijdens een etentje. Hij had te veel op en dacht dat niemand hem kon horen.'

'Jezus.'

'Je zegt het wel.'

'Zijn ze nu thuis?' Ik keek nieuwsgierig door het raam, alsof ik het venijnige koppel vandaar kon gadeslaan.

'Nee.' Zijn stem klonk een beetje scherper. 'Ze zijn thuis in het weekend. Dat daar is een weekendhuisje voor ze.' Hij gebaarde vol afkeer in de richting van de villa.

'Tijdens de week zitten ze in de stad. In aparte hotels, aldoor aan het werk, of bij hun vrienden, aan het netwerken. De enige reden waarom we een huis hebben hier, is omdat ze mij hier kunnen dumpen. En omdat het mijn moeders project is natuurlijk. Het halve huis is verboden terrein, fungeert als fotoset. De andere helft wordt in het weekend bezichtigd door stinkend rijke mossels die het heerlijk vinden om zich jaloers te laten maken door handgeknoopte tapijten, idiote gastendoekjes en een spa. Het kan hier echt druk zijn tijdens het weekend. Een paar weken terug komt er zo'n windbuil in een terreinwagen de hoek om gescheurd en hij rijdt me haast omver. Dacht je dat hij stopte? Nee hoor. Herkende me niet eens. Toeterde naar me, als naar een konijn. Wil je suiker?'

'Eh, ja.'

'Dus … ben ik hierheen verhuisd. Kan niemand wat schelen, niemand valt me lastig. Heerlijk.'

Hij nipte van zijn thee en keek ernstig. 'Als ik dit hier niet had, dan was ik naar een internaat gegaan na de zomer. Alles om niet in dat dikkenekkenpaleis te hoeven wonen.'

Ik rook aan de thee en proefde. Onder de zoetigheid van de suiker zat een kruidige smaak die ik niet herkende. Het was nogal sterk.

'Lekker, hè, die thee?'

'Nogal. Wat is het?'

'Een soort kruid.' Hij lachte ondeugend en snoof aan het wolkje damp dat omhoogkringelde uit zijn kop.

Ik werd wantrouwig. 'Wat voor kruid?'

'Een kruid dat je helpt te ontspannen. Zoals Welterustenthee.'

'Idioot. Wie drinkt er nou Welterustenthee op klaarlichte dag?'

'Zullen we scrabbelen?'

'Nee. Ik moest maar eens opstappen. Wat als je me probeert te verdoven? Wat als je me probeert te verpatsen aan orgaanhandelaars van zodra ik ben flauwgevallen, plat op m'n neus, klaar om opengesneden te worden, met scrabbleblokjes in een kransje om m'n hoofd?'

Hij lachte schaterend.

'Doe niet zo flauw. Ik zal je niet verkopen als je stoned bent. Ik word zelf ook stoned. En ik heb chocolade in huis.'

Stoned? Voordat Vicky het huis uit ging, had ik mam tegen haar horen praten over middelenmisbruik. We hadden een behoorlijk ruimdenkende moeder, en ze was misschien een beetje te eerlijk.

Waar Vicky tot elke prijs van af moest blijven, waren de chemische drugs, had ze gezegd, de pillen en de poedertjes. Daar kon je van doodgaan omdat je niet wist wat erin zat, en de mensen van wie je ze kreeg, wisten het doorgaans ook niet echt.

En wiet? had Vicky gevraagd. *Iedereen rookt wiet. Zelfs de president.*

Mam had nerveus gelachen en bekend dat ze het zelf een keer had gerookt toen ze jong was, net als de president.

Heb je het geïnhaleerd? vroeg Vicky.

Ja, en het had haar sloom gemaakt en doen giechelen, niet veel bijzonders, echt. Mensen die het vaak deden, waren altijd suf, en het roken was erg ongezond, dus was het bij die ene keer gebleven.

Ja, dat zal wel, zei Vicky.

Dat was het eind van het gesprek, maar de volgende dag was mam uit op wraak, en toen ze Vicky op de bank vond met schijfjes komkommer en tomaat op haar gezicht, had ze haar een Griekse salade genoemd.

Over thee had ik haar nooit iets horen zeggen.

'Is dat wiet?' Ik probeerde achteloos te klinken. Als het iets was waar ik nog nooit van had gehoord, dan zou ik het weigeren.

'Tuurlijk. Wat anders?'

'Oké dan. Ik ben heel erg goed in Scrabble. Waar zullen we voor spelen?'

'Jouw lever. Mijn oogballen.'

En zo werden we vrienden die middag, scrabbelend en nippend van onze aromatische hallucinogene thee. Het effect was erg langzaam, zei Dean, en we zouden er vooral honger van krijgen, maar daar was hij op voorzien.

Na een poosje (*Voel je al iets? Voel je het al?*) werden we lacherig en ik stelde vast dat ik misschien inderdaad een beetje licht in m'n hoofd was.

Ik won vijf spelletjes op rij. Na de derde keer sprong hij op en rende hij scheldend de kamer rond. Hij probeerde niet te hard te verliezen door woorden te verzinnen en net te doen of ze echt bestonden. *Nee, echt, een knitz is zo'n klein teennagelknippertje! Echt! Mijn pa heeft er eentje!*

Ik lachte zo hard dat ik amper nog kon ademen. Mijn vingers tintelden, mijn lichaam was heerlijk loom en ik gaf de ene hilarische opmerking na de andere. Ik vond mezelf zo gevat. Mijn kaken deden zeer van het lachen.

Onder het maken van orgastische geluidjes speelden we een halve kilo chocolade naar binnen. Daar werd ik wat nuchterder van en ik besloot naar huis te gaan.

Dean bleef naar het spelbord turen, helemaal opgaand in de spelling van een nog uit te vinden woord. Toen ik bij de deur was, keek hij op. Hij hikte, lachte en zei dat hij gauw eens zou langskomen.

4

De volgende ochtend was mam al naar haar werk toen ik opstond. De avond daarvoor had ik nog gekookt voor haar, maar toen was ik op bed gaan lezen en meteen in slaap gevallen. Ik had haar niet meer horen thuiskomen.

Nog steeds lui en loom, en in pyjama, sleepte ik me naar de keuken voor een ontbijt. Het was een schitterende ochtend, het zonlicht oogverblindend, het gras nog nat. Ik nam mijn kop koffie en mijn kommetje cornflakes mee naar de veranda. Het zou weer heet worden.

Ik nestelde me in een van de rieten stoelen en at. Ik hield van de kleine geluidjes die weerklonken in de stilte: mijn lepel die tegen mijn kommetje tikte, iemands grasmachine in de verte, de snel opeenvolgende imitaties van de spotvogel in onze tuin. Ik kon uren naar een spotvogel luisteren, het was verbazingwekkend wat zo'n beest aan repertoire in huis had. Het ene moment deed hij het gezapige gekwaak van een kikker na, het andere het nijdige gekras van een kraai die om een plekje in de ceder ruziede.

Ernest had me gehoord en kwam de veranda op gewandeld. Hij beantwoordde mijn groet door eventjes glimlachend zijn ogen dicht te knijpen, en koos toen een lekker plaatsje uit in de zon op de stenen trappen. Hij likte z'n vacht, kort en mechanisch, strekte zich toen uit, kon de heerlijke warmte van de stenen onder zijn rug niet weerstaan, rolde om, verloor zijn evenwicht en viel een trap naar beneden.

Ik lachte.

Hij kwam overeind, schudde z'n kop en keek me een tikkeltje verbaasd, maar nog steeds minzaam aan, alsof iemand hem voor de grap een duwtje had gegeven. Ik riep hem en hij kwam naast me zitten, zijn pootjes netjes onder zijn lijf. Opeens dook hij ineen, legde hij zijn oren plat en keek hij achter zich.

Er was een geluid, achter het huis. Toen waren er voetstappen. Ernest draaide zich om, luisterde en verdween toen onder een stoel.

'Mo? O, daar zit je.'

Het was Dean. Hij lachte breed toen hij me zag.

Ik kruiste mijn armen voor m'n borst en probeerde er nonchalant uit te zien. Mijn nachtplunje maakte dat niet evident. Ik droeg namelijk een oud verschoten T-shirt, dat van Vicky was geweest, met daarop de beeltenis van een kushandjes werpende Miss Piggy, samen met de woorden KISS ME, geheel in lovertjes geborduurd. De helft van de lovertjes was verdwenen, omdat ik er graag aan zat te plukken als ik niet in slaap kon vallen. Mijn kont was gehuld in een oranje-rood geruite boxershort. Het T-shirt had veel roze en het geheel vloekte zo vreselijk dat het leek alsof ik ontsnapt was uit een instelling voor geestesgestoorden, waar ik constant werd uitgelachen om mijn 'klerenblindheid'.

'Knappe short.' Hij grinnikte.

Ik snauwde geïrriteerd: 'Ik kom net uit bed. Waarom besluip je me in m'n eigen huis? Kun je niet door de voordeur komen, net zoals iedereen?'

'Hé, sorry hoor ...' Even keek hij geschrokken en hij zwaaide afwerend met zijn arm. 'Ik neem altijd de kortste weg en van bij mij thuis kom ik dan uit aan de achterkant van jouw huis ...' Hij brak zijn zin af en draaide zijn hoofd weg. Zijn haar viel voor zijn gezicht.

Ik ontdooide. 'Wil je wat koffie?'

'Ja, graag.'

Ik liep naar de keuken en haalde een kop voor hem. Toen ik terugkwam, was hij bezig Ernest onder de stoel vandaan te lokken.

'Het ligt niet aan jou, hoor. Hij kan erg wantrouwig zijn, als hij je niet kent. Weet je wat de beste manier is om een kat bij je te laten komen? Negeer hem. Dan wordt-ie vanzelf nieuwsgierig.'

'Hetzelfde als bij meisjes?'

'Ik zou het niet weten.' Ik overhandigde hem zijn mok.

'Hé, weet je wat ... Ik heb zin om te gaan zwemmen, lekker luieren bij het water. Het laatste wat ik vandaag wil doen, is fietsen repareren. Kom je mee?'

Ik aarzelde. Mijn gedachten gingen vluchtig naar de plannen die ik voor mezelf had gemaakt. Het boek dat ik wilde lezen.
'Waar ga je dan zwemmen?'
'Vorige week heb ik een pracht van een meer ontdekt, niet te ver weg, en er komt helemaal niemand. Het is ergens bij Pratt Corner.'
'Dat is het drinkwaterreservoir van Ornell. Het is verboden om daar te zwemmen.'
'Onzin.'
'Nee, echt!' Mijn stem ging de hoogte in en ik schraapte haastig mijn keel. 'Als iemand je ziet, dan ...'
'Niemand ziet ons. Trouwens, ik ben schoon.'
Ik lachte ongelovig.
'Goed, dan ga ik alleen.'
'Maar ...'
Hij wandelde al weg.
'Dean!'
Hij draaide zich om en lachte fijntjes. 'Wat?'
'Ik ga mee. Als je zeker weet dat we niet worden betrapt.'
'Maak je geen zorgen. Snel, haal je spullen.'

Dwars door de bossen trokken we naar het reservoir, over een paadje dat Dean klaarblijkelijk al op z'n duimpje kende. Ik vond het erg merkwaardig dat iemand zich een gebied vertrouwd kon maken in zo'n korte tijd. Toen ik hem er iets over vroeg, haalde hij zijn schouders op en mompelde hij iets over de klanten voor zijn fietsen die overal in de buurt woonden.

We liepen naast elkaar over een oud karrenspoor. Eerst kwamen we nog langs de achterkant van huizen en tuinen, en telkens als we tekenen van leven zagen – een schommel, roestige auto's, een hond – zwegen we, alsof het afgesproken was.

Beetje bij beetje gingen we dieper het bos in en daar vonden we de overblijfselen van vroegere tijden, honderd of tweehonderd jaar geleden, toen de bomen massaal waren gerooid en de hele streek uit akkerland bestond. Ik stelde me voor hoe de boeren hier tientallen jaren geleden hadden gezwoegd en geploeterd in de rotsachtige aarde, voor ze ontdekten dat het verre Westen eindeloze vlaktes had waar ze zonder moeite hun graan en aardappelen konden telen, en *en masse* hun boerderijen verlieten, die in een mum van tijd weer werden opgeslokt door de uitgestrekte bossen van New England. Verscholen onder mos en een kluwen van slingerplanten zaten oude stenen muren, de fundamenten van boerderijen en allerlei soorten bijhuisjes. Alles wat eens zorgvuldig door de mens was opgebouwd, was overwoekerd en zakte weg in de zachte, geurige bosgrond. Hier en daar stonden nog aan hun lot overgelaten oude landbouwwerktuigen, bedekt met roest die ze vervormde, als een enge ziekte.

Toen ik nog klein was, had mijn moeder me die halfvergane constructies aangewezen en samen verzonnen we dan verhalen over de ruïnes, dat ze van elfen of indianen waren geweest. Nog altijd ademden de stenen een sfeer van mysterie en nostalgie die me fascineerde.

We kwamen voorbij een moeras, waar grote schildpadden in het water plopten voor we ze goed hadden kunnen bekijken, we beklommen een heuvel en zagen toen het reservoir glinsteren tussen de bomen.

We daalden de heuvel aan de andere kant weer af en toen stonden we op de oever van het grote, blauwe meer, omzoomd door naaldbomen. Ik probeerde de bordjes met daarop PUBLIEKE WATERVOORZIENING − TOEGANG STRENG VERBODEN te negeren.

'We moeten helemaal naar de andere kant. Zie je die open plek daar, tussen die twee groepjes bomen? Dat is het strand,' zei Dean met een stralende glimlach.

Moeizaam baanden we ons een weg op de oever, klauterend over gevallen bomen en door het struikgewas. Takken zwiepten in m'n gezicht. Toen we er bijna waren, viel het me plots op dat er wel erg veel riet stond op een stuk waar we nog doorheen moesten.

'Dean, dat daar, is dat geen moeras?'

'Geen zorgen. Als je bang bent dat je voetjes nat worden, neem ik je wel op m'n rug.'

'Hou je kop.'

Toen we eindelijk op het 'strand' stonden, was ik overdekt met schrammen en bulten. Een paar dozijn teken kropen ongetwijfeld rond over mijn lijf, op zoek naar een sappig plekje. Maar het was het waard. De plaats die hij gekozen had, was een effen vierkantje van gras, badend in de zon en met bomen aan elke kant voor het geval we wat schaduw zochten. We waren onzichtbaar vanaf de weg.

Ik zweette als een rund en mijn vel jeukte van de zaadjes en de platgeslagen insecten die waren blijven plakken. Ik snakte naar het water. Mijn handdoek vloog in het gras, even later mijn schoenen en mijn kleren, en zonder zelfs maar even te stoppen om mijn adem in te houden, dook ik het meer in.

Het water was zo koud dat het me de adem benam. Ik maaide wild met mijn armen en benen, want ik was bang dat de kou me zou verlammen als ik niet onmiddellijk naar de kant zwom. Met een beverige zucht kwam ik boven. De warme lucht die mijn longen vulde en de zon in mijn gezicht leken mijn bloed weer te laten stromen, want plots leek het water heerlijk fris in plaats van ijzig. Heftig watertrappelend riep ik naar Dean.

'IJskoud, man! Mijn ballen vriezen eraf!'

'Sorry! Ik had je moeten waarschuwen.' Hij bleef aan de kant staan en doopte voorzichtig een teen in het water.

'Kom erin! Het is helemaal niet zo koud, het is zalig!' Zich theatraal uitstrekkend ging hij een paar stappen achteruit, zoog zijn middenrif naar binnen en sprintte vooruit. Hij nam een machtige duik en toen hij weer boven kwam, gaf hij een triomfantelijke schreeuw.

We bleven een tijdje in het water, spetterend en spelend als jonge zeehondjes. Het was heerlijk.

Toen ik genoeg had van het ronddobberen, klom ik op de oever, met Dean in mijn kielzog. We gingen beurtelings puffend en rillend op onze handdoeken liggen. Ik strekte me helemaal uit en voelde de zwaartekracht in al mijn lichaamsdelen, de zon warm op mijn natte huid. Ik luisterde naar het kloppen van mijn hart en dacht voor een ogenblik helemaal nergens aan.

Het bleef een hele tijd stil, tot het te warm werd en ik met mijn handdoek naar de schaduw onder de bomen verhuisde. Dean ging weer zwemmen. Ik zat rechtop, wiebelde tevreden met mijn tenen en bestudeerde de omgeving.

Het reservoir en het bos waren zo stil dat ze wel bevroren leken, als op een foto. De lucht was diepblauw en geen blad ritselde in het verblindende zonlicht. Dean spartelde erop los in het water, maar zijn lawaai werd gedempt door de sublieme uitgestrektheid om hem heen. Het was echt een mooie plek.

Toen hij eruit kwam, ging hij naast me zitten in de schaduw. Hij droop. Ik schoof onwillekeurig een eindje op, om niet nat te worden.

'Kijk eens naar die roodkopgieren.' Ik wees naar drie vogels die boven de boomtoppen zweefden. 'Hoe kunnen ze nou eten vinden, als ze boven het bos vliegen? Ze moeten wel heel scherp kunnen zien. Als een radar.'

'Ze ruiken het. Ze kunnen rottend vlees van mijlenver ruiken.'

'Ga weg. Meen je dat? Hoe kun je nu dingen ruiken op de grond wanneer je in de lucht zweeft, met al die luchtstromingen ertussenin?'

'Iemand heeft eens een experiment gedaan.' Hij sloeg naar een vlieg. 'Op de eerste dag legde hij een vers dood konijn onder een deken. Geen gieren. Op dag twee begon het vlees een klein beetje te ruiken en de gieren vonden het. Maar toen hij nog een paar dagen wachtte en echt rot vlees als lokaas gebruikte, kwamen ze niet meer, want dat hoeven ze niet. Het moet net goed zijn. Het mag een beetje stinken, maar niet te veel.'

'Cool.' Hij verbaasde me.

'En dat is nog niet het mafste aan die beesten. Raad eens wat ze verder nog meer kunnen.'

'Uh.' Ik haalde mijn schouders op. 'Ik weet het niet. Er komen laserstralen uit hun ogen en ze kunnen onzichtbaar worden?'

'Nog beter.' Hij glimlachte trots. 'Wanneer je ze bedreigt, kotsen ze naar je.'

'Niet waar.'

'Echt. Waarom zou ik zitten liegen?'

De stilte tussen ons keerde weer. Dean lag op zijn rug en ik op mijn buik, met mijn hoofd op mijn armen. Ik had één oog dicht en hield met het andere het komen en gaan van insecten in het gras vlak voor mijn neus in de gaten. Het duurde niet lang of ik dommelde in.

Toen ik wakker werd, lagen we alweer in de opgeschoven zon, net voor ze achter de boomtoppen zou verdwijnen. Ik keek naar Dean.

Hij lag vredig op zijn zij te slapen, zijn gezicht een beetje scheef en zijn mond half open. Ik plukte een lange grashalm en kietelde zijn neus. Hij werd wakker en lag lui met halfopen ogen te glimlachen. Toen zuchtte hij, en hij sloot zijn ogen weer. Ik zocht een dun takje en prikte ermee in zijn borst.

'Au, hou op, ik slaap.' Hij drukte jammerend zijn gezicht in de handdoek.

'Wakker worden, we moeten gaan. Het is al laat. Je mammie zal zich zorgen maken.'

Toen we weer aan de rand van het bos waren (gek, de terugweg leek veel korter), vroeg hij: 'Wil je nog even meekomen? Om iets te eten? Ik heb brownies.'

Ik dacht dat er wel tijd was voor een tussenstop voor ik naar huis moest. 'Tuurlijk.'

De late middag was erg vochtig en drukkend. Het zweet droop alweer van me af. Er klonk een onheilspellend gerommel in de verte. We wandelden rustig verder, babbelend en grappend, alsof we konden verhinderen dat het weer veranderde door ons niet te haasten. Toen we de lange, kronkelende weg op gingen die naar Deans huis liep, begon het te regenen, massieve druppels die als kogels op de bladeren afschampten. We negeerden ze en kuierden verder, onze hoofden dicht bij elkaar zodat we nog konden horen wat de ander zei. Toen regende het bubbels en vlak voor we aan de laatste honderd meter naar de hut kwamen, duwde Dean me in een plas en begon hij te rennen. Ik volgde, roepend. We galoppeerden door de plassen en toen we bij de deur kwamen, zaten er modderspatten op zowat elk bloot stukje van onze lichamen.

Ik slaagde erin hem een beentje te lichten en we vielen half naar binnen, giechelend en vloekend.

'Oké, waar heb je zin in, cola, thee –' Hij maakte zijn zin niet af. Allebei zagen we nu de man die in een hoek van de kamer stond. Er viel een perplexe stilte, die enkel werd doorbroken door het onregelmatige getik van de regendruppels die door het gebladerte heen het dak raakten. Een rilling liep over mijn rug.

Hij was een man van in de twintig, van top tot teen in zwart gehuld. Om zijn pols zat een armband met ijzeren pinnen. Wat het meest aan hem opviel, was de snit van zijn witblonde engelenhaar: kort bovenop en lang achteraan. Hij stond wijdbeens als een cowboy, met zijn duimen in de zakken van zijn leren broek. Vriendelijk keek hij ons aan. Toen we bleven zwijgen, gaf hij ons een stralende glimlach, waarbij een afstotelijk geel gebit zichtbaar werd. De combinatie van het engelenhaar, zijn stralende glimlach en zijn vieze tanden werkte bijzonder bevreemdend. Hij leek niet goed bij zijn hoofd, of misschien zelfs gevaarlijk.

'Hallo, Dean. Ik wil wel een kopje koffie.'

Dean staarde de vent aan alsof hij moeite had om te geloven dat hij er werkelijk was. Een diepe gloed kroop uit zijn nek omhoog en zijn ogen schoten vuur.

Na nog enkele ogenblikken waarin de spanning om te snijden was, zei hij: 'Wat doe je hier, RJ? Je kunt hier godverdomme niet zomaar binnenkomen.'

RJ's glimlach nam nog in weerzinwekkende omvang toe. 'Ooo, sorry, schatje. Maar het regent, niet? En als het regent, ben je beter binnen dan buiten! Wat jij?'

Hij keerde zich naar mij en ik begreep dat RJ zich afvroeg wie ik dan wel was.

'Eruit,' zei Dean abrupt.

'Niet zo snel. Ik wil dat je die fiets terugneemt.' Hij richtte zich weer tot mij en verduidelijkte: 'Ik ben m'n rijbewijs kwijt. Haat fietsen. Heb geen andere keus. Wat voor auto heb je?'

Hij keek me beleefd en belangstellend aan, alsof we toevallig aan de bushalte over koetjes en kalfjes aan de praat waren geraakt.

'Ik heb geen auto.'

Dean wond zich op. 'RJ, je hebt hier niks te zoeken.'

RJ had zijn blik niet van me afgewend. Hij negeerde Dean en glimlachte. 'Jammer.'

Dean smeet zijn rugzak in een hoek en zei afgemeten: 'Ik wil dat je vertrekt, nu meteen, en dat je niet meer terugkomt. We doen geen zaken meer.'

'Op dat ene zaakje na dan.' RJ hield zijn wijsvinger in de lucht terwijl hij zich naar Dean omdraaide.

'Vergeet het. Eruit.'

'Zal ik je eens iets vertellen dat je van gedachten zal doen veranderen? Ik geef je nog even de tijd om je speelkameraad gedag te zeggen. Of mag hij het horen?'

Er viel een akelige stilte.

Dean keek naar me.

'Als je het niet erg vindt …?' Zijn stem was nog vol verachting. Ik wist dat die voor RJ was bestemd, maar ik was beledigd, ik kon het niet helpen.

Ik griste mijn rugzak van de grond en draaide me om. 'Ik zie je nog wel.'

Zonder zijn antwoord af te wachten, opende ik de deur en ik vertrok.

Toen ik me eindelijk door de regen naar huis had gesleept, zag ik dat het keukenraam fel verlicht was. Ik sloop naar binnen via het washok, zodat ik mijn vuile, natte spullen er kon laten alvorens mam onder ogen te moeten komen, maar ik werd betrapt in de gang.

Het licht deed zeer aan mijn ogen. Ik vroeg me af of ik misschien een zonnesteek had.

Mam bekeek me van top tot teen.

Toen zei ze: 'Ik dacht dat je een hekel had aan voetballen in de regen?' Ze grinnikte.

'Laat me even ander kleren aantrekken, oké?' zei ik nijdig. 'Een momentje.'

Ze trok haar wenkbrauwen op. 'Onder de modder en in een rothumeur. Ik durf te wedden dat je gedumpt bent aan de kant van de weg. Hoe heet ze?'

Ik sloeg hard de deur achter me dicht en ging erg vroeg naar bed.

5

Mam en ik zaten samen te ontbijten op de veranda. Het was alweer een poosje geleden. Ze was goed gezelschap, want haar nachtplunje was van een even schabouwelijk allooi als het mijne. Haar kamerjas was zo oud dat hij zijn originele kleur alleen nog van horen zeggen kende. De moeilijk te beschrijven tint die hij nu had, was bruinachtig purper volgens mij, maar mam zei dat het een zachtpaarse chocoladekleur was die op weg was naar kastanjebruin.

'Ik heb meneer Abramovitz twéé keer gevraagd of ik zijn referenties moest checken, maar hij vond het niet nodig.' Mam was druk aan het vertellen.

'Ik deed het toch, want volgens mijn intuïtie was er iets louche met die kerel. En raad eens?' Ze gooide haar armen triomfantelijk in de lucht en schudde haar hoofd, alsof ze nog altijd moeite had om te geloven wat ze had ontdekt. 'Allemaal valse namen en plaatsen! Regelrechte fraude! Je had meneer Abramovitz z'n gezicht moeten zien.' Ze lachte gelukzalig en kneep liefdevol in m'n knie.

Ik lachte terug. Haar enthousiasme was aanstekelijk.

'Ik ga vandaag shoppen.'

'Fijn. Ik ga met je mee. Ik heb wel zin in een tripje.'

'O.' Haar gezicht betrok. 'Ik vergat het je te zeggen. Meneer Coldwell belde nog gisteren, voor je thuiskwam. Hij zei dat hij je hulp kon gebruiken, als je tijd had.'

Ik kreunde. 'Nee, ik heb helemaal geen tijd! Niet vandaag. O nee. Ik wil met jou mee.'

'Maar ...' Ze gaf me een beteuterde blik. 'Het klonk dringend. Hij zei dat hij je gisteren al had verwacht.'

'Dat hadden we helemaal niet afgesproken! Wat denkt hij, dat ik zijn gedachten kan lezen?!'

Ze fronste. 'Ik weet het. Maar ... Ga gewoon. Doe het voor mij.'

'Waarom?'

'Ik wil dat je een wit voetje hebt bij meneer Coldwell. Hij doet altijd een goed woordje voor je op de deliberatievergadering.'

'Dat kun jij toch niet weten?'

Maar ze had gelijk. Sinds ik zijn 'assistent' was, had ik geen problemen meer met mijn wiskundecijfers.

'Oké dan,' zei ik nors. 'Dan ga ik maar. Veel plezier met het winkelen.'

Meneer Coldwell zat buiten de krant te lezen. Hij leek niet wanhopig om mij of wie dan ook te zien. Op zijn neus stond een ouder-

wetse bruine hoornen bril, waardoor ik me afvroeg of hij überhaupt nog iets kon zien.
'Hallo meneer Coldwell,' zei ik, toen ik binnen gehoorsafstand was gekomen.
Hij keek op en kneep zijn ogen tot spleetjes. Hij pakte de bril van z'n neus en wreef over zijn oogleden.
'Mooie bril.'
Hij pakte de bril met een liefkozend gebaar weer op. 'En of! Ik vroeg me af of je 't zou merken.' Met een zweem van trots vervolgde hij: 'Hij zat in een van m'n moeders dozen. Ik ben buitensporig lang bezig geweest met het achterhalen van de identiteit van de vorige eigenaar, maar zonder succes.'
Hij staarde nadenkend naar zijn bril en draaide hem nog een keer rond. 'Ik denk niet dat hij goed voor me is, helaas. Er lijkt altijd iets te bewegen in een hoek van m'n gezichtsveld. Dat kan verontrustend zijn, vooral 's nachts. Misschien moet ik eens naar de oogarts om hem te laten aanpassen.' Hij zette de bril op z'n neus en keek me streng aan. 'Ben ik niet helemaal een professor zo?'
Je ziet eruit alsof je krassend zou wegvliegen als iemand je liet schrikken, dacht ik. Maar ik knikte. 'Helemaal.'
'In ieder geval, je bent eindelijk hier. Flink zo. Ik had je moeder aan de lijn gisteren. Heeft ze het gezegd? Ze klonk erg eh ... hoe zal ik het zeggen ... gloedvol. Was ze blij om m'n stem te horen?'
'Ze had een meevaller op haar werk.'
'O. Kom maar mee naar de kelder,' zei hij abrupt en hij stond op.

De zon scheen door de vuile raampjes en de stofdeeltjes lichtten vrolijk op terwijl ze over de rommel van meneer Coldwell dansten.
'Ik wil alles naar boven verhuizen,' zei hij.
Ik dacht aan de hoeveelheid tijd en werk die dat zou kosten en

protesteerde. 'Maar meneer Coldwell. Kunnen we niet beter eerst die dozen sorteren? Dan kun je al dingen weggooien. Zou dat niet veel –'

Hij onderbrak me. 'Neenee. Weet je, ik slaap slecht, geplaagd door zorgen om al die dingen hier. Ze zijn niet veilig. Alles moet naar boven, dan moeten ze eerst voorbij mij als ze ernaar op zoek zijn.'

'Wie zijn *ze*?' vroeg ik verbaasd.

'Inbrekers.' Hij keek me aan en knipperde nerveus. 'Ik heb al dingen gehoord. Geluiden.'

'Waarom bel je de politie niet? Je kunt ook een alarm in huis halen ...'

Hij staarde me een ogenblik niet-begrijpend aan. 'Wat? De politie? Wat moet ik ze vertellen? Nee, dat is geen goed idee. Wat kunnen ze doen? Immers, als dieven mijn dozen vinden, dan kan ik niet eens aangeven wat er gestolen is, omdat ik niet weet wat er allemaal in zit. Dus eerst moet alles naar boven en dan maken we een inventaris.'

Het leek me een absurd idee, maar als meneer Coldwell iets in zijn hoofd had, dan moest dat ook zo gebeuren. Het had geen zin om er iets tegenin te brengen.

Zwetend en hijgend sleurden we alle dozen, dertien stuks, naar zijn werkkamer, een ruimte die al volgestouwd was met zo'n dertigduizend boeken die allemaal halfopen door elkaar lagen, alsof er een krachtige explosie had plaatsgevonden. Bovendien had elk stapeltje turven zijn eigen whiskeyfles, die er parmantig bovenop balanceerde, als een minivuurtoren op een eilandje. Ik paste goed op om niets omver te stoten, want het mentale evenwicht van meneer Coldwell was vandaag bijzonder fragiel, dat had ik wel begrepen.

Toen we klaar waren, zetten we ons onderonsje verder met een kop koffie, evenwel zonder enig opbeurend effect. Meneer Coldwell zat ergens op te broeden. Minuten tikten in stilte weg. Toen schraapte hij zijn keel.

Ik schrok op.

'Ik moet een hond hebben.'

Ogenblikkelijk was ik op mijn hoede. 'Bent u nu niet een beetje gespannen? Een hond heeft veel zorg nodig.'

'Dat weet ik. Zie ik eruit alsof ik dat niet weet?' Hij sperde zijn ogen open en keek me aan, op zijn tenen getrapt.

O jee. Even voelde ik me als de getergde ouder van een opstandig kind, peinzend over de juiste strategie om kalm en geduldig duidelijk te maken dat het zijn zin niet krijgt omdat wat het vraagt niet bijster verstandig is. Helaas had ik niet de autoriteit om meneer Coldwell iets te verbieden.

'Misschien moet u nog even wachten. Nadenken of dit echt wel de juiste oplossing is. Weet u, een alarmsyst—'

'Ik heb nog nooit zo grondig over iets nagedacht,' zei hij koppig. 'Hoe meer ik erover nadenk, hoe beter het idee me lijkt. Ik zál een hond hebben. Komaan, we gaan naar het asiel.'

Ik had geen keus. Met een moedeloos gebaar sloeg ik mijn koffie achterover en ik voelde mijn maag een sprongetje maken toen ik hem zijn autosleuteltjes tevoorschijn zag halen. Hij was een alarmerende chauffeur. Hij zag niets als het niet recht voor z'n wielen gebeurde.

We stapten in de auto en reden heel traag achterwaarts van de oprit. Hij moest de motor herstarten nog voor we op de weg waren.

'Wat voor ras had u in gedachten?' vroeg ik nerveus, mijn blik angstvallig op de weg gericht. Gelukkig was het verkeer erg kalm vandaag.

'Hmmm ... We gaan naar het asiel, dus ik weet niet in hoeverre ik zal kunnen kiezen.' Hij tuurde in de verte. Tot mijn schrik zag ik dat hij zijn belachelijke bril weer had opgezet. 'Maar als ze er toevallig eentje hebben, zou ik graag een dobermann mee naar huis nemen … Ik heb gehoord dat het honden zijn die fel tekeergaan tegen indringers, maar erg houden van hun baas. Het zijn eenmanshonden.'

De gedachte aan meneer Coldwell met een dobermann in zijn zog was me net zo vreemd als de gedachte aan meneer Coldwell in rijbroek op een renpaard. Ik zakte een beetje dieper weg in mijn stoel en ging niet verder op het onderwerp in.

Toen we bij het asiel kwamen, reed meneer Coldwell er gezwind voorbij, merkte toen plots zijn vergissing, stopte en reed zonder te kijken achteruit.

Het asiel bleek nog gesloten te zijn voor de lunchpauze. Meneer Coldwell stapte uit en ging op de deur van het kantoortje kloppen. Een man keek uit het raam en wees naar het bordje waarop GESLOTEN stond. We moesten nog een kwartier wachten.

We wandelden een beetje rond op het parkeerterrein, platitudes debiterend over huisdieren. Meneer Coldwell begon zich te vervelen en ging terug naar het kantoortje. Hij vouwde zijn handen boven zijn ogen en keek door alle raampjes, alsof ze binnen een voortreffelijke, uitzonderlijk begaafde hond verborgen hielden die de zijne zou worden als hij erin slaagde om hem te spotten voor het asiel weer opening. Ik zag een paar ongeruste gezichten opdoemen bij de ramen, dus trok ik mijn gezicht in een serene plooi, als was ik meneer Coldwells braafste kleinzoon, en ik haalde hem over om bij de auto te wachten.

Toen het tijd was, ging de deur van het kantoortje open. Het was dezelfde kerel die naar het bordje GESLOTEN had gebaard. Hij knikte droogjes en zei: 'Goedemiddag, wat kan ik voor u doen?'

Meneer Coldwell groette hem verheugd en viel maar meteen met de deur in huis. 'Heeft u ook honden?'
De kerel gaf op geen enkele manier te kennen dat het beantwoorden van idiote vragen beneden zijn waardigheid was, integendeel, hij daalde welwillend af naar een lager conversatieniveau. Dat vond ik getuigen van een groot psychologisch doorzicht, omdat je sneller van eigengereide types als meneer Coldwell afkwam door ze de indruk te geven dat je ze serieus nam.
'Natuurlijk. We hebben veel honden. Wilt u er eentje adopteren?'
Meneer Coldwell lachte pompeus, trok zijn wenkbrauwen samenzweerderig naar me op en zei: 'Tja, heh-heh, anders zouden we niet hiernaartoe gekomen zijn!'
De kerel keek hem even beledigd aan en gaf een teken dat we hem moesten volgen. Vanaf het moment dat we door de deur kwamen, waren we hem kwijt.
Een oudere, gezette vrouw die achter een schrijftafeltje zat, keek ons stralend aan. 'Hallo daar. Kom je naar onze vriendjes kijken?' Ze knipoogde naar me. 'Jij bent vast op zoek naar een lief diertje, is het niet? We hebben katjes en hondjes, maar ook cavia's en konijntjes. Veel mensen weten dat niet.'
Ik lachte enthousiast naar haar. Hopelijk zei ze nog wat meer over cavia's. Kon ik meneer Coldwell er maar van overtuigen een cavia te nemen. We zouden hem kunnen loslaten in de tuin, er wat selderstengels achteraan gooien en hem veel geluk wensen.
'Nee,' zei meneer Coldwell kortaf. 'We zijn hier voor een hond.' Hij keek naar zijn horloge en staarde toen naar de muur. Onbekende vrouwen, vooral hartelijke, maakten hem nerveus.
'O.' De mevrouw, lichtjes gepikeerd, schikte haar papieren en wendde zich uitdrukkelijk tot mij. 'Voor een hond moet je bij Frank zijn. Hij kent ze het beste. Frank!'

De kerel van daarstraks stond als bij toverslag weer bij ons en zei ongeduldig dat we hem maar moesten vólgen. Hij ging ons voor in een labyrint van kooien. In de meeste zaten sluimerende katten die wakker werden, miauwden en zich behaagziek uitrekten toen we voorbijkwamen. De honden zaten in aparte kennels, met elk een lapje gras achterin. De meeste lagen binnen in hun mand en kwamen blaffend naar de tralies.

'Wilt u een grote hond of een kleine?' vroeg Frank aan meneer Coldwell, die nog bezig was zijn zelfvertrouwen terug te winnen na het intermezzo met de dame in het kantoor.

Meneer Coldwell rechtte zijn schouders. 'Eh ... ik wil een waakhond,' zei hij gewichtig. 'Een hond die mijn bezittingen zal beschermen wanneer ik er niet ben, bij voorkeur een dober–'

'Die hebben we niet,' zei Frank. Hij schopte een rubberen kip aan de kant. 'Dit is een asiel, meneer. Wat u zoekt, is een afgerichte hond. Deze honden zijn verschoppelingen, op zoek naar een warm thuis. U moet niets van ze verwachten, behalve dankbaarheid en liefde.'

Meneer Coldwells gezicht betrok. 'Laat toch maar eens zien wat u hebt ...'

Traag wandelden we langs de kennels. In de meeste zaten kleine bastaardjes. Er waren geen dobermanns te bespeuren. Opgelucht draaide ik me om, klaar om het asiel de rug toe te keren.

'En die daar?' hoorde ik meneer Coldwell vragen. Hij stond voor de allerlaatste kennel.

Behoedzaam keerde ik op mijn stappen terug. Meneer Coldwell wees naar een kleine basset, die in zijn mand lag te slapen en hoegenaamd geen aandacht aan ons schonk.

'O, die?' zei Frank, op medelijdende toon. 'Arm beestje ... Zijn baasje is drie weken geleden gestorven. Hij treurt en wil niet eten.

Ik denk niet dat-ie nog geadopteerd wordt, hij is veel te lusteloos. Misschien is een spuitje wel het beste voor hem.'

Een gesmoord geluid ontsnapte uit meneer Coldwells keel. Hij had een aangeslagen uitdrukking op zijn gezicht en kon zijn ogen niet van het zielige hondje afhouden.

'Hij zou goed bij u passen, vanzelfsprekend,' zei Frank haastig. 'Niet veel beweging nodig ... En heeft een erg luide, dreigende blaf. Ik ben er zeker van dat die blaf alle ongewenste indringers bij u thuis meteen wegjaagt. O ja, wees daar maar zeker van.'

'Halloooo ...' zei meneer Coldwell. Hij stak zijn neus door de tralies en maakte koerende geluidjes. 'Hoe heet hij?'

'Ehm ...' Frank aarzelde.

Ik zag hem, voor de eerste keer, het informatiekaartje lezen dat boven aan de kooi hing. Wantrouwig sloeg ik hem gade. Hij merkte het, en een gewiekste uitdrukking verspreidde zich over z'n gezicht. Hij vouwde het kaartje en stak het in z'n borstzak.

'Oei, meneer, het is eigenlijk een teefje! Ze heet Juanita.'

'Prachtig ...' mompelde meneer Coldwell. 'Juanita.'

Hij tuurde weer door de tralies en verhief zijn stem. 'Juanita! Ga je mee? Wandelen!'

Het hondje hief kort en geërgerd haar kop op, schoof even zodat ze weer lekker lag, knorde en probeerde haar dutje te hervatten.

'Hier, waarom ga je niet even kennismaken.' Frank opende de kennel en meneer Coldwell stapte voorzichtig naar binnen. Juanita keek op en besloot dat als die vreemde snuiter de moeite nam om haar kennel binnen te komen, hij wel een snuffel waard was. Ze hees zich uit haar mand en waggelde op haar korte kromme pootjes naar meneer Coldwell. Nadat ze zijn schoenen aan een inspectie had onderworpen, sloeg ze haar bloeddoorlopen ogen op, keek meneer Coldwell aan en kwispelde aarzelend.

Hij was verrukt. Hij gaf haar bemoedigende klopjes en riep enthousiast: 'Komaan, Juanita! Komaan, laten we gaan wandelen!' De honden in de andere kennels begonnen hysterisch te blaffen door meneer Coldwells aanmoedigingen, maar Juanita bleef onverstoorbaar, alsof ze nog nooit van zoiets frivools had gehoord. Toen werd de commotie te groot en moest ze toch aan haar instincten toegeven. Ze gooide haar kop achterover, haar enorme oren flapten, en ze zong: 'Woe-woe-woe-woeeeee.'

'Een mirakel!' zei Frank op plechtige toon. 'Deze hond heeft op u gewacht, meneer.'

De formaliteiten werden in orde gebracht door de mevrouw in het kantoortje, die hard probeerde meneer Coldwells wilde geestdrift te beantwoorden, maar daar niet geheel in slaagde.

Frank nam afscheid van ons met de woorden 'Wacht tot ze blaft. Het huis staat op stelten.'

Meneer Coldwell huppelde het kantoor uit, tevreden als een kind. Juanita volgde op een parmantig drafje en keek niet één keer om.

6

Ik liet meneer Coldwell met Juanita achter in een hervonden staat van huiselijk geluk, en een paar dagen gingen voorbij. Mam was nog altijd in een bruisend optimistisch humeur. Ze lachte me uit wanneer ik maar zuinigjes reageerde op haar kwistig in het rond gestrooide grappen en vertrok iedere ochtend neuriënd en met een half openstaande blouse naar haar werk. Als ik daar iets van zei, maakte ze een pirouette, zwiepend met haar haren en verklaarde ze zwoel: 'Succes maakt je sexy, schat. Dat ondervind je zelf nog wel.' De meeste ochtenden zag ik haar helemaal niet, omdat ze voor dag en dauw vertrokken was. Dan vond ik gewoonlijk een kattebelletje, volgekrabbeld met goede raad en lachende gezichtjes. Iedereen had dingen te doen en leek vervuld van een onverwoestbare levenslust. Behalve ik. Mokkend las ik al mijn boeken uit en ik ging naar de bibliotheek in Berkton om andere te halen.

Berkton genoot de reputatie een aantrekkelijk stadje te zijn, een reputatie die werd bevestigd door een heel uiteenlopend volkje. Mensen zeiden dat het klein genoeg was voor de inwoners om elkaar op straat te begroeten, en groot genoeg om een winkelcentrum te hebben en ook een eigen boerenmarkt iedere zaterdag, een paar fietsersverenigingen en een kleine universiteit.

Het centrum was compact, het door grote bomen overschaduwde grasplein voor de kerk (dat ze hier in New England nog steeds een *common*, een 'gemeenschapsgrond' noemen) knus in het midden, als een edelsteen in de palm van een hand. Voetgangers drentelden van de pizzatent naar een café, ze winkelden en wachtten in kliekjes op de bus. Er was een bioscoopje, dat draaiende werd gehouden door cinefiele vrijwilligers en studenten.

De inwoners van Berkton bestonden uit twee totaal verschillende types. De echte geboren en getogen Berktonieten, die de ruggengraat vormden, waren nuchtere, noeste werkers. Zij runden houtzagerijen, werkten op het veld en klopten lange uren in het postkantoor. De ingeweken Berktonieten stonden in verhouding tot hen als kaketoes tot kippen: een grote vlucht veelkleurige, intellectuele, onverbiddelijk progressieve trekvogels, die luidruchtig waren neergestreken in het stadje. Net zoals vogels een nest bouwen, begon een aantal onder hen onmiddellijk met de oprichting van een actiecomité. Als je met ze praatte, bleek dat ze erg trots waren op het feit dat ze smaak en pit gaven aan de stoffige achtenswaardigheid van Berkton.

Ondanks de duidelijke verschillen in temperament leefden deze twee soorten Berktonieten in harmonie. De geboren en getogen inwoners werden met ontzag en respect gekoesterd door de inwijkelingen. Je kon de inwijkelingen vaak horen zeggen dat de lokale bevolking stug was en misschien een beetje een gebrek aan verbeelding had, maar wát een verademing vergeleken met de wollige, babbelzieke leeghoofden die je soms aantrof in de rest van het land, en die lukraak waren samengebracht in enorme shopping malls in plaats van op een fraaie, ouderwetse common. En dan gingen ze enthousiast verder met het bouwen van een bakfiets of het stoken van hun zelfgemaakte jenever.

Ieder jaar trok dit minuscule deel van Amerika nog een ander soort tijdelijke inwijkelingen aan. Vagebonden en thuislozen uit een grotere, nabijgelegen stad (New York of Boston) kwamen naar Berkton voor de zomer, omdat het er aangenamer leven was dan in de verstikkende metropool. Een van die kerels, een straatmuzikant met Caraïbische roots, was mettertijd een echte attractie geworden. Elk jaar dook hij op, als een mythologische figuur, de verpersoonlijking van de lente, en hij verdween weer wanneer een zucht kou over het land streek en de pompoenen zwollen in het veld. Hij zong en begeleidde zichzelf op een lege wastrommel. Grappend en heupwiegend maakte hij van de stoep zijn podium. Hij zong 'Oh Kingston Town, the place I long to be … if I had the whole world, I would give it a-way, just to see … the gi-hirls at play …' en knipoogde naar voorbijlopende vrouwen, die hopeloos gecharmeerd waren en diep in de portemonnee tastten. Soms droeg hij een paarse cape, als een soort van zwerversuperheld.

Vandaag leek het stadje stiller dan ooit. Een paar chagrijnige, beflipflopte studenten, die tweede zit hadden, waarden rond met zwarte zonnebrillen op hun neus, alsof ze in de rouw waren voor een tragisch gestorven idool. Ze hadden bijna allemaal een smaakvolle tattoo ergens op hun lijf.

Nadat ik naar de bieb was geweest, slenterde ik doelloos rond, even stilhoudend bij een muur die was volgeplakt met affiches en posters. Misschien was er ergens iets waar ik naartoe kon, om het even wat, als het maar weg was van hier ... Behalve een aankondiging voor een klein zomerfestival, een openluchttoneelvoorstelling en een stuk of wat garageverkopen zag niets er zelfs maar in de verste verte interessant uit.

Iemand tikte op mijn schouder. Ik draaide me om, half verwachtend om Heinz te zien, maar het was Dean. Hij grijnsde. Zijn kleren waren schoon. Ik had hem nog niet eerder buiten het bos gezien.

'Hey Mo, wat ben je aan het doen?'

Ik zei iets vaags en wenste dat ik ook een zwarte zonnebril had. De verontwaardiging waarmee ik enkele dagen geleden bij hem was opgestapt, was nog niet helemaal verdwenen.

Hij zag m'n gezicht. 'Hé, luister eens. Over dinsdag. Sorry dat ik je zo buitengooide, maar weet je, ik moest gewoon. Die kerel, RJ, is een rotzak. Hij is kwaadaardig. Je kunt het misschien niet zo aan hem zien, maar het is een halve psychopaat.'

Ik glimlachte flauwtjes. 'Een hele psychopaat. En je kunt het wel aan hem zien.'

'Welja. Dat haar.' Dean grinnikte even en keek toen weer ernstig. 'Nog niet lang geleden heb ik hem een andere kerel z'n arm zien opensnijden. Hij zoekt graag ruzie met mensen die hij niet kent. En hij kent jou niet. Ik wilde geen risico's nemen.' Hij zei het oprecht, met een verontschuldigende ondertoon in zijn stem.

'Oké.' Ik deed of ik een affiche bestudeerde. 'Waarom stond hij eigenlijk ineens bij je binnen?'

'O. Ik heb hem een fiets verkocht en hij zegt dat die niet behoorlijk rijdt en dat hij zijn geld terug wil. Maar ik weet zeker dat die fiets in orde was toen ik 'm verkocht. Ik bood aan om er nog eens naar te kijken, maar dat wil hij niet. Hij wil zijn geld terug. Dus heb ik tegen hem gezegd dat hij kon oprotten.'

'Dus daarom komt hij zomaar bij je binnen en hangt hij de zware jongen uit, om een fiets?' Ik lachte schamper.

Dean knikte. 'Hij krijgt altijd zijn zin. Toen je vertrokken was, begon hij me te bedreigen, maar toen moest hij plots weer weg.'

'Dus je hebt gewonnen?'

'Ik weet het niet.' Hij haalde zijn schouders op. 'Voorlopig wel. Wat ga je nog doen?'

'Ik kom net van de bibliotheek. Nu ga ik terug naar Graynes.'

'Laten we hier nog wat rondhangen.'

Ik verplaatste ongemakkelijk mijn gewicht van de ene voet op de andere en zei niets.

'Toe. Ik kom nooit in de stad,' zei hij op een toon die medelijden afdwong. 'Hé, laten we naar de kermis gaan.'

'Is er een kermis?'

'Heb je dat niet gezien? Op de common. Je kunt er moeilijk naast kijken.'

Ik zei niets, maar haalde pseudo-onverschillig mijn wenkbrauwen op. Het gebeurde vaak dat ik dingen miste die zich vlak voor mijn neus afspeelden. 'Oké dan.'

We slenterden naar de common. Het voelde goed om plots weer zij aan zij te lopen met iemand. Het leek alsof je er dan meer toe deed dan wanneer je alleen rondliep, alsof je plots meespeelde in een film waar je daarvoor alleen maar naar zat te kijken. Details uit je omgeving werden plots scherper, de mensen tastbaarder.

Er was een kleine kinderkermis, met een paar draaimolens en eetkraampjes. Uitgelaten ukkepukjes renden heen en weer, maar de meeste zitjes bleven leeg. De mannen die de toestellen bedienden, zaten verveeld te wachten op meer volk.

'Wil je wat fried dough? Ik trakteer.'

'Tuurlijk.'

Langzaam wandelden we naar een vettig kraampje in het midden van de common. Terwijl Dean bestelde, keek ik wat rond. Twee gewoon uitziende, mollige meisjes, die de schiettent bemanden, waren naar ons aan het staren en giechelden. Logisch, er was niemand anders van hun leeftijd.

We gingen op een bank onder de bomen zitten, aan de rand van de common, een beetje weg van de kermis, en aten de fried dough. De meisjes waren er nog altijd. Ik zei er iets van tegen Dean. Hij keek kort naar ze, stak zijn tong uit en wiebelde ze even op een vulgaire manier heen en weer. De meisjes keken gegeneerd weg.

Ik groef geconcentreerd in mijn geheugen, op zoek naar een goed gespreksonderwerp.

'Waarom heet fried dough eigenlijk fried dough? Is dat niet raar?'

'Huh?' Dean keek me wezenloos aan, kauwend. Er zat een klontertje suiker in zijn mondhoek.

'Ik bedoel, het is iets commercieels, dus ze hadden het evengoed een aantrekkelijke naam kunnen geven, niet? Gefrituurd deeg klinkt toch helemaal niet lekker.'

'Ik weet het niet. Wel als je weet wat het is,' zei Dean.

'Het doet me ergens aan denken ... Weet je hoe ze spinazie noemen in Griekenland?'
'Nee.'
'*Boiled grass!* Gekookt gras!'
'Je meent het.'
'Jawel. Ik heb twee jaar in Griekenland gewoond, en dat staat daar op het menu.'
Hij grinnikte. 'Tjee, dat is echt grappig. Net iets uit Monty Python ... Dus je hebt in Griekenland gewoond. Hoe was dat?'
'Super, ik was nog heel klein, acht jaar, het was alleen ik met m'n moeder en –'
Dean luisterde niet meer. Hij zwaaide naar een kerel die wat verderop tussen de carrousels stond. Haastig veegde hij zijn mond af. De kerel kwam op ons af.
'Hey Tim. Hoe gaat het?'
'Hey Dean. Niet slecht, kan beter ...'
De kerel klemde zijn kaken dicht en spuugde toen in het gras. Hij was ergens in de twintig, mager en gekleed in donkere, gescheurde jeans. 'Wat doe jij hier? Tussen al die kinderen?' Hij vroeg het met een zweem van bitterheid, de kermis zwaarmoedig in ogenschouw nemend, alsof hij op een feestje voor punks was waar alleen cheerleaders op afgekomen waren.
'Even iets te eten halen ... En jij?'
'Ik speel chauffeur voor mijn nicht en haar kroost. Godverdomme. Al de hele ochtend loop ik rond met kinderen op mijn rug, ik voel me net een verdomde koala.' Hij trok een vies gezicht en vervolgde: 'Ons huis zit vol familie, man. Jezus. Je hoort jezelf niet denken, met al die schreeuwende kinderen. Mijn ooms kan het niet schelen, die zitten zich de hele dag in de sofa te bezuipen.'
Hij schopte wrokkig tegen een graskluit.

'Wat is er aan de hand?' vroeg Dean.
'Waar?' Tim keek rond. 'O. Bij ons thuis. Mijn zus Carla gaat trouwen.'
'Leuk.'
'Heh-heh-heh.' Tim leefde plotseling op. 'Man, je zou die vent moeten zien die ze aan de haak heeft geslagen. Je gelooft je ogen niet. Verkoopt huizen, is steenrijk, rijdt met een blitse kar. Hij is veertig, zij, wat, eenentwintig. Hij kan niet wachten om haar met een kleine te schoppen. Hij heet Livingston en hij heeft een kanjer van een snor.'

Tim hield abrupt op met praten, alsof dit beeld van zijn toekomstige schoonbroer zo karikaturaal was dat hij maar beter kon zwijgen en de rest aan onze verbeelding overlaten.

'En dan?' zei Dean. 'Klinkt toch goed? Die makelaars kun je maar beter te vriend hebben. Dan krijg je goedkoop huizen en zo.'

'Goedkoop? Van hem? Ja, zal wel.' Tim trok schamper zijn lip op. 'Van zodra ze getrouwd zijn, gooit hij m'n zuster over zijn schouder en zien we ze nooit meer terug. Carla is ook een trut,' voegde hij eraan toe.

'Wat jammer,' zei Dean. 'Toch gefeliciteerd.'

'Hey!' Tims ogen begonnen vaal te schitteren. 'Kom naar het vrijgezellenfeest! Het is op vrijdag. Ik organiseer alles en Livingston betaalt. Hij heeft helemaal geen vrienden, dus kan ik al m'n maten uitnodigen. We drinken de hele avond whiskey en cocktails, je weet wel, duur spul, om hem eens goed uit te schudden voor hij hem smeert met mijn zuster.'

'Goed idee,' zei Dean enthousiast. 'Waar is het?'

'Macmillan's. Breng al je vrienden mee en zorg dat ze dorst hebben.' Hij knipoogde naar ons, grijnsde, draaide zich om en liep terug naar de kermis.

We staarden hem na, friemelend met onze servetjes.

'Wat ken je al veel mensen,' zei ik. 'Hoe komt dat? Ik dacht dat je zei dat je hier amper bent geweest.'

Dean keek me verbaasd aan. 'Hoezo, hoe komt dat? Ik ben vaak op de baan, met m'n fietsen en zo. Ik ben geen kluizenaar. Wat dacht je, dat ik aldoor thuisblijf en met m'n vingers zit te draaien?'

'Dat zal wel niet, nee.' Ik zweeg. Toch vond ik het vreemd. Soms gaf hij me het gevoel dat ik niet te nieuwsgierig mocht zijn.

'Ga je niet mee naar het feest?'

Nu was het mijn beurt om verbaasd te zijn. 'Ga jij? Hoe denk je Macmillan's binnen te komen? Je bent zestien en je ziet er dertien en een half uit.'

'Ha-ha. Erg grappig. Het is een privéfeest, idioot, dus niemand zal op ons letten. We gaan gewoon.'

'We? Dat denk ik niet. Ik ken die kerels helemaal niet.'

'En? Komaan, we gaan gewoon, dat wordt lachen, ik voel het. Ga je eigenlijk wel naar feestjes?'

'Nooit. Ik word niet uitgenodigd.'

'Wel dan. Je zult je best vermaken, arm, klein muurbloempje. Ik weet iets! Laten we een snor dragen, speciaal voor Livingston.'

Het laatste feestje waar ik heen was gegaan, was behoorlijk slecht afgelopen.

Toen Heinz zestien werd, hadden zijn ouders hem een auto cadeau gedaan en een feestje georganiseerd voor zijn klasgenoten.

Ik was ook uitgenodigd en ging, dik tegen mijn zin. De hele klas zou er zijn. Er circuleerden geruchten dat het een fuifje zou worden, met echte drank en zo. Het was een publiek geheim dat Heinz Bubendorf al jaren bier mocht drinken tijdens het avondeten met zijn ouders, ondanks het feit dat je in de States geen alcohol hoort aan te raken voor je eenentwintigste.

Toen ik aankwam, was iedereen tot mijn opluchting cola aan het drinken uit grote, felgekleurde bekers. Mevrouw Bubendorf sneed in de keuken een reusachtige taart aan, geholpen door wat meiden. Heinz liet zijn auto bewonderen door Martin en Ashley, en meneer Bubendorf kletste zoals gewoonlijk door over sport tegen een paar beleefd knikkende jongens uit Heinz z'n footballteam. Nadat we hadden gegeten (mevrouw Bubendorf had voor de gelegenheid op en top Amerikaanse kartonnen bordjes gekocht en we zaten op kussens in een kring), kondigde het stralende ouderpaar aan dat ze naar de bioscoop gingen en ons alleen zouden laten. Deze beslissing zou fataal blijken.

Van zodra de auto van de oprit was gehobbeld, sprongen Ashley en Martin op de sofa en uit het niets, als een duo tienertovenaars, haalden ze flessen whiskey en gin tevoorschijn. In minder dan geen tijd was er een drinkwedstrijd aan de gang.

Heinz was opgetogen. Op zijn vrienden kon hij rekenen! Dit was pas een feest. Hij zweefde nog altijd op de vleugels van verrukking die zijn eerste auto hem had bezorgd. Om het verdere welslagen van de avond niet aan het toeval over te laten, greep hij kordaat een grote, stenen pul van de schoorsteenmantel, waarop het motto AUSTRIA – KOMM BALD WIEDER prijkte, vulde die tot de rand met whiskey en cola, en toostte op zijn eigen gezondheid.

Amper een uur later zwalpten de meeste van mijn klasgenoten stuurloos rond. Ik keek ademloos toe. Ik had nog nooit een aardbeving of een schietpartij meegemaakt en ik aanschouwde voor het eerst de duizelingwekkende snelheid waarmee orde overgaat in chaos. Mensen riepen obsceniteiten naar elkaar en haalden het huis overhoop. Ashley en Martin waren cocktails aan het maken met behulp van mevrouw Bubendorfs nagelnieuwe blender.

Onopvallend probeerde ik de feestvierders een halt toe te roepen door te suggereren dat meneer en mevrouw Bubendorf niet erg lang zouden wegblijven. Snel bleek dat al mijn pogingen op niets zouden uitdraaien. Toen er een gevecht met ijsblokjes uitbrak, protesteerde Heinz zwakjes, en toen stortte hij giechelend neer op de keukenvloer. Hij was ladderzat.

Ik wandelde luchtig lachend en ijsblokjes ontwijkend naar Ashley en Martin, en vroeg hun quasi terloops wanneer ze dachten dat de film uit zou zijn. Sluw als eksters hadden ze onmiddellijk door dat ik het feest probeerde te temperen. Op een onzichtbaar teken grepen ze me vast, ze legden me neer en probeerden tequila in mijn keel te gieten. Ik slaagde erin me te bevrijden, sprong over de lichamen op de keukenvloer en vluchtte naar huis.

Na die rampzalige avond werd ik niet meer uitgenodigd op feestjes. Mijn klasgenoten vonden het flauw dat ik me niet bewusteloos had gezopen en, erger nog, dat ik naar huis was gegaan om niet betrapt te worden. Zij waren gebleven tot de koplampen van ma en pa Bubendorf het plafond verlichtten, om dan strompelend door de achterdeur het pand te verlaten. Heinz werd laveloos achtergelaten op de keukenvloer. Iemand had geprobeerd grappig te zijn door een vierkant zwart snorretje op zijn bovenlip te tekenen.

De Bubendorfs konden er niet om lachen, om het zacht uit te drukken. De schooldirecteur werd opgetrommeld om de klas een reprimande te geven, maar gezien er geen echte aanstichter kon worden aangewezen, bleef het daarbij. Heinz moest zijn mooie nieuwe auto nog een maand aan de kant laten staan. Omdat de Bubendorfs dachten dat ik even schuldig was als de rest, kwam ik niet meer bij hen over de vloer.

7

Uiteindelijk gaf ik toe. Als ik de toestemming kreeg van mijn moeder, zou ik meegaan naar Livingstons vrijgezellensoiree. Toen ik het haar vroeg tijdens het avondeten, keek ze amper op. Ik vertelde haar niet dat het een vrijgezellenfeestje was.

'Wie heeft je uitgenodigd?' vroeg ze met volle mond.

'Dean ... Je weet wel, die jongen die de kat heeft teruggebracht.'

'O.' Voor het eerst keek ze een beetje verbaasd. 'Zie je hem vaak?'

'Ik ben hem een paar keer tegengekomen en we zijn samen naar het meer gegaan.'

'Daar heb je niets over verteld.'

'Tja.' Ik haalde mijn schouders op. 'Dat krijg je als je je kinderen verwaarloost.'

'Hè!' Ze lachte, maar ik kon zien dat ze zich schuldig voelde. 'Vertel me eens wat meer over hem.'

'Er valt niet veel te vertellen. Hij woont hier nog niet lang. Ik schiet goed met hem op.'

Ze knikte, wachtend op meer informatie.

'We gaan morgen terug naar het meer.'

Zoals ik had voorzien, veronderstelde ze dat ik het over het Violameer had, een recreatiegebied vlakbij, waar het een drukte van je welste was in de zomer, vol motorbootjes en barbecueënde mensen.

'Heerlijk! Ik wou dat ik mee kon. Zeg, waarom vraag je hem niet om achteraf met ons mee te eten? Ik zal vroeg thuis zijn. Van zwemmen krijg je een enorme honger.'

'Ik weet het niet. Ik zal het hem vragen.'

Anders dan veel van mijn leeftijdgenoten vond ik het nooit erg om vrienden thuis uit te nodigen. Ze konden altijd goed overweg met mijn moeder. Ze verstond de kunst om een gesprek te voeren met een minderjarige puistenkop zonder enthousiasme te faken of neerbuigend te doen. Ze deed gewoon en was oprecht geïnteresseerd in wat ze te zeggen hadden. Toch was ik een heel klein beetje ongerust over Dean. Misschien zou hij rondweg weigeren, of lachte hij me uit.

De volgende dag was het loeiheet, dus we gingen al vroeg naar het reservoir. Dean zag er monter uit. Hij had een knalgeel opblaasbootje bij zich.

'Is dat niet wat opvallend?' zei ik zorgelijk. 'Dat geel zie je toch van ver.'

'Hoe dan? Vanuit een overvliegende Boeing?' zei hij spottend.

Zie je wel, het begon al. Ik gaf geen antwoord.

Hij gaf me een por. 'Je bent toch niet boos? Weet je wat, we zullen 'm camoufleren. Jij zoekt takken met veel bladeren en –'

Ik duwde hem en lachte gemeen toen hij over een boomwortel viel.

Toen we lagen uit te blazen na onze eerste zwemsessie, besloot ik dat het moment gekomen was.

'Mijn moeder vroeg of je zin had om te komen eten vanavond.' Het klonk precies zo nonchalant als ik had bedoeld.

Hij lag op zijn rug, met gesloten ogen. Terwijl ik het vroeg, hadden zijn wimpers heel zachtjes getrild, als vlindervleugeltjes, in beroering gebracht door de vibraties van mijn stem.

'Mmmm …' Hij deed zijn ogen niet open. 'Tuurlijk … Ik moet wel eerst naar huis, mijn spullen dumpen.'

'Ik loop wel met je mee,' zei ik opgelucht. 'Dan gaan we samen naar mijn huis. Je mag mijn moeder niet vertellen dat we hier komen. En geen woord over Livingston. Doe alsof jij een feestje geeft.'

'Jezus. Nog iets?'
'Ehm, nee.'
'Goed.' Hij opende zijn ogen en kwam overeind. 'Laten we "help, de boot zinkt" spelen. Jij mag in de boot.'

We ravotten een tijd in het koude water en lagen in de hete zon. Toen Dean in slaap gevallen was, pakte ik mijn boek en las. Het was heerlijk.

Hij werd wakker en we aten wat koekjes. Dean leek in een peinzende stemming en we zaten in stilte te knabbelen.

'Zodra ik m'n diploma heb, ga ik hier weg,' zei hij plots. Hij trok een vastbesloten gezicht. Er klonk iets bitters in zijn stem. 'Ik heb je verteld dat ik niet verder ga studeren, hè? Ik heb er veel over nagedacht de laatste tijd. Over hoe ik het moet klaarspelen dat ik hier wegkom, zonder naar een of andere universiteit te worden gestuurd.'

Ik knikte en wachtte tot hij verder ging.

'Dat is wat mijn ouders willen. Ik ben hun project, snap je? Ze willen dat ik naar een goeie universiteit ga, om rechten of economie of iets dergelijks te studeren, als het maar dodelijk saai is. En wanneer ik afstudeer, moet ik elke week gaan tennissen met meneer Huppeldepup, een goede vriend van ze, die een advocatenfirma leidt. Snap je wat ik bedoel? Ze hebben het mooi voor me uitgekiend en geven geen moer om wat ik zelf wil.'

'Maar ...' Ik kon het niet helpen, het contrast tussen de victoriaanse gestrengheid van het lot dat hij zei dat hem te wachten stond, en de totale vrijheid die hij nu leek te genieten, was wel erg opvallend. 'Ze houden je nu toch niet kort? Ik bedoel, je hoeft zelfs niet eens bij ze in huis te wonen.'

'Dat hoort bij de deal,' zei hij met een donkere blik. 'Tot het moment dat ik mijn diploma krijg, kan ik doen wat ik wil. Voor hun part verander ik mijn naam in Bubba en hou ik me bezig met het organiseren van slakkenraces. Dat kan hun geen donder schelen. Maar de dag dat ik afstudeer, is mijn leven weer van hen.'

'Wat wil je dan doen? Wat zijn je plannen?'

'Ik wil een winkel in het zuiden van Californië,' zei hij dromerig. 'Met buitensportartikelen. Tenten, fietsen, dat soort spullen. Dat zou beestig zijn.'

'Tof.' Ik wist niet goed wat ik moest zeggen. Ik staarde naar het meer. Een vogel, onzichtbaar in het struikgewas aan de overkant, begon luid te krijsen. Het geluid ebde langzaam weg, als een echo.

'Wil je met me meekomen?' Hij keek me even zijdelings aan en zond me een kort, schalks lachje.

Ik voelde mijn binnenste wild omhooggaan en dan in vrije val weer naar beneden tuimelen, alsof mijn ingewanden waren opgesprongen en in het meer beland. Als vissenlokaas.

Ik grijnsde nerveus. 'Naar Californië? Ik weet het niet …'

Niemand had me ooit iets dergelijks gevraagd.

Ik probeerde het gewriemel in m'n buik te negeren. 'Natuurlijk zou het maf zijn om een tijdje te reizen voor ik ga studeren … Trouwens, ik weet nog niet echt wat ik moet gaan studeren …'

Terwijl ik zo halfluid zat te mompelen, doemden de eerste beelden van die fantastische reis op in mijn kop.

We waren vrij. Ik zag alleen hem en mij, in een auto. Hij reed. Ik zat achterovergeleund met mijn voeten op het dashboard. De ondergaande zon gaf een cowboyachtige glans aan onze ongeschoren gezichten.

We zagen er wild uit. Werelds. We stopten voor benzine, maakten een praatje met de locals bij de pomp en scheurden er weer vandoor.

Ik voelde een hevig verlangen om te vertrekken, nu meteen. Het schoot door mijn brein als een drug, ik kreeg sterretjes in mijn ogen en was verslaafd vanaf de eerste haal.

'Als ik je nu eens gezelschap hield terwijl je daarnaartoe rijdt, volgende zomer?' zei ik. 'Daarna zie ik wel.'

Tot mijn heimelijke verrukking beukte hij tegen mijn schouder met zijn vuist. 'Fantastisch! Het is afgesproken. We zullen een goed team zijn. Jij de hersens, ik het lijf.'

Ik snoof geringschattend. 'Volgend jaar heb jij waarschijnlijk het lijf van een veertienjarige met een borsthaarprobleem. Ik zou pillen halen als ik jou was.'

We gingen een tijdje door met gemene opmerkingen over elkaars uiterlijk, tot we genoeg kregen van het meer en op weg gingen naar Deans huis.

De bossen waren stil. Ik dacht dat ik de bomen kon voelen ademen. Muggen jankten schril in onze oren. We verplaatsten ons snel, soepel, zonder te spreken, alsof we twee lichamen waren die luisterden naar hetzelfde hoofd.

Een kleine specht zag ons naderen en verdween discreet uit het zicht, naar de achterkant van de stam waar hij aan plakte. De rododendrons vormden een dichte massa en als er iemand uit de andere richting aan kwam, zouden we die niet opmerken voor hij of zij recht voor onze neus stond.

Plotseling stonden we op het asfalt, in Deans straat, die zich door het groen slingerde als een mysterieus pad door een betoverd woud. We sprongen en huppelden over de harde weg en schopten steentjes opzij, die in het struikgewas verdwenen met het minieme geritsel van kleine diertjes.

Toen het huis in zicht kwam, verdween de betovering.

'Verdomme,' zei Dean. 'Het is vetzakkenavond.'

Een hoop grote, glimmende auto's stonden op de oprit geparkeerd. Door de bladeren zagen we felgekleurde bewegingen in de achtertuin.

'Er zijn vrienden op bezoek. Pa is met zijn nieuwe golfclubs aan het pronken. Luister, ik wil niet dat ze me zien. Volg me.'

We gingen geruisloos naar het huis toe, maar deze keer voelde ik me lomp en onzeker. Op onze tenen slopen we over de oprit.

Een pekineesje, opgetuigd met schattige strikjes, was hysterisch aan het blaffen in een van de grootste terreinwagens die ik ooit had gezien. Toen we dichterbij kwamen en door het raam keken, kreeg het beestje bijna een toeval. In zijn ogen waren we waarschijnlijk gespuis, dat zich verzamelde om een verwerpelijk symbool van kapitalistische weelde omver te gooien.

Dean tikte op mijn schouder en wees. Op een klein scherm in de achterkant van de autostoel speelde een natuurdocumentaire. Een gnoe probeerde zich in volle galop van een leeuw te ontdoen. Ik stond eventjes met openhangende mond te kijken, maar voelde toen een por in mijn ribben en ging Dean achterna.

We gingen het huis binnen door een zijdeur en ik bevond me in een smetteloos glimmende garage. Verschillende grasmaaiers stonden strak in het gelid langs de muur, als tanks in gevechtspositie. Verder was er een hoop gereedschap aan de muren bevestigd, dat eruitzag alsof het nog nooit was gebruikt.

Een ogenblik later stonden we in de gang. Er waren een paar gesloten deuren. Ik hoorde vrouwenstemmen achter een ervan.

Dean fluisterde 'deze kant op' en leidde me door een paar kamers naar de andere kant van het huis. We gingen een trap op. We hoefden geen moeite te doen om stil te zijn, dankzij de dikke tapijten overal. De gang boven was nog breder dan die beneden, en er waren meer deuren. Het leek net een hotel.

Dean opende een deur en duwde me een klein kamertje in, dat zijn kleedkamer bleek te zijn. Het was rommelig. Gehavende sneakers slingerden over de vloer en halfopen laden stelden hun warrige inhoud tentoon. De boot, die nog steeds een beetje nat was, werd een kast in geduwd. Toen begon Dean zich om te kleden met de mechanische snelheid van een brandweerman. Ik keek de andere kant op en bestudeerde zijn regenpak, dat aan een haakje bengelde.

De geur die de kamer vulde, was enigszins muf, als van warme, natte stenen, en scherp, van kruidig vers zweet. Ik snoof nieuwsgierig maar voorzichtig. Mijn hele leven had ik samengewoond met door deodorant en wasverzachter geparfumeerde vrouwen, en ik was niet gewend aan onverbloemde mensengeur. Er was wel de walm van zweetsokken in de kleedkamers op school, maar dit was anders.

Ik was er niet zeker van of ik dit wel leuk vond, de intimiteit die school in het ruiken van iemands lichaam. Het kon je plots te veel worden en je kon er een afkeer van krijgen. Of je hield er te veel van en kreeg er geen genoeg van.

Plots ging de deurklink naar beneden en er werd geklopt. We schrokken allebei. Ik keek om en zag tot mijn opluchting dat Dean was aangekleed.

'Dean? Ben je daar?' Een vrouwenstem riep vanaf de gang. Ze klonk autoritair.

'Mam! Wacht nou eens, ik ben me aan het omkleden!' Zijn haar was nog vochtig en bengelde in zijn gezicht terwijl hij zijn sneakers stond aan te trekken.

Deans moeder trok verbaasd haar wenkbrauwen op toen ze me zag. Ze was groot en statig, met donkere, strenge ogen. Ze keek Dean fronsend aan, waardoor ze nog strenger leek.

'Lieveling, hoe vaak moet ik het je nog zeggen? Schaam je je zo over ons huis dat je je vriend meeneemt in die rommelige kast van je? Je had hem naar de keuken kunnen sturen voor een drankje.' Toen lachte ze naar me, alsof ik nu pas in hun midden was verschenen. 'Ik ben Angela.'

'Maurice. Hoe maakt u het?'

'O, wat een mooie naam! Heel erg Frans. Je ziet er Frans uit. Zo donker en slank gebouwd.'

Ik lachte verlegen. 'Nee, het is Engels. Het is mijn grootvaders naam. Iedereen noemt me Mo.'

Ze knikte, nauwelijks waarneembaar, en gaf geen antwoord, met het air van iemand die constant aan mensen wordt voorgesteld en onmogelijk met iedereen een babbel kan slaan. Het leek wel alsof ik een beleefdheidscode had gebroken toen ik haar vraag had beantwoord.

'Toe dan, kom naar beneden,' zei ze tegen Dean.

'Nee, mam, we moeten weg. Zijn moeder kookt voor ons vanavond.'

'Wat aardig.' Ze knikte opnieuw en lachte geforceerd, alsof ik was veranderd in een gastvrije maar primitieve inboorling, die naar haar huis was gekomen om haar zoon op een maal van gebakken duizendpoten te trakteren.

Ze richtte zich weer tot Dean. 'Een minuutje maar. Zeg even gedag tegen Betsy. Je weet hoe dol ze op je is.'

Dean gromde iets, maar we volgden haar naar beneden, naar een schitterend gedecoreerde kamer. Het was zo volgestouwd met bloemen en kaarsen dat het me deed denken aan het salon van een begrafenisondernemer.

In een hoek van de kamer zat een dikke, oudere vrouw, die Betsy moest wezen. Ze zat gezellig in een grote leunstoel, die net breed genoeg voor haar was. Haar gewaden vloeiden over de zijkanten naar beneden. Ze had een plat gezicht, met kleine zwarte oogjes. Toen ze Dean zag, begon ze te stralen.

'Dean! Ik was je moeder net aan het vertellen hoe jammer het was dat je deze ochtend bij ons thuis hebt gemist! Ze waren een aflevering van *Target* aan het draaien, vlak voor ons gebouw! Kom hier. Laat je eens zien. Wat is het lang geleden!'

Dean ging met duidelijke tegenzin naar haar toe.

Ik bleef bij de deur staan. Niemand lette op me.

Betsy greep Deans arm en trok eraan, in een poging hem dichterbij te krijgen, maar hij hield zich stijf en onwillig, en ze gaf het op. Ondanks zijn schone kleren zag hij er slordig en bezweet uit. Betsy leek het niet te deren, want ze zei met een klokkende stem: 'O, Angela, wat een schattig snoepje is hij toch! Hij wordt erg knap. Wat een ogen, een meisje kan erin verdrinken!' Ze hield zijn pols in een ijzeren greep. Hij stond met zijn rug naar me toe, maar ik zag zijn schouders verstijven.

'Vertel me eens, Dean, wat zijn je plannen deze zomer?' Zonder op zijn antwoord te wachten, vervolgde ze: 'Ik zou erg triest zijn als je niet een tijdje bij mij en Clifford kwam logeren.'

Hij mompelde iets dat ik niet kon verstaan.

'Nonsens! Raad eens wie er ook komt. Mijn nichtje Emily! Ze is erg leuk om te zien. Ze wil modeontwerpster worden! Jullie zullen vast erg goed kunnen opschieten.'

Betsy schudde haar hoofd bij de gedachte aan het toekomstige koppeltje, alsof ze haar plezier nauwelijks voor zich kon houden. Toen bekeek ze Dean van boven tot onderen.

'Je ziet er een beetje wild uit, schat. Niet erg, 't is zomer en dan mogen we er wat nonchalanter uitzien. Weet je wat, als je op bezoek komt, dan gaan Em en ik je transformeren tot een droomprins.

Bij Brooks Brothers hebben ze heel mooie dingetjes voor knappe binken als jij.'

Ze stopte even om adem te halen en zijn stem kwam eindelijk door, dof en vijandig. 'Juist, oké, tot ziens.'

Hij wrong zich los. Hij wuifde vaag, draaide zich om en beende naar de deur. Toen hij langs zijn moeder liep, zag ik hem haar een nijdige blik geven. Ze zeiden niets tegen elkaar. Ik glipte achter hem de deur uit, als een schaduw.

Dean stormde door de gang, zonder om te kijken. Ik haastte me om niet achter te blijven. Ik had alle vertrouwen verloren in onze pogingen om onopgemerkt te blijven, en ik had niet zoveel zin om ook nog zijn vader tegen het lijf te lopen voor we weer buiten waren.

'Kom je nog?' Dean keek om en ging wat trager lopen. Hij stopte. 'Ik ben wat vergeten. Ga vast naar de garage, 't is die deur daar. Geef me vijf seconden.' Hij draaide zich om en liep terug.

Ik aarzelde en trok toen de deur naar de garage open. Met tegenzin ging ik naar binnen, en ik bleef met ingehouden adem staan.

Plots hoorde ik een mannenstem buiten, die zo snel dichterbij leek te komen dat ik even verlamd was van de schrik. Ik was niet van plan in iemands garage betrapt te worden – betrapt waarop? – en te moeten uitleggen wie ik was en wat ik daar te zoeken had. Snel trok ik de deur naar het huis weer open en op mijn tenen liep ik de gang weer in, op zoek naar Dean.

In de gang was het doodstil. Ik ging op goed geluk een kamer binnen. Het was een eetkamer en Dean staarde me geschrokken aan van over de tafel. Hij zat gehurkt bij een stoel, waar een tas over hing. Toen hij zag dat ik het was, blies hij en hij siste: 'Jij bent het. Waarom ben je niet in de garage?'

'Er kwam iemand aan. Ik hou er niet van om alleen gelaten te worden in het huis van mensen die ik niet eens ken,' siste ik terug.

Ik wilde zo snel mogelijk naar buiten. 'Gáán we nu?'

Dean grinnikte spottend om mijn zenuwen. Hij drukte een vinger tegen zijn lippen en knipoogde.

Toen zag ik wat hij aan het doen was. Hij doorzocht een enorme portemonnee. Af en toe stopte hij routineus, hij viste er een kaartje uit en bekeek het nauwkeuriger. Hij glimlachte.

Terwijl ik daar stond en het tot me doordrong wat ik zag, werd ik overspoeld door een koud gevoel van afgrijzen.

Ik draaide me om en stormde het huis uit, zonder te letten op stemmen in de garage. De deur sloeg.

Dean haalde me in op de oprit. Ik hoorde hem vloeken, en rende verder.

8

'Hé, klojo, wou je soms dat ik gepakt werd?' hoorde ik achter me.

Ik kwam met een paar stappen tot stilstand. Ik was ademloos van het rennen en van kwaadheid. Het stoorde hem niet dat ik hem had betrapt terwijl hij in een handtas zat te graaien, integendeel, hij wilde dat ik hem erom bewonderde. Alsof ik een achtjarige was die hem stoer zou vinden omdat hij het lef had om uit iemands portemonnee te pikken.

We stonden tegenover elkaar en liepen toen naast elkaar verder. 'Dat was Bets' portemonnee, niet die van mijn moeder, als je dat soms denkt,' zei het op zo'n neerbuigende toon dat ik er even van schr— ging in de tegenaanval.

'D— aal om van haar te stelen?'

'Dus je vindt het normaal dat ze me behandelt alsof ik achterlijk ben?' Hij imiteerde mijn stem. Hoog en beschuldigend. Zijn haar waaide voor zijn ogen en hij veegde het kwaad weg.

'Vind je niet dat ik iets terug mag krijgen om daar te staan en vernederd te worden, in het bijzijn van een vriend? Ik voelde me verdomme net een stuk vlees.'

'Dat is nog geen reden om van haar te stelen.'

'Waarom niet? Omdat het verkeerd is?' zei hij, met minachtende nadruk op 'verkeerd'. 'Laat me je iets vertellen, man. Mensen van haar slag weten echt niet hoeveel geld ze hebben. Een briefje van tien missen ze heus niet. Ze tellen niet in briefjes van tien.'

'Daar gáát het niet om!' riep ik verhit. 'Het gaat om het principe.'

'Maar ...' Hij zweeg even, boos en geërgerd. Hij ademde diep in. 'Snap je het nou niet? Wat kan haar dat geld schelen, als ze zelfs niet weet –'

'Het principe,' onderbrak ik hem, 'het principe is dat ze in jouw huis was, en dat ze erop vertrouwde dat ze haar tas alleen kon laten. En jij ... schaadt dat vertrouwen. Dat is het principe. En het maakt geen bal uit hoeveel geld ze heeft en hoeveel je van haar hebt gepikt.'

'Nee ...' Hij kreunde en trok een wanhopig gezicht. 'Wil je nou eens snappen dat ik niet aan het stelen was? Ik was wraak aan het nemen. Als die oude koe me wil behandelen als een baby, dan moet ze ervoor dokken.'

'Om het even,' zei ik. 'Het is gewoon laag om uit iemands portemonnee te jatten.'

'Laag? Mijn gat. Dat soort mensen is zelf laag. Ik doe gewoon wat zij doen. Ze verdienen hun geld met stelen. Het is niet laag om het terug te pakken.'

'Tja, ik dacht dat jij anders was,' zei ik korzelig. 'Blijkbaar heb ik me vergist.'

'O, misschien ben ik gewoon niet zo goed en deugdzaam als jij.' Hij zei het op een licht treiterend toontje, dat me nog bozer maakte. 'Sorry, maar ik laat me geen brave sukkel noemen. Tot ziens.'
Ik draaide me om en liep weg.
Hij kwam achter me aan.
'Wacht! Ik was nog niet klaar.'
Ik was kwaad en wilde niet dat hij het laatste woord kreeg, maar iets in me wilde nog steeds dat hij gewoon met me mee kwam voor het eten. Hopelijk zou hij nu zeggen dat ik gelijk had, zodat ik zijn verontschuldigingen kon accepteren.
Ik deed alsof het me moeite kostte en draaide me om.
Hij keek me resoluut aan. 'Luister naar me, oké? Ik ga je een verhaaltje vertellen. Een waar gebeurd verhaaltje met bekende personages.'
Ik kruiste mijn armen voor mijn borst en richtte een onbewogen blik op hem.
'Dus. Het gaat als volgt. Ik was veertien. Betsy had me te logeren gevraagd. Wel, ik had weinig keus, mijn ouders stuurden me er gewoon heen. Het was de periode tussen kerst en nieuw. Het was hatelijk. Of we zaten in haar appartement tv te kijken, of we waren aan het winkelen.
Die keer waren we net gaan winkelen. We hadden uren in een peperdure tent bij het park gezeten en kwamen in een taxi terug naar huis. Het was koud en mistig.
Dus we komen aan, de taxi stopt en de portier ziet ons en haast zich naar buiten om Betsy te helpen – ze kan amper lopen, met dat dikke lijf. Ik heb mijn handen vol met tassen en pakjes, en de portier geeft Betsy een arm terwijl ze over de glibberige stoep naar de voordeur loopt.
Dan zie ik dat er een hoop dekens naast de deur ligt, en er zit

een mens in. Nee, twee mensen. Het is een vrouw met een baby. Het vriest. De vrouw steekt haar hand uit. Alleen het voorhoofd en de gesloten oogjes van de baby zijn zichtbaar, dus hij slaapt, als hij niet dood is tenminste. De vrouw ziet er in ieder geval halfdood uit.

Voor we allemaal goed en wel door de draaideur zijn, haalt Betsy haar portemonnee boven. Ik veronderstel dat ze de vrouw met de baby nog snel wat geld wil toestoppen, maar ze is onhandig en laat een dikke bundel biljetten uit haar handen vallen. Ze belanden in de sneeuw, niet zo heel ver van de hoop dekens. De bedelende vrouw opent haar mond, maar er komt geen geluid uit, of ik kan het niet horen door het verkeer op de drukke avenue. Ze kijkt naar het geld, het is een dikke rol met briefjes van tien, twintig, misschien zelfs vijftig. Misschien denkt ze dat ze droomt. Ik vind het prachtig, wat een geschenk voor die zielige vrouw. Maar raad eens wat er dan gebeurt?'

Hij stak zijn kin naar voren en gaf me een tartende blik.

Ik schudde mijn hoofd. Zijn ogen waren verschroeiend.

'Ze zegt tegen de portier: "O, Jacques, wil je dat even oprapen?" Dus hij raapt het geld op en wil het aan haar teruggeven, maar ze wuift het weg, alsof ze haar handen niet vuil wil maken aan geld dat op de grond heeft gelegen. Dus hij steekt het in z'n zak. Een aardige fooi, zie ik hem denken. En ze gaan naar binnen, zonder die vrouw en haar baby zelfs maar te zíén.'

Ik zei niets. Hij ging verder.

'Dit soort mensen denkt dat bedelaars en zwervers figuranten zijn in de stad, alsof ze na hun gebedel op straat gewoon met de metro naar huis gaan. Alsof ze in de buitenwijken wonen, en het bedelen een baantje voor ze is waar ze elke morgen voor uit bed komen. Ze zijn rijk geboren, en hebben echt geen idee van de realiteit.'

Ik knikte. 'Oké. Ik snap wat je bedoelt. Alleen, stelen is gewoon idioot. Zo denk ik er nu eenmaal over, ik kan het niet helpen.'

Hij gooide zijn armen in de lucht en zijn hoofd achterover, en strekte zich uit, alsof hij bij me weg kon komen door naar de boomtoppen te reiken. Hij liet zijn armen langs zijn zij vallen, zuchtte en zei op een berustende toon: 'Ik weet het. Maar denk eens na. Zodra ik genoeg geld bijeen heb, keer ik mijn ouders en hun griezelige vriendjes de rug toe. Van hen hoef ik niets te verwachten, dus ik ben aan het sparen. Ik repareer fietsen. Maar denk je dat het me daarmee lukt? Nee. Dus iedere keer dat ik Betsy zie en ik haar gewauwel moet aanhoren, denk ik weer terug aan het voorval met de vrouw en de baby. Ik denk aan de baby. Misschien isie dood. En dan bedenk ik hoe onrechtvaardig het allemaal is: sommige mensen hebben meer dan ze ooit kunnen uitgeven, en anderen kunnen niet overleven met wat ze, door dag in dag uit hard te werken, bijeenschrapen. En dan pik ik wat van haar. Weet je wat? Als ik ooit arm word, is het de schuld van mensen zoals zij en mijn ouders. Ik zou nooit stelen van iemand die het niet verdient.'

Ondanks mezelf gaf ik toe. Ik knikte.

'We zullen geld nodig hebben als we volgende zomer vertrekken,' zei hij ernstig. 'Heb je daar al over nagedacht?'

'Ik verdien geld. Ik kan mijn deel betalen.'

'Goed zo.' Hij beukte zachtjes met zijn vuist tegen mijn schouder.

'Ik verwacht natuurlijk niet dat ik daar volgende week al de boel ga leiden,' zei mijn moeder. Ze nam nog een hapje van haar eten. Ze boog haar hoofd en probeerde bescheiden te kijken.

'Meneer Abramovitz neemt me onder zijn vleugels. Dus moet ik een beetje, je weet wel, volgzaam zijn, zeker in het begin. Maar dan! Wacht maar.' Ze lachte weer stralend en triomfantelijk, zoals ze de hele avond al had gedaan terwijl ze Dean het hele verhaal vertelde van haar succes op het werk en haar ambities als advocate. Meneer Abramovitz had haar gevraagd om zijn partner te worden, zodra ze afstudeerde. Ze was in de wolken. Ze had ons opgewacht met een lasagne in de oven en drie glazen witte wijn, om samen op het geweldige nieuws te klinken. Het was een goed moment voor Dean om haar te leren kennen, al ging het gesprek naar mijn zin wel wat vaak over haar werk.

Dean leek het niet erg te vinden. Het was een heel mooie avond. We zaten buiten op de veranda, en toen de borden waren afgeruimd, bleven we fijn zitten kletsen.

Deans ogen vingen het wit van het tafelkleed, waardoor ze nog meer schitterden dan anders.

In het begin had ik me wat ongemakkelijk gevoeld door de ruzie, en ik was stil. Ik vroeg me af of ik inderdaad had gereageerd als een brave sukkel. Misschien had ik vanaf het begin meer moeten luisteren, meer mijn best moeten doen om het te begrijpen. Dean van zijn kant leek er niet meer aan te denken en ik besloot dat ik me waarschijnlijk zorgen maakte om niets, zoals gewoonlijk, dus ik deed mijn best om het uit mijn gedachten te bannen. De wijn hielp, ik raakte er een beetje door beneveld. Nu was ik ontspannen, en een tikkeltje moe.

Mijn moeder en Dean konden erg goed met elkaar opschieten, dat zag je zo. Hij noemde haar gehoorzaam 'Hannah' in plaats van 'mevrouw O'Hara' en stelde erg veel interessante vragen over haar werk. Hij kauwde enthousiast op de lasagne en vroeg wat er allemaal in zat. Hij maakte grapjes, en zijn ogen flikkerden en gloeiden.

'Dus ik ben druk aan het netwerken,' zei mijn moeder. 'Ik bouw mijn referenties op, hou mijn voetje tussen heel wat deuren. Ik kan echt niet wachten om zelf beslissingen te nemen, op zoek te gaan naar zaken die me echt interesseren.'

'Daar drink ik op.' Dean hief zijn glas. Mijn moeder knipoogde naar ons en nam een flinke teug. Toen babbelde ze enthousiast verder. Ze vertelde het verhaal van hoe ze eigenlijk op het idee was gekomen om uit haar secretaresseleventje te breken en advocate te worden, nadat ze een geweldige film had gezien over een vrouw net als zij, een jonge moeder die werd ontslagen en –

Ik droomde weg. Haar stem verdween naar de achtergrond en ik luisterde naar de roep van een uil in het bos vlakbij. De zomernacht was zacht en doordrongen van de geur van kamperfoelie. Die had ik zelf geplant, en ze bloeide voor het eerst.

Ernest sloop door de tuin. Hij hoorde de uil en stond stil om te luisteren terwijl zijn staart gekke stuiptrekkingen maakte. Gelach van onze tafel deed hem niet-begrijpend naar ons omkijken.

Terwijl wij, menselijke wezens, ongelukkig gevangenzaten in ons blinde, gevoelloze lichaam, en gekluisterd waren aan onze veilige huizen en zachte bedden, maakte Ernest de kat lange omzwervingen in de donkere bossen. Overdag was hij een goedzak van een huiskat, een slaperige wollige deurmat, maar 's nachts kwam de echte wereld voor hem tot leven. Dan veranderde hij in een bloeddorstige jager, een en al tanden en klauwen, die met al zijn zintuigen op zoek ging naar ratten en muizen. Zijn ogen registreerden de kleinste beweging, zijn neus trilde wanneer hij de warme geur van bloed opving ...

Maar ook Ernest was prooi en moest steeds op zijn hoede zijn voor lynxen en coyotes, die hem bijna achteloos in stukjes zouden scheuren.

'Mo? Luister je nog?' Mijn moeder leunde naar voren en wuifde naar me.

Toen ik haar aankeek, keek ze even dromerig terug, alsof ze was vergeten wat ze ging zeggen. Ze knipperde met haar ogen en vroeg: 'Wil je ook thee? Ik maak een pot chai.'

'Tuurlijk.'

Ze verdween naar binnen. Dean en ik zwegen een ogenblik en staarden naar de citronellakaarsen. Het flikkerende gele licht deed me denken aan een kampvuur.

'Kunnen we niet eens bij het meer kamperen? Dat zou super zijn. We zouden een vuur kunnen maken en ernaast kunnen liggen ...'

Dean grinnikte. 'Is dat dan niet te gevaarlijk? Als mensen het vuur zien?'

'Goed, dan ga ik wel alleen.'

Binnen werd de wc doorgespoeld.

'Je moeder valt best mee. Heel anders dan de mijne.'

'Bedankt.'

'Ik stond net op het punt om haar te vertellen over mijn plannen. Wat denk je? Zullen we haar iets zeggen over onze trip?'

Ik haalde mijn schouders op. 'Misschien.'

Voor ik nog iets kon zeggen, was ze terug.

'Hierzo, thee en chocolaatjes!' Ze gaf ons elk een mok en ging weer zitten. Tevreden zuchtend strekte ze haar benen uit onder tafel. 'Tjonge, is het geen geweldige zomer ... Jullie worden mooi bruin. Hoe was het meer vandaag? Veel volk, durf ik te wedden.'

'Het ging wel,' zei Dean. 'Weet je, wat je daarstraks zei, dat je amper kunt wachten om zelf beslissingen te nemen en zo, wel, dat heb ik ook. Ik kan ook amper wachten.'

Ze keek hem aan met een warme, intense, lichtjes verbaasde blik, alsof ze net een zeldzame bloem had ontdekt in een hoop bouwafval.

'Misschien heeft Mo het je al verteld, mijn ouders zitten er nogal warmpjes in en ik ben enig kind. Ze zijn erop gebrand van mij een financieel expert te maken, of iets dergelijks, in ieder geval zullen ze niet rusten voor ik deel uitmaak van hun exclusieve wereldje. Daar heb ik geen zin in. Ik wil zelf m'n toekomst bepalen. Ik wil mijn eigen zaak, een winkel, en een ... een gewoon leven. Ik wil helemaal niet studeren.'

Ze glimlachte naar hem. 'Het is geweldig dat je weet wat je wilt. Daar had ik toen ik zo oud was als jij helemaal geen idee van. En het deed er toch niet toe, want ik ben jong getrouwd en dat was dat. Maar ...' Ze wachtte even. 'Ik had achteraf gezien toch beter kunnen gaan studeren. Nu moet ik er nog helemaal aan beginnen, en het wordt niet makkelijk, met een stel oude hersens ...' Ze trok een komisch gezicht. 'Hoe wil je het dan aanpakken?'

'Zodra ik de school afmaak, ga ik naar Californië, ik verdien genoeg geld en begin dan m'n eigen winkel.'

'Dat is een plan,' zei ze voorzichtig. 'Denk je dat het zo makkelijk wordt?'

Hij knikte. Hij staarde strak naar het tafelkleed.

'Ik wil je helemaal niet ontmoedigen, maar het leven is hard als je er alleen voor staat.'

Hij knikte opnieuw en zei: 'Dat weet ik. Mijn ouders hebben me hele weekends alleen thuis gelaten sinds ik twaalf was. Op dit moment woon ik zelfs niet meer bij ze in.'

Ik kon het niet helpen, maar ik moest denken aan de dure sneakers die in zijn kleerkast op de grond slingerden, en de uitpuilende laden.

Mam ging verder. 'Wat ik eigenlijk wil zeggen, is dat miljoenen mensen dromen van hun eigen winkel, en hard moeten sparen ... Als je verder studeert en een diploma behaalt, sta je al een stapje verder dan zij. Nu lijkt het een goed idee om zo snel mogelijk onafhankelijk te zijn, maar misschien is het een beter idee om toch eerst een diploma te behalen en er dan vandoor te gaan. Dan heb je toch iets achter de hand.'

Dean keek op en blies z'n haar uit zijn gezicht. Hij fronste en zei bitter: 'Denk je dat ik daar niet over nagedacht heb? Als ik jouw zoon was, dan ging ik wel studeren. Waarom? Omdat jij me tenminste m'n studie zou laten kiezen.'

'Ik begrijp het,' zei mam. Haar stem klonk zacht en kalm, maar ik zag dat ze even niet wist hoe ze moest reageren.

'Het spijt me dat de kaarten zo moeilijk voor je liggen. Maar je redt het wel.' Ze voegde er nog aan toe, op een luchtiger toon: 'Als je ooit juridisch of ander advies nodig hebt, dan weet je me te vinden, oké?'

Nu was het mijn beurt. Ik schraapte mijn keel. 'Trouwens, mam, Dean en ik kregen een idee vanmiddag …' Ik keek Dean vluchtig aan en grijnsde als een idioot. 'Als hij naar Californië vertrekt, dan zou ik met hem mee kunnen gaan, om hem gezelschap te houden. Tijdens de trip, bedoel ik. Dan kom ik terug voor de universiteit begint.'

De zachte glans die ik in haar ogen had gezien terwijl ze naar Dean had geluisterd, maakte plaats voor ouderlijke terughoudendheid, en ik zette me schrap.

'Oké, schat,' zei ze. 'Dat is een leuk idee, maar ik zou mijn zinnen er nog niet op zetten, als ik jou was.'

'Waarom niet?'

'Een jaar is lang. Er kunnen allerlei dingen tussen komen.'

'Dat zal wel, maar waarom zou ik geen reis kunnen plannen? Ik ben toch niet ongeneeslijk ziek of zo?'

'Liefje, zo'n reis kost een fortuin. Geen van jullie beiden heeft een auto. Ik bedoel maar, je moet alles zelf betalen, en ik denk niet dat je wel goed beseft hoeveel het kost om helemaal naar Californië te trekken.'

'Ik heb werk,' zei ik kregelig. 'Ik kan het heus wel betalen, na een jaar werken.'

'Natuurlijk, schat, ik wil echt niet zeggen dat je niet op reis mag, maar vergeet niet dat je na die vakantie met je hogere studies begint. En ook dat kost geld ... Wel, dan moet je maar aan meneer Coldwell vragen dat hij je opslag geeft.' Ze lachte zwakjes en dronk van haar thee.

'Ach ja, waarom niet.'

Ze zuchtte melodramatisch en staarde naar het plafond. 'O, arme meneer Coldwell. Hij heeft een vrouw nodig.'

'Hij heeft Juanita nu,' zei ik. 'Ze is geen dame, maar wel op en top een vrouw.'

'Wie is Juanita?' Ze ging meteen rechtop zitten en keek gealarmeerd.

'Z'n hond. Ik ben met hem naar het asiel gegaan een paar dagen geleden, op zoek naar een gevaarlijke waakhond om te adopteren. In plaats daarvan ging hij naar huis met een basset, je weet wel, zo'n koddig beestje met kromme pootjes en flaporen. Het was om je een breuk te lachen,' zei ik. 'Ik kan waarschijnlijk wel wat extra verdienen als ik met haar ga wandelen. In een buggy, want echt wandelen zit er niet in, op van die korte pootjes.'

Mam en Dean lachten. Ik begon me beter te voelen dan ik de hele avond had gedaan.

'Dat wil ik weleens zien, meneer Coldwell en z'n hond,' zei mijn moeder. Ze keek alweer dromerig, vast van de wijn. 'Ik wist niet dat hij van dieren hield. Des te beter. Dat maakt hem, hoe zou ik het zeggen ... menselijker. Toegankelijker.'

'Mam, je hebt te veel gedronken,' zei ik. 'Doe eens normaal.'

Dean lachte. Hij maakte aanstalten om op te staan. 'Ik moet gaan. Vergeet niet naar m'n feest te komen.'

'Mag ik ook komen?' zei mam liefjes. 'Ik zal me gedragen.'

'Ehm, het is een jongensfeestje,' zei Dean. 'Maar een volgende keer graag.'

9

Het weer was 's nachts omgeslagen. Er hingen zware wolken en het had 's ochtends wat geregend. Het werd geleidelijk warmer en drukkender, en er hing een zwaarte in de lucht waar onweer van zou kunnen komen.

Ik was lang in bed blijven liggen. Het was stil in huis, en zonder de zon werd ik niet gewekt door de gloed die anders door kieren en spleten in de gordijnen de kamer oplichtte. Een paar keer werd ik wakker en viel ik prompt weer in slaap, en ik droomde dat ik wakker wilde worden, maar dat ik mijn zware oogleden niet openkreeg.

Uiteindelijk stond ik op, met een suf hoofd en een loden gevoel in mijn benen. Ik ontbeet, las een beetje terwijl mijn koffie stond koud te worden, kleedde me aan en verliet het huis.

Ondanks mijn voornemens om ijverig geld te verdienen haastte ik me niet om naar meneer Coldwell te gaan. Ik verlangde ernaar om thuis te blijven en te lezen. Ik besloot een eindje om te lopen en hem niet te bellen, dan zou hij misschien niet thuis zijn als ik eraan kwam.

De wereld zag er leeg en verlaten uit toen ik over Graynes Road wandelde. Twee grote zwarte kraaien hupten elegant opzij, de berm in. Ze hadden van een kadaver zitten eten, waar niet meer van was overgebleven dan een platgereden stuk grijs bont met rozige stukjes aan de zijkanten. Het stonk geweldig, en met ingehouden adem liep ik wat sneller door.

Vanaf de heuveltop kon ik de bossen zien, die zich in alle richtingen uitstrekten. Op een paar plaatsen zag ik damp of rook opstijgen tussen de boomtoppen. Het was een onheilspellend zicht, alsof horden barbaren van dorp naar dorp trokken, rovend en brandstichtend.

Toen ik meneer Coldwells veranda in zicht kreeg, kwam een knagend geluid me tegemoet. Ik bleef even staan om het te lokaliseren. Het kwam van de verste hoek van de veranda. Het was Juanita. Ze lag op een tapijtje naast meneer Coldwells stoel, met een enorm bot tussen haar pootjes.

Ik riep haar. Zonder het bot zelfs maar een ogenblik los te laten trok ze haar wenkbrauwen op, ze gaf me een onverschillige blik, hield haar kop een tikkeltje schuiner zodat ze beter vat kreeg op het bot, en knaagde verder, nog luider dan daarvoor.

Ik stond een ogenblik naar haar te staren, onder de indruk van zoveel onverstoorbaarheid. Ze zou het erg goed doen in een zoo.

De deur ging open.

'Hallo, Maurice! Wat goed dat je hier bent. Kom erin.' Meneer Coldwell keek me stralend aan, zijn ogen groot achter zijn onwaarschijnlijke bril. Hij zag eruit als iemand uit de jaren vijftig die per ongeluk in het heden was beland en zich nog van geen kwaad bewust was.

'Hoi, meneer Coldwell. Hoe gaat het met Juanita?'
'Gewoonweg prachtig, zoals je kunt zien. Kijk eens naar dat

glanzende vachtje. Ze is een andere hond geworden. Niet eens een week geleden wilde ze zelfs niet meer leven!'
'Ze ziet er erg eh … in haar nopjes uit.'
'Ze bloeit als een bosviooltje. Ze eet als een olifant! Ontbijten, lunchen, dineren, we doen alles samen. Tussendoor kauwt ze graag op dat bot. Wel, om eerlijk te zijn, vermoed ik dat ze een orale fixatie heeft. Vermoedelijk komt dat door de stress. Eerst het overlijden van haar baasje, dan dat vreselijke asiel. Het wordt allemaal wat veel voor zo'n hondje op den duur.'
'En blaft ze? Zoals u had gehoopt?'
'Nee, tot nu toe niet.' Hij fronste zijn wenkbrauwen. 'Ik hoop maar dat ze níét begint te blaffen. Blaffende honden in mijn huis, dat kan ik niet hebben.' Hij grinnikte. 'Nee, ze is volmaakt zoals ze is! We zijn een fantastisch team. 's Avonds vallen we ongeveer gelijktijdig in slaap voor de televisie. Wie dan het hardst snurkt, maakt de andere wakker en doet de lichten uit! Heh-heh.' Hij grinnikte om zijn eigen grapje en stootte me aan. 'Wat heb jij zoal uitgevreten? Rondgehangen in de stad? Met je vrienden?'
'Zoiets, ja.'

Juanita krabde aan de hordeur en meneer Coldwell haastte zich om haar binnen te laten. 'Hoe gaat het met m'n flinke meid?' Hij bukte zich en aaide haar lange flaporen. 'Ik heb mijn vriend Howie Johnston gevraagd om haar eens te komen bewonderen, en om me te helpen met een raadsel dat me al een paar dagen bezighoudt. Ik hoop dat je kunt blijven.'
'Tuurlijk.' Ik zou wel wegglippen als ik me begon te vervelen.
'Howie is docent kunst op Hedge Hollow, en ik wil hem vragen om een object uit mijn moeders verzameling te identificeren. Wacht, ik zal het je laten zien.'

Neuriënd verdween hij naar z'n slaapkamer. Al lichtjes verveeld vroeg ik me af wat voor bizar, waardeloos voorwerp hij nu tevoorschijn zou halen. Een tandenstokerhouder die nog van president Roosevelt was geweest? Een schilderij waarop twaalf gedepriveerde monniken aan zelfkastijding deden?

Na ongeveer twee minuten kwam Juanita, met ogen die van de slaap nog dieper waren gezakt dan normaal, wankelend overeind van het matje waarop ze even daarvoor was neergezakt, en ze begon luid te blaffen.

Een man keek voorzichtig naar binnen door de hordeur.

'Jonah?'

Ik ging snel naar de deur om open te doen terwijl ik 'Lig!' riep naar Juanita, die me bedroefd en ietwat verwijtend aankeek, alsof ik haar systematisch een vitale behoefte ontzegde, en weer op haar matje neerplofte.

'Goeiedag, jongeman. Is Jonah thuis?' De bezoeker was van middelbare leeftijd en niet bepaald volgens de laatste mannenmode gekleed, net als meneer Coldwell. Zijn pak, gemaakt van een dikke bruine stof die er warm uitzag met dit weer, was een relikwie uit de jaren zestig. Hij had lichtjes vooruitstekende tanden, een gaaf babyhuidje, droeg een bril en had een aktetas bij zich. Hij hield de tas op een afstandje voor zich uit, nog steeds paraat om een aanval af te weren van Juanita, die op het matje probeerde weer in slaap te komen.

'Hallo, meneer. Hij is boven.'

'Mag ik binnenkomen?'

'O ja, natuurlijk. Sorry.' Ik ging opzij.

'Leuk hondje.' Hij keek bezorgd naar Juanita. 'Ben je een leerling van Jonah?'

'Ja, meneer. Ik krijg Engels van hem.'

'Ik ben Howie. Meneer hoeft niet, hoor.'

'Ik ben Mo Hamster. Mo komt van Maurice.'

'Aangenaam, Maurice.' Hij gaf me een veelbetekenende blik, en ik vroeg me af of hij wist van de klusjes die ik voor meneer Coldwell deed.

Ondertussen kwam meneer Coldwell van de trap gestommeld met een fotolijst in z'n hand. Hij stak de andere hand uit en sloeg Howie op z'n rug.

'Ha, jullie hebben kennisgemaakt! Howie, dit is mijn assistent en mijn jongste kameraad. Maurice, dit is m'n oudste wapenbroeder. Howie is een zielsverwant in de strijd tegen de stierenvechters. Het verheugt me dat jullie elkaar eindelijk leren kennen.'

'Aangenaam,' zei Howie opnieuw. Hij grijnsde amicaal, en zijn gezicht vertoonde een gezonde glans. Nu ik hem wat beter bekeek, zag ik dat hij wat jonger leek dan meneer Coldwell. Misschien verzorgde hij zichzelf beter. Zijn bril was in ieder geval meer up-to-date.

Meneer Coldwells sneer naar de 'stierenvechters' betekende dat Howie hem bijtrad in zijn haat tegen alles wat te maken had met Ernest Hemingway, een van de grote Amerikaanse schrijvers en volkshelden.

Er circuleerden geruchten over een mythische ruzie tussen meneer Coldwell en het schoolhoofd, meneer Mullins, die een notoir Hemingwayliefhebber was. We werden verondersteld op zijn minst een paar korte verhalen uit Hemingways oeuvre te hebben gelezen wanneer we afstudeerden, maar meneer Coldwell weigerde koppig het onderwerp in zijn klassen te behandelen. Deze onhebbelijkheid had hem al bijna zijn baan gekost, maar hij hield voet bij stuk.

In een – zo zou achteraf blijken – overmoedige bui besloot meneer Mullins dan maar zelf dit hiaat in onze opvoeding op een originele manier te dichten. Op een ochtend had hij met een blik vlammend van passie en vastberadenheid een intekenlijst aan het prikbord opgehangen voor wie mee wilde doen aan 'De Ervaring', een buitenschoolse activiteit waarop op spirituele en doe-gerichte manier hulde zou worden gebracht aan de grote schrijver. Concreet betekende dit dat meneer Mullins een paar van zijn zondagen zou opofferen om de leerlingen die geïnteresseerd waren mee uit vissen te nemen, en in de pastorale setting bij de rivier uit Hemingway voor te lezen.

Zo gezegd, zo gedaan. Op een zomerse zondagmiddag bevonden meneer Mullins en vijf gegadigden zich aan de oever van de Root, helemaal klaar om op te gaan in de natuur en in het beroemde verhaal *Big Two-Hearted River*. Onder kameraadschappelijk gezwets, met op de achtergrond het gekwinkeleer van vogels, werd het aas geprepareerd en de lijnen uitgegooid. Het verhaal nam een aanvang en de stem van meneer Mullins droeg ver en luid over het water. Het was een ontroerend moment, precies zoals hij het zich had voorgesteld.

Niet lang daarna weerklonk plots de kreet 'Beet! Ik heb een vis aan de haak! Beet!'

Meneer Mullins kwam toegesneld en hees de vis ademloos doch vakkundig aan wal. De leerlingen stonden op een kluitje bij elkaar om maar niets te hoeven missen van de worsteling met de spartelende, behoorlijk grote vis.

Helaas werd een van hen onwel van de aanblik en het zwakke maar des te meer misselijkmakende geluidje waarmee meneer Mullins' grote mannenvingers het haakje met een rukje uit het opengesperde, hulpeloze vissenbekje trokken, en hij kotste uitgebreid en met verve op de schoenen van de directeur.

Voor meneer Mullins was dit incident de druppel, en De Ervaring werd voor eeuwig opgeborgen.

'Koffie, Howard?'

'Nou en of! Ik ben er nog niet in geslaagd om ergens betere koffie te krijgen dan hier.'

Ze zaten een tijdje te kletsen. Ik dronk een derde koffie en voelde mijn maag het vertrouwde sprongetje maken.

Vanavond was het feest. Zou ik iets mee moeten nemen, een cadeau of zo? Ik dacht van niet. Als ik iets meenam, zou ik waarschijnlijk opvallen. Het enige cadeau waar Livingston op kon rekenen, was de rekening op het eind van de avond.

'… en ik dacht, Jezus, hebben jullie dan nog nooit van Maitlin gehoord? Niemand van zijn generatie speelt Chopin beter dan hij,' zei Howie, zijn neus trillend van de verontwaardiging. Hij zag er een beetje uit als een grote, menselijke eekhoorn.

'O, Howie, wind je niet zo op. Tuurlijk hebben ze nooit ergens van gehoord. Mijn collega's zijn net zo.'

Howie lachte ongelovig. 'Met alle respect, Jonah, we hebben het hier over het departement kunst van een gereputeerd college, niet over de leraarskamer van een middelbare school.'

Meneer Coldwell knipoogde naar hem. 'Als je zo graag de wijsneus wilt uithangen, kun je jezelf zo meteen bewijzen. Nog wat koffie, jongens?'

Ik schudde van nee, maar Howie stak vrolijk zijn mok naar voren. 'Dit houdt de motor draaiende, beste kerel.'

Meneer Coldwell schonk in, pakte de lijst met de foto en legde die voorzichtig voor ons neer. 'Kijk hier eens naar.'

Het was een oude foto, een honderdtal jaar oud, schatte ik, en liet een lelijke vrouw zien, die eigenlijk meer op een vent leek, die aan een schaakbord zat. Op een krukje zat ze het spel te bestuderen, haar rokken om zich heen gedrapeerd, haar kin rustend op haar hand. Ze poseerde, dat was duidelijk, haar hele houding wasemde gemaakte nonchalance uit. Op haar hoofd had ze een klein hoedje, en ze droeg gehaakte handschoentjes. Ze had een drankje op een tafeltje naast het schaakbord staan. De achtergrond was erg wazig, maar ik kon een paar grote openstaande binnendeuren onderscheiden, geflankeerd door palmen in grote potten, en drie mensen die in een groepje stonden, als op een feest. Hun gezichten keken in de richting van de vrouw en de fotograaf.

'Ik kom er maar niet uit of dit nu een al lang overleden groottante is, met wie ik enkele van mijn eerder prominente gelaatstrekken deel, dan wel een beroemdheid,' zei meneer Coldwell. 'Ze zou gemakkelijk een ster uit lang vervlogen tijden kunnen zijn, misschien een operazangeres.' Er zat immers al een foto van een strippende oud-president in de collectie.

Ik keek op. Howie staarde intens naar de foto. 'Ze doet me wel aan iemand denken.'

Hij zweeg en staarde verder. Toen vroeg hij: 'Jonah, heb je soms een boek over dada liggen?'

Meneer Coldwell keek verbaasd, maar zei niets. Hij stommelde de trap weer op en bleef een eeuwigheid weg.

Ondertussen gebeurde er niet veel. Howie bleef geboeid naar de foto staren, en ik dacht even helemaal nergens aan. Ik luisterde naar het getik van de aftandse klok. De secondewijzer sloeg af en toe over, en ik probeerde er al tellend een ritme in te vinden.

Eindelijk kwam meneer Coldwell terug, hijgend en lichtjes trekkend met zijn been, zoals oudere mensen doen wanneer ze plots onvoorziene lichaamsbeweging krijgen.

'Hier. Zat ergens heel goed weggestopt.' Hij smeet het boek met een smak op tafel. De omslag was een afbeelding van een strijkijzer met nagels die uit het strijkoppervlak staken.

Howie nam het boek en begon te bladeren. Het was een hele turf, dus hij vond niet meteen wat hij zocht en liet zijn vinger langs de namen in de index glijden.

Opeens hield hij zijn vinger stil. Hij bestudeerde aandachtig een paar bladzijden en draaide het boek toen naar ons toe, zodat we ook konden kijken.

Hij liet ons een zwart-witfoto zien van een jongeman van in de twintig. Hij keek ernstig, bijna droevig in de lens. Hij had een hoekig, lang gezicht. Hij leek me niet het vrolijke type.

'Oké?' vroeg Howie. 'Bekijk nu deze.' Hij draaide de bladzij om en liet ons een andere foto zien, van een vrouw deze keer. Ze was zo'n theatraal geklede figuur uit het begin van de twintigste eeuw, met een dood beest om haar hals en een raar hoedje. Ze hield delicaat haar handen op, het bont zachtjes tegen haar gezicht duwend. Ze miste vrouwelijkheid, het ontbrak haar aan frivoliteit, een eigenschap die ik wel had gezien in gelijksoortige vrouwen die vereeuwigd waren op een gelijkaardige manier. Deze dame zou je niet horen kirren bij een glas champagne.

'Waar is jouw foto, Jonah? Ah, hier heb je hem. Vergelijk maar,' zei hij zachtjes, op eerbiedige toon.

De vrouw aan het schaakbord en de vrouw met het bont waren dezelfde persoon, met verschillende kleren aan, maar met hetzelfde hoedje. Het was een bijzonder hoedje, zwart met een witte band met geometrische patronen.

'En vergelijk eens met deze,' zei Howie. Hij liet opnieuw het portret van de jongeman zien. Zijn lange, ascetische gezicht vertoonde opvallend veel gelijkenis met dat van de vrouw. Misschien was ze zijn moeder.

'Marcel Duchamp?' vroeg meneer Coldwell. 'Mijn hemel.'
'Die lange neus zou ik overal herkennen,' zei Howie trots. Hij was erg tevreden met zichzelf. Hij kreeg een kleur en begon te babbelen, als een pot water die begint te koken.

'Dit lelijke vrouwmens, hoewel, ik moet toegeven dat ze iets wulps heeft, is inderdaad niemand minder dan de beroemde kunstenaar Marcel Duchamp. Er is wel discussie over, maar hij wordt toch algemeen beschouwd als de vader van de conceptuele kunst.' Hij pauzeerde even om zijn woorden een plechtige naklank te geven. 'We zien hem hier verkleed als Rose Sélavy, zijn alter ego. Het was duidelijk meer dan een verkleedpartij, hoewel hij dikwijls herhaalde dat kunst een spel was, dus, maar eh ...' In zijn opwinding raakte Howie even de draad kwijt. 'Dus, Rose Sélavy betekende veel meer voor Duchamp dan hij wilde toegeven. Hij verscheen, verkleed als Rose, op de cover van het blad *New York Dada*. Hij signeerde zelfs een paar werken in haar naam.'

'Geweldig,' zei meneer Coldwell. Hij klonk niet helemaal overtuigd.

Ikzelf had nog nooit van Marcel Duchamp of Rose Sélavy gehoord, dus ik kon weinig meer bijdragen aan het gesprek dan wat beleefd geknik.

'Het is méér dan geweldig. Ik weet zeker dat deze foto heel wat te betekenen heeft. Het schaakbord bijvoorbeeld moet een aanwijzing zijn. Je weet vast wel dat Duchamp een groot deel van zijn leven gewoon heeft zitten schaken ... Nadat hij finaal de brui gaf aan zijn carrière als kunstenaar, ging hij voltijds schaken.'

'Wel, ehm ... ik moet toegeven dat ik eigenlijk niet zo gek veel over hem weet,' zei meneer Coldwell. 'Hoeveel ik ook van schilderijen hou. Ik ben in hart en ziel begeesterd door de literatuur, denk ik. Ieder z'n ding.'

De verrukte uitdrukking op Howies gezicht verdween niet tijdens het aanhoren van meneer Coldwells bekentenis dat hij dadagewijs niet zo erudiet was. Integendeel.

'Stel je eens voor!' Zijn stem ging opgewonden de hoogte in. 'Je weet nooit, misschien zijn er geen andere afdrukken van deze foto! Ik heb hem in ieder geval nooit gezien. Alleen al de fotograaf maakt dat dit een gewild stuk is. Het is een Man Ray. De foto's van Duchamp werden meestal door hem gemaakt.'

'Aha.' Meneer Coldwells gezicht klaarde op en hij richtte zich tot mij, alsof ik de enige was die al de hele tijd meer uitleg nodig had. 'Je hebt wel al van Man Ray gehoord?'

'Eh … ik denk van wel.'

'Flink zo. Ik hou van zijn werk,' zei hij goedkeurend. Hij keek naar Howie, die glimlachend knikte en verder ging.

'Ze waren echte kameraden, Duchamp en Man Ray. Boezemvrienden. Ze haalden allerlei grappen uit. Gingen op in vreemde projecten. Ze draaiden een film over een barones die haar schaamhaar scheert.' Hij giechelde. 'Ze waren helden. Kunstpioniers.'

'Wat opmerkelijk!' zei meneer Coldwell. 'Ik moet er beslist wat over gaan lezen. Maar denk nu eens aan mijn arme moedertje! Hoe kwam ze aan die foto? Bij mijn weten verzamelde ze geen eh … gewaagde kunst. Er moet een wonderlijk verhaal achter zitten. Ik wou dat ik het haar kon vragen.'

'Ik ook,' zei Howie. 'Ik wil dit graag verder onderzoeken, als je me toestaat …'

'Natuurlijk. Weet je wat, neem 'r maar meteen mee. Of nog beter, laat me jou deze foto schenken. Je weet er veel meer van dan ik.'

'Je bent een idioot,' zei Howie, met diepe affectie in zijn stem. 'Die foto is een fortuin waard.'

'Wat maakt dat nu uit? Het enige wat voor mij telt, is dat jij de kenner bent en ik niet. Jij bent in staat om ervan te genieten. Trouwens, mensen zullen aan m'n hoofd gaan zeuren, of ze 'm niet kunnen kopen. Dat kan ik niet hebben. Mama zou het ook niet gewild hebben. Ze zou gevonden hebben dat-ie jou toekwam. Trouwens, een cadeau als teken van onze vriendschap ga jij niet verkopen, dat weet ik wel zeker.'

'Werkelijk, Jonah,' zei Howie. Zijn stem klonk streng, maar zijn ogen straalden. 'Wacht nu toch tot we meer te weten komen over de zaak. Misschien zijn er meer en betere prints. Misschien is dit een waardeloze foto. Misschien had hij een speciale betekenis voor je moeder.'

'Goed dan,' zei meneer Coldwell. 'Geen probleem. Maar zolang ik de foto hier heb, mag je er met niemand over praten. Onlangs zijn hier inbrekers geweest, weet je.' Hij keek bezorgd rond, maar toen klaarde zijn gezicht op. 'Ik bewaar hem zolang in de hutkoffer van tante Millicent. Niemand kijkt in een ouwe koffer. Trouwens, vrije geesten horen samen.'

Howie lachte vluchtig naar me, alsof we meneer Coldwells hardnekkige geloof dat levenloze objecten gevoelens hadden maar moesten beschouwen als een onschadelijk, misschien zelfs charmant karaktertrekje. Hij klopte meneer Coldwell op zijn schouder. 'Fijn, dat is dan geregeld. De foto blijft hier, ik begin met het speurwerk. En, Jonah?'

'Wat?'

'Hebben we niet iets te vieren?'

Meneer Coldwell haalde een fles bijzondere whiskey boven, die met gejuich en hoerageroep werd geopend. Ze waren al snel druk doende met drinken en elkaar onderbreken en elkaar dingen aanwijzen op de foto, als een paar schooljongens met een nieuw exemplaar van hun favoriete strip.

Ik liet de whiskey aan mij voorbijgaan en begon te bladeren in het kunstboek. Ik ging onopvallend op zoek naar de barones en haar schaamhaar, maar vond jammer genoeg geen foto's van haar. Beetje bij beetje raakte ik geïntrigeerd door de kunstwerken. De Mona Lisa die een snor had, een fietswiel op een barkruk gemonteerd, een sneeuwschop, en de gesigneerde urinoir, die ik al kende. Van school kende ik de term 'readymade', maar nu pas vond ik het boeiend, bladerend in dat grote boek. Ik las hier en daar een passage en ontdekte dat er ook assemblages bestonden, en schilderijen en rare foto's met beelden als uit een droom. Ik zag nog een paar foto's van Duchamp, en hij beviel me. Er was een foto waarop hij en Man Ray schaak speelden. Ze leken erg verschillend, op het eerste gezicht. Duchamp groot en bleek, Man Ray klein en donker.

Ondertussen was het gesprek tussen Howie en meneer Coldwell in een behoorlijk geanimeerd stadium terechtgekomen. Ze zetten hun glazen met een klap neer alvorens weer in te schenken, en lachten bulderend.

Ik besloot dat het tijd was om naar huis te gaan, het eten klaar te maken en daarna naar het feestje te gaan.

'En weet je nog die keer dat ik Brent McAdam heb opgebeld en tegen hem zei dat hij zijn hockeystick kon steken waar de zon nooit schijnt? Hij liet me niet met rust, de smerige rattenkop. En allemaal om Susie,' zei meneer Coldwell op nostalgische toon. 'Wanneer heb jij voor 't laatst van haar gehoord?'

'Sorry dat ik jullie gesprek onderbreek, maar ik moet ervandoor,' zei ik. 'Bedankt voor de koffie.'

Ze draaiden zich om en keken me beneveld aan. Kennelijk waren ze me helemaal vergeten.

Het drong tot meneer Coldwell door wat ik had gezegd. Hij knipoogde en zei met een dikke tong: 'Goed werk, knul. Kom gauw terug.'

Howie gaf me een beschonken grijns en zei: 'Neem mijn auto maar als je wilt. In deze toestand kan ik toch niet rijden.'

10

'Daar heb je Tim.' Dean stootte me aan en wees in de richting van een groep kerels die op het parkeerterrein van Macmillan's stonden. Ze hadden zich verzameld rond een grote, glanzend rode pick-uptruck. Dean en ik wandelden nonchalant naderbij, met onze handen in onze zakken. Het voelde een beetje alsof we vossen waren die dichter bij een troep leeuwen wilden komen, om een stukje van hun buit mee te pikken.

'Hey, Tim!' Dean trok aan Tim z'n mouw.

Tim draaide zich schichtig om, een blauw oog dichtknijpend tegen de zon. Hij zag er nog meer als een junk uit dan de vorige keer. Toen hij ons herkende, grijnsde hij en duwde hij zijn heup in onze richting, met de attitude van een pezige rockster.

'Heee-y,' zei hij met een warme stem, alsof het pak slaag dat hij had gekregen hem verzoend had met de hele wereld. 'Blij om jullie te zien. Goed dat jullie konden komen, jongens.' Hij strekte zijn armen, die dun en strak als touwen waren, naar ons uit en stootte kameraadschappelijk met zijn knokkels tegen de onze.

'En, wat gebeurt er?' Dean keek onderzoekend rond, aangemoedigd door Tims hartelijke begroeting.

'Heeeh!' Tim bracht een roestige lach voort. 'Zie je dat juweeltje daar?' Hij wees naar een quad, die als een reusachtig stuk speelgoed in de laadbak van de pick-up stond. Zijn wijzende vinger, waar een rafelige pleister op zat, bewoog verder, en ik volgde. 'Oom Bobby daarginds is de eigenaar.' Zijn vinger hield halt en wees in de richting van een goed in het vlees zittende kerel in short en op sandalen, met opgetrokken sokken om zijn massieve kuiten. Hij was ouder dan de andere kerels, en de zonnebril met pilotenglazen op zijn neus deed hem lijken op de postbode uit *Beavis en Butthead*.

'Livingston moet haar vanavond berijden,' zei Tim plechtig. 'Als iedereen zat is, gaan we naar het bos, en we geven hem een ervaring die hij van z'n leven niet meer vergeet. Deze trouwpartij wordt toch niet zo'n flop als ik eerst had gedacht.'

'Waar is Livingston?' Ik vond dat ik beter ook iets kon zeggen.

'Binnen. Dit is een geheime bijeenkomst. Het enige wat hij weet, is dat hij een opdracht krijgt. Dus zit hij binnen in zijn broek te schijten.' Tim lachte nog een keer raspend en stak een sigaret op.

'Wat is de opdracht?' ging ik verder.

'O, stelt niet veel voor. Net iets voor een meisjesjeugdbeweging. Eerst moet hij de Root oversteken. In deze tijd van het jaar houdt hij er niet eens natte voeten aan over. Dan moet hij geblinddoekt zo snel mogelijk door een doolhof van bomen. Eén kerel geeft de instructies, de rest moet hem in verwarring zien te brengen, weet je wel? Over de derde opdracht zijn we momenteel in beraad. We hadden een stripper om iets goors mee uit te halen, maar ze heeft zich ziek gemeld. Ze heeft uitslag.'

'Dat is sneu,' zei Dean beleefd.

'Ik weet 't.' Tim spuugde op de grond. 'Het zijn slechte tijden als je op zoek bent naar een wip.'

Er viel een korte stilte. Dean en ik deden ons best om te kijken

alsof we op de hoogte waren. Toen zei Tim: 'Zin in een biertje? Kom, we gaan naar binnen.' Hij maakte zich groot, vouwde zijn handen als een toeter om zijn mond en brulde: 'Oké, mannen ... Het feestje is nu officieel begonnen! Livingston verwacht ons! Onze kerel trouwt morgen, dus hij wordt voor de volle honderd procent straalbezopen, is dat begrepen?!'
'Laat je tieten eens zien, Tim!' riep iemand terug. Tim stak zijn middelvinger op en wenkte dat we hem moesten volgen.

Macmillan's was een uitgeleefde, scheefgezakte pub, die in sjofel contrast stond met de nagelnieuwe sportsbars die overal als paddenstoelen uit de grond schoten. In Macmillan's had je geen uitklapbare flatscreentelevisie op je tafel, waarop je het kunstschaatsen kon volgen wanneer de andere sportfanaten aan de toog voor het baseball gekluisterd zaten, en je werd niet bediend door serveersters die om de andere dag lingerie showden. Er waren helemaal geen serveersters. Toen mijn ogen aan het duister gewend waren, kon ik twee figuren ontwaren, die onwennig op een barkruk zaten. Ze droegen pakken, wat nog bijdroeg aan het feit dat ze er niet erg op hun plaats uitzagen. Een beetje alsof ze naar een van de nieuwe pubs waren gegaan, maar daar geen tafeltje vrij hadden gevonden.
Tim ging naar ze toe en sloeg de ene kerel op z'n schouder. Hij draaide zich om naar het publiek en hees de kerel z'n arm omhoog, alsof hij net een boksmatch had gewonnen. Dat zag er komisch uit, omdat Tim degene was met het blauwe oog. Hij brulde: 'Driewerf hoera voor de vrijgezel! Geef ons een rondje!'
Livingston had weinig keus, hij moest brullen en obsceniteiten uitkramen, net als iedereen. Hij droeg nette kleren, maar zijn ogen stonden te dicht bij elkaar en hij zag er onbetrouwbaar uit. Wat hem tot een echte griezel maakte, was zijn snor. Het was een snor

die haar reputatie verdiende. Ze bedekte zijn gezicht op een manier die je zelden zag buiten het circus.

Dean lachte en mompelde in mijn oor. 'Als ik Carla was, zou ik het licht maar uitdoen in bed. Jezus, ze moet doodsangsten uitstaan.'

'Doe niet zo grof. Hoewel. Hij kan vast goed met een zweep overweg.'

We grinnikten en gingen bij de pooltafel zitten. Steeds meer mensen kwamen binnen. Plots stond Tim aan ons tafeltje, en hij vroeg wat we wilden drinken.

'Doe mij maar een cider,' zei Dean vastbesloten.

'Hetzelfde voor mij.'

Tim trok de wenkbrauw van zijn goede oog op en sneerde: 'Zeker weten? Twee ciders, met kleine roze parasolletjes?'

'Ja, we weten het zeker.'

Hij gaf ons nog een spottende blik en verdween. Na een paar minuten zette hij met een klap twee glazen met een amberkleurig sprankelend drankje op ons tafeltje. Hij keek bezorgd. 'Godver, ik heb Snake Petersen net wandelen gestuurd. Hij wilde erin. Ik hoop maar dat hij zich ergens anders bezuipt en dan vergeet dat ik dat heb gedaan.'

Hij keek op ons neer. 'Jullie weten niet waar ik het over heb.'

'Nee.'

'Melkmuilen, dat zijn jullie. Excuseer.'

'Proost,' zei Dean tegen Tims wegwandelende achterkant.

'Proost,' zei ik. Dorstig van de wandeling dronk ik de helft van mijn glas leeg.

Dean keek me aan.

'Het is mijn Ierse bloed,' zei ik.

'Een echte Ier drinkt dit spul niet,' zei Dean. 'Jakkes.'

'Het is wel verfrissend, niet?'

'Verfrissend,' deed hij me na, en hij nam nog een teugje, met zijn pinkje uitgestoken. 'Oo, dit is zo verfrissend. Beter dan een duik in het zwembad.'

'Een buiklanding, in jouw geval. Jij hebt dit trouwens besteld, als ik het me goed herinner.'

'Dat is waar. Ik had nog nooit cider gedronken, alleen bier en wijn. Ik wilde het proberen, en ik vind dat het flauw smaakt en niet koud genoeg is.'

'Dat is waar, het mocht kouder,' zei ik op verzoenende toon. 'Zin om te poolen?'

Net toen ik de vraag stelde, kwam er iemand aan onze tafel zitten. Een grote kerel van een jaar of dertig. Het leek wel of hij ons niet had opgemerkt. We staarden naar hem. Na een tijdje keek hij op.

'O. Is deze plaats bezet?'

'Nee, hoor,' zei Dean. Hij klonk een tikkeltje verontwaardigd. 'Ga gerust je gang.'

De kerel glimlachte minzaam en haalde een pakje tabak boven. Nauwgezet en zonder nog een woord te zeggen rolde hij een sigaret.

Hij had een bleke huid, blond haar en een baardje. Toen hij klaar was met rollen, leunde hij ontspannen achterover in zijn stoel en sloeg hij zijn benen over elkaar. Hij stak op. Hij zag me naar hem kijken en lachte opnieuw.

'Hallo. Ik ben Stephen.'

'Hallo.' Ik lachte een beetje nerveus. Ik had geen beleefde conversatie verwacht in Macmillan's. 'Ik ben Mo. Dit is Dean.'

'Aangenaam. En wiens feestje is dit?'

'O. Ehm, van Livingston, die vent met de snor daar in de hoek. Hij trouwt morgen.'

'Kennen jullie hem?'

'Niet persoonlijk, nee. Tim daar heeft ons uitgenodigd.' Dean zwaaide naar Tim, die lachte en met overdreven gebaren terugzwaaide. 'Ken je Tim?'

'Ja. Nee. Ik weet het eigenlijk niet zeker.' Stephen tuurde geconcentreerd naar Tim.

'Wie heeft je dan uitgenodigd?'

'Niemand.' Hij rekte zich loom uit, alsof onze vragen hem lichtjes verveelden, maar nog net te tolereren vielen.

'Dit is mijn vaste stek, weet je, ik kom hier elke avond. Ik wist niet dat er een privéfeestje was.' Hij keek weer naar Livingston.

'Die Livingston, hij is niet van hier, hè? Wat een snor.'

Ik keek vragend naar Dean, maar hij reageerde niet. 'Nee, ik denk het niet.'

'En jullie?'

'Ik woon in Graynes, vlak buiten Berkton, en Dean ook. Hij is pas een paar weken geleden hierheen verhuisd.'

'Anderhalve maand geleden,' zei Dean. Hij keek Stephen onderzoekend, misschien een klein beetje achterdochtig aan. 'En jij?'

Stephen keek even over onze hoofden, alsof dat een erg gecompliceerde vraag was, lachte en keek ons weer aan. 'Ik kom uit Wyoming, dat is waar ik ben opgegroeid tenminste, maar ik ben er al lang niet meer geweest. Twee jaar geleden ben ik hierheen verhuisd. Ik woon in de glasblazerij van Rootsbury.'

'O.' De glasblazerij was een soort instelling voor ex-misdadigers en afkickende drugsverslaafden. 'Hoe vind je het daar?'

'Het is niet slecht. Ik hou ervan om midden in de bossen te wonen, en het werk staat me niet toe om veel te piekeren. Het is een fysieke bezigheid, en creatief tegelijk. Het is een goed soort werk voor de mensen die er wonen.'

'Waarom?'

'Je weet wat voor mensen er terechtkomen?'
Ik knikte. Ik had geen idee of Dean het wist, maar hij zei niets, dus Stephen ging verder.

'Eerst en vooral, velen onder ons, ook in de gewone maatschappij, halen erg veel kracht uit het scheppen van dingen. We moeten creëren, onze verbeelding gebruiken. Dat loutert ons. Ten tweede kunnen we samenwerken zonder hiërarchie. Er is geen baas, iedereen blaast glas en dat is het. Het is erg individueel. Maar dat hebben we net nodig, een beetje tot onszelf komen. De meesten onder ons zijn te erg verstoord in hun evenwicht om teamwerk aan te kunnen.' Hij zwaaide met zijn wijsvinger. 'Dat is een originele manier van denken in de wereld van de mentale hulpverlening! De meeste experts zeggen dat we moeten leren functioneren in groep, leren van elkaar, blablabla. Onzin. In groep gaat het mis, als je je innerlijke kracht bent kwijtgeraakt.'

'Waarom woon je daar eigenlijk?' vroeg Dean.

'O, sorry, draaf ik weer door zonder mezelf behoorlijk voor te stellen?' vroeg Stephen beminnelijk. 'Dat doe ik weleens. Wel, toen ik nog op de middelbare school zat, is mijn beste vriend gestorven. Hij heeft zelfmoord gepleegd. Dat was een harde klap voor me. In die periode nam ik nogal vaak lsd, en op een dag werd ik er psychotisch door. Om het simpel te zeggen: ik werd gek.'

Ik knikte. Dean keek Stephen afwachtend aan, dus ging hij verder.

'Toen mijn psychose zo ernstig werd dat mijn ouders dachten dat ik mezelf ook van kant ging maken, brachten ze me naar een ziekenhuis, waar ze me wat oplapten met kalmeermiddelen en zo. Toen ik weer naar huis mocht, heb ik mijn ouders om een auto en wat geld gevraagd. Gelukkig begrepen ze dat ik weg moest, want ik kon niet meer normaal leven in die stad ...'

Hij wachtte even. Er was tumult in de hoek, Livingston die onder protest een roze feesthoedje opgezet kreeg.

'Vertrekken was de juiste beslissing. Alles ging beter vanaf dat moment. Ik doorkruiste het land, eerst blindelings, maar gaandeweg kreeg ik oog voor de pracht van de natuur. En toen ging ik in zo'n klein plaatsje naar de bibliotheek, boeken halen over psychologie en zo, en daarna las ik overal, op het strand, in het bos, zelfs ooit in een drinkbak voor vee, op een warme dag. Het heeft mijn leven veranderd. Ik voel me weer een mens. Niet 'herboren', zoals ze me graag willen laten geloven, maar weer iémand, in ieder geval. Misschien moet ik nu maar eens al die bibliotheekboeken gaan terugbrengen …' Hij glimlachte om zijn eigen grapje.

'In de glasblazerij ben ik gepromoveerd van iemand die hulp nodig had tot begeleider van de nieuwkomers. Nu wil ik graag therapeut worden.'

'Dat is geweldig,' zei ik. 'Wat goed voor je.'

Dean vroeg: 'Hoe voelt dat, een lsd-trip?'

'Onwerelds.' Stephen blies met half dichtgeknepen ogen en een dromerige uitdrukking rook uit. 'Je zintuigen worden sterker en vermengen zich met elkaar. Je hoort kleuren, je proeft muziek, en uiteindelijk zit je in een flow. Op een keer was ik naar de volle maan aan het kijken. Ik werd meegezogen in het licht, de ruimte in, en dwarrelde een tijdje later gewichtloos terug naar de aarde. Zulke ervaringen kun je nergens mee vergelijken. Ik heb een hoop goeie trips gehad, en ze waren stuk voor stuk fenomenaal. Ik zal niet proberen die ene bad trip te beschrijven. Het was een visioen van de hel, en ik ging door het lint.'

'Ik wil het eens proberen,' zei Dean.

'Doe het als je je gelukkig voelt. Blij en vrolijk, als een roze konijntje. Neem het van me aan. Alleen dan.'

Hij nam een haal van zijn sigaret, peinzend en delicaat, als een aan lager wal geraakte aristocraat. Er verscheen een lachje op zijn gezicht. 'Wil je iets grappigs horen?' Als je vliegenzwammen voert aan een rendier en daarna zijn urine opdrinkt, krijg je hetzelfde effect als met lsd.'

Ik grinnikte.

Dean fronste. 'Hoe dan?'

'De vliegenzwammen bevatten hallucinogene stoffen, maar ze zijn ook giftig, dus je kunt ze niet zó eten. Dus je voert ze aan een rendier, dat kan ertegen. In zijn lichaam worden de giftige stoffen gescheiden van de hallucinogene stoffen, die via de urine worden afgevoerd. Et voilà.'

Ik lachte. 'En hoe drink je de rendierenzeik? Met ijs of zonder?'

Stephen grinnikte. 'Eerlijk gezegd, ik heb het nog niet geprobeerd. En ik zal het ook nooit proberen. Het enige stimulerende middel dat ik mezelf nog toesta, is koffie. De ene kop na de andere.' Hij sprong op. 'Willen jullie nog wat drinken?'

'Een biertje alsjeblieft,' zei Dean. 'Bedankt.'

Ik knikte. 'Voor mij ook, graag.'

Toen we alleen waren, zei Dean: 'Blijkbaar trek jij weirdo's aan.'

'En dan? Ik vind hem oké.' Ik dacht een ogenblik na. 'Hij lijkt me een hoop leuker om mee te praten dan met die andere feestneuzen hier. Geef toe.'

Dean haalde zijn schouders op. 'Tuurlijk. Als jij het zegt.'

Stephen kwam terug en zette de drankjes op tafel. 'Ik heb even met jullie vriend Tim gebabbeld. Hij is de kerel die onze tractor kwam repareren vorige week. Ik dacht al dat ik hem ergens van kende. Hij zei dat ik gerust kon blijven, als het me toch al was gelukt om binnen te komen.' Hij tilde zijn kopje koffie op. 'Gezondheid.'

'Gezondheid.' Dean en ik slurpten van onze glazen, die tot de rand gevuld waren.

'Mmm. Dat is beter.'

'Zo, nu weten jullie alles over mij. Nu is het jullie beurt. Studeren jullie hier in de stad?'

'Nee, we zijn nog niet van de middelbare school af. Toch bedankt.' Dean boerde.

'We hebben vakantie. Dean repareert fietsen. Ik doe klussen voor een leraar van me.'

'Wat voor klussen?'

'Wel eh … typen, en eh … zijn moeder is een paar jaren geleden gestorven, en hij heeft een boel dozen vol dingen van haar, die ze hem heeft nagelaten. Hij wil ze sorteren, en beslissen wat te houden valt en wat weg moet. Ik help hem.'

'Klinkt als een leuke klus. Dus hij is niet getrouwd of zo?'

'Meneer Coldwell? Nee … Hij gedraagt zich af en toe nogal gestoord, en mijn moeder en ik denken dat het komt omdat hij veel tijd alleen doorbrengt.'

'Wat jammer. Trouwens, als hij wat van zijn erfenis aan een goed doel wil schenken, dan kan hij het naar onze jaarlijkse rommelmarkt brengen. Het is in september.'

'Oké, ik zal het hem zeggen.'

Plotseling voelde ik een aandrang om verder te vertellen.

'Wil je iets cools horen?'

Ze keken me afwachtend aan. 'Meneer Coldwells moeder had van die ouwe foto's, ik bedoel écht oud. Hij heeft er eentje van Calvin Coolidge, die zich aan het uitkleden is om in z'n blootje te gaan pootjebaden.'

Het klonk nogal stom, zoals ik het vertelde, dus ging ik haastig verder.

'En vandaag, toen ik bij hem was, had hij net zo'n foto ontdekt, en hij dacht dat het van een beroemdheid was, alleen wist hij niet wie. Dus hij vraagt het aan z'n vriend, een kunstkenner, en het blijkt van een schilder te zijn.'

'O, wow,' zei Stephen beleefd. 'Wie dan?'

'Wel, de persoon op de foto is Marcel Duchamp, verkleed als vrouw, Rose – en nog wat. En de foto is genomen door Man Ray. Dus dat verdubbelt de waarde.'

'Wie?' Dean fronste zo hard dat zijn ogen spleetjes werden.

'Je meent het!' zei Stephen. 'Ik ken iemand die een moord zou plegen voor een Man Ray.'

'Hij is een erg bekende fotograaf,' vertelde ik Dean. 'Je hebt vast en zeker al van 'm gehoord.'

'Ja, vast wel,' zei hij vlak.

'En, gaat hij de foto verkopen?' vroeg Stephen. 'Dat zal aardig wat opleveren voor z'n oude dag.'

'Hij weet nog niet hoeveel hij waard is.'

'O, een Man Ray ... Ik weet niet, een paar duizend, misschien veel meer, hangt af van de kwaliteit van de print, de zeldzaamheid ...'

'Voor een foto?' zei Dean ongelovig. 'Maak dat een ander wijs.'

'Een Man Ray,' zei Stephen. 'Die maken ze niet meer.' Hij knipoogde naar me, en we lachten.

Dean keek beledigd.

'Misschien is het een zeldzame foto, dat zoeken ze nog uit. Misschien is het de enige print! Maar meneer Coldwell geeft niet om geld. Ik zei het al, hij is een beetje vreemd. Het heeft meer sentimentele waarde voor hem. Hij heeft al geprobeerd die foto gewoon aan z'n vriend te geven.'

Stephen knikte bewonderend. 'Hij klinkt als een fijne kerel, gek of niet gek.'

'Nog bier?' Dean stond op, en zonder het antwoord af te wachten, ging hij naar de bar.

'Een van de mensen met wie ik samenwerk, is een kunstenaar,' zei Stephen. 'Als je in kunst geïnteresseerd bent, moet je zeker eens op bezoek komen bij ons. Ik bedoel, het is de moeite waard, wat hij maakt.'

'Dat zou leuk zijn. Wat voor een kunstenaar is hij?'

'Een beeldhouwer.'

In mijn ooghoek zag ik twee vertrouwde figuren Macmillan's binnenkomen. Het waren Heinz en Ashley.

11

O, shit. Heinz en Ashley liepen in de richting van de toog. Ze grijnsden en werden hier en daar begroet. Het was duidelijk dat ze hier niet per ongeluk verzeild waren geraakt. Ik kreunde zachtjes van ongenoegen.

'Alles oké?' vroeg Stephen. Hij zat met zijn benen over elkaar, zijn kop en zijn schoteltje balanceerden op zijn knie. Hij zag er in zijn nopjes uit.

'Ja, hoor. Alles in orde.' Ik dronk mijn glas leeg, in een armzalige poging mijn ontzetting te verbergen.

Mijn blik ging weer naar de toog, ik kon het niet helpen.

Het werd almaar erger. Nu waren ze met Dean aan het praten, die z'n handen vol had met glazen en een kop koffie. Hij kon ze elk moment gaan vertellen dat hij met mij was gekomen, en me aanwijzen. Ik voelde het bloed naar mijn hoofd stijgen.

Stephen keek me nauwlettend aan. 'Is er wat met die jongens? Die nu met Dean aan het praten zijn?'

Ik haalde mijn schouders op en probeerde nonchalant te klinken. 'Die daar? Ik had niet verwacht ze hier te zien, dat is alles.' Hij kreeg niet de kans om er verder op in te gaan, want Dean was al terug met de drankjes.

'Hey, Mo. Hier is je bier.' Hij keek een stuk vrolijker dan voorheen. Hij lachte zelfs naar Stephen. 'Luister, ik moet even naar m'n maat daar, Ashley, we moeten iets bespreken. Ik zie jullie later, oké?'

'Geen probleem,' zei ik. 'Proost.'

Hij ging weer weg. *M'n maat Ashley?* Een vreselijk hol gevoel kroop door m'n borststreek.

'Je hoeft niet te blijven en met mij te praten,' zei Stephen vriendelijk. 'Ga maar naar ze toe, als je zin hebt.'

Ik keek hem aan. 'Nee, ik ...'

'Natuurlijk vind ik het leuker als je blijft. Het gebeurt niet elke dag dat ik hier een min of meer intelligent gesprek kan voeren.'

Stephens aanwezigheid kalmeerde me een beetje. Ik was niet alleen, om te beginnen. Toch moest ik m'n best doen om niet op te springen en de pub uit te rennen.

We kletsten een beetje over barspelletjes, pool, biljart, darts. Ik rechtte m'n rug en trachtte vol zelfvertrouwen te lijken.

Toen viel er een stilte in het gesprek. Stephen knikte in de richting van de toog, met een nauwelijks waarneembare hoofdbeweging, heel subtiel, en met een samenzweerderige blik.

'Waar ken je ze van?'

'School.'

'Ze zien er wat ouder uit dan jij en Dean.'

'De ene is ouder. Hij heeft een paar keer moeten zittenblijven. De andere ziet er gewoon ouder uit.'

Hij knikte. 'En waarom zijn het zulke idioten? Dat meen ik tenminste van je gezicht te kunnen afleiden.'

'O.' Idioten, inderdaad. Waarom moesten ze hier nu binnenkomen?

'Wat zeg je hiervan? Ik haal nog wat te drinken, en als je wilt, kun je me over hen vertellen. Ontspan je ondertussen, oké?'

Ik knikte. Een hulpeloos gevoel maakte zich van me meester.

Toen hij weg was, veranderde ik van stoel zodat ik met mijn rug naar de toog zat. Niets ziend staarde ik naar een groepje dat in een hevige dartscompetitie verwikkeld was. Ze speelden onder geconcentreerd zwijgen en wisselden elkaar snel af.

Ik haalde diep adem en luisterde naar het geroezemoes achter me, in een poging iets van de gesprekken op te vangen, maar al wat ik kon onderscheiden, was gelach.

Stephen kwam terug en plantte een verse pint onder mijn neus.

'Ik hou van dit nummer, jij?'

The ocean is big and blue
I just wanna sink to the bottom with you

'Ja, het is een fijn nummer. Proost.'

Er viel een stilte. Ik besefte dat ik nu iets moest zeggen.

'Dus, de kerel met de rode Red Bull-pet op is Ashley. De andere heet Heinz. Vroeger was ik bevriend met Heinz. Maar nu gaat hij om met Ashley en nog wat andere kerels die de pest aan mij hebben. Dat is het zowat.'

Ik speelde met mijn bierviltje. Ik wou dat ik rookte.

'Waarom hebben ze de pest aan je?'

'Omdat ... Er zijn veel redenen voor, veronderstel ik. Ik hou niet van sport. Ik gedraag me niet als een varken. Ze pikken er mensen uit die anders zijn dan zij.'

'Vallen ze je lastig? Ik bedoel, met vechten en zo.'

Hij klonk ernstig, en ik werd er verlegen van. Ik dacht terug aan die ene keer in de zesde klas, toen Ashley een tube lijm in mijn boekentas had uitgeknepen en ermee had gedreigd mijn oorlelletjes af te snijden als ik het waagde om mijn beklag te doen bij de leerkracht. Sindsdien was ik met een grote boog om hem heen gelopen als ik hem tegenkwam, zodat hij nooit een excuus kreeg om me in elkaar te slaan. Dat hielp, en ook het feit dat ik geassocieerd werd met meneer Coldwell. Meneer Coldwell stond niet in de top drie van 's werelds meest geliefde leerkrachten, maar het feit dat hij ook Ashley en Martin angst aanjoeg, dwong bij iedereen respect af.

'Nee, het blijft bij uitschelden en dingen op mijn kastje plakken. Het stelt niet veel voor. Ik ben niet de enige op wie ze het gemunt hebben.'

'Maar het is vervelend.'

'Ja ... Omdat ze denken dat ze me kennen, maar dat is niet zo. Ze denken dat ik een raar watje ben, maar dat ben ik niet. Dat stoort me. Het is niet eerlijk.'

'Het is erg oneerlijk.' Hij knikte. 'Ik was vroeger ook een beetje anders dan de anderen, evenmin een sikkepit geïnteresseerd in sport, des te meer in toneel en gedichten en zo. Dat vonden ze ook raar.'

Voor ik iets kon vragen, ging hij verder.

'Eén ding moet je goed onthouden. Er is niets wat mensen van jouw leeftijd zo bezighoudt als zichzelf. Nummer één. Die gasten die anderen het leven zuur maken, doen dat alleen maar om zelf stoerder te lijken. Het heeft niets te maken met wie jij bent.' Zijn stem klonk helder en rustig doorheen het lawaai en de muziek. 'Mensen, vooral jongeren, zijn gewoon zo. Ze denken niet na over een ander, tenzij met betrekking tot zichzelf. Die kerels die het op een ander gemunt hebben, zijn bang dat ze anders zelf een slachtoffer zullen worden. Het recht van de sterkste primeert in onze maatschappij. Begrijp je wat ik bedoel?'

Ik knikte. Hij had natuurlijk gelijk.

'Een klein beetje basispsychologie is genoeg om dit soort dingen de baas te blijven. Je ziet er zo doorheen. Dus, hou altijd deze regel in je achterhoofd: mensen van jouw leeftijd maken zich altijd veel te veel zorgen over hoe anderen over hen denken. Het grootste deel van de tijd lopen ze zich op te vreten over iets waar ze toch niets aan kunnen veranderen, zoals het gedrag van hun ouders of de kleur van hun haar, terwijl er niet eens aandacht aan ze wordt besteed! En waarom? Iedereen is gefocust op …?' Hij stak zijn kin vooruit en keek me doordringend aan, wachtend op een antwoord.

'Nummer één,' zei ik.

'Juist. Wel, als je dat in je achterhoofd houdt, zul je merken dat het leven gemakkelijker wordt.' Hij lachte, een klein bescheiden lachje. 'Een béétje gemakkelijker in elk geval.'

Er viel een korte stilte.

'Ken je Lucebert, de Nederlandse schilder? Van de Cobrabeweging?'

Ik schudde van nee.

'Geweldige schilder, een van m'n favorieten. Hier niet zo bekend, maar een vroegere leraar van me was een Hollander, vandaar. Welnu, die Lucebert was ook dichter. Hij was zo'n onnatuurlijk talent, in twee verschillende kunstdisciplines. Niet eerlijk, hè?' Hij lachte, kort en droog. 'Lucebert koesterde niet meteen de meest vrolijke ideeën wat betreft de menselijke natuur. Hij zei ooit: "Als ik een gruwelijk tafereel wil afbeelden, dan schilder ik gewoon een man die een andere man tegenkomt." Deprimerend, hè? Maar wel waar. Vind je niet?'

'Nee ...' Ik schraapte mijn keel en zei, een beetje luider dit keer: 'Dat kun je toch niet veralgemenen. Er is niets gruwelijks aan ons, bijvoorbeeld. Dat vind ik toch niet.'

Ik probeerde grappig te klinken, maar door mijn verpeste humeur kwam het er nogal vlak uit. In een zwakke poging om alsnog luchthartig te lijken, probeerde ik te glimlachen.

Stephen antwoordde niet. Hij bestudeerde me zwijgend, met een geamuseerde twinkeling in zijn blik, alsof ik een dom maar koddig jong hondje was.

Ik moest dringend plassen.

Toen ik opstond, voelde ik dat ik al veel te veel had gedronken. Ik moest me even vasthouden aan de rug van m'n stoel.

'Ik ben zo terug.'

Met afgemeten stappen en een zo recht mogelijke rug, de mensen aan de toog zo veel mogelijk negerend, ging ik op zoek naar de herentoiletten.

Ik amuseerde me te pletter. Het bier was grandioos. En de muziek. En het gezelschap.

Iedereen kon naar de hel lopen.

De toiletten waren verlaten. Toen ik mijn pijnlijk volle blaas had geleegd, stond ik een poosje onbeweeglijk naar mezelf te staren in de spiegel. Ik zag er lang niet slecht uit, eigenlijk. En op mijn gezicht was geen spoor te bekennen van dronkenschap. Ik trok geringschattend mijn wenkbrauwen op, eerst de rechter, dan de linker.

Ik nam me voor nog een biertje te drinken met goeie, ouwe

Stephen, en dan naar huis te gaan. Misschien had hij een auto en kon ik een lift vragen.

Iedereen kon naar de hel lopen, vooral Dean.

Er kwam iemand binnen.

Het was Heinz.

'Hoi, Mo.'

Hij zei het op een achteloze toon, maar ik wist wel beter, hij was me achternagekomen.

'Hallo, Heinz. Daaag, Heinz,' zei ik vrolijk, en ik ging naar de deur.

'Wacht.'

Ik bleef staan en onderdrukte een geeuw. 'Wat? Snel, ik moet terug.'

'Kan ik je even spreken?'

'Maar natuurlijk, Heinz. Daarvoor hoef je me toch niet achterna te lopen naar de plee. Of is het een spelletje? *The Godfather*, misschien?' Ik werd kwaad. Ik zou het hem nooit vergeven, de lafhartige zak.

'Komaan, gooi het eruit, Heinz. Verras me. Kun je eindelijk je naam spellen?'

Hij keek me smekend aan. 'Oké, misschien klinkt het vreemd omdat ik het zeg, maar ik wil niet dat je in moeilijkheden raakt.'

'Waarom zou ik in moeilijkheden raken?'

'Door die vriend van je. Die met Ashley aan het praten is. Dean. Hij gaat voor problemen zorgen.'

Ik viel grinnikend en wankelend tegen de muur.

'Hoor jezelf bezig, Heinz. Ben je jaloers? Is het mogelijk –' Dronken stak ik mijn wijsvinger op en proestte. 'Is het mogelijk dat je nog meer verliefd bent op Ashley dan op Melanie? O-o. Dat ga ik haar vertellen.'

'Laat Melanie hierbuiten.'
Zijn vertrouwde blos kroop omhoog langs zijn nek, over zijn wangen.
'Arme Melanie. Wat moet ze beginnen zonder jou? Ze vindt nooit meer een ander vriendje. Ze is zelfs te lelijk voor een nymfomaan die twintig jaar in de nor heeft gezeten.'
Heinz was knalrood geworden en balde zijn vuisten.
'Word je boos, Heinz? Weet je dan toch wat het woord "nymfomaan" betekent?'
Hij moest de grootste moeite doen om zichzelf te beheersen. We staarden elkaar aan. Hij snoof diep, en probeerde nog eens.
'Komaan, Mo. Heb je niets door?'
'Wat?' zei ik scherp.
'Ik probeer je alleen maar te helpen. Als een vriend.'
Ik lachte sardonisch. 'Hou op, Heinz, ik moet bijna kotsen. Mijn vriend? Ik heb het je al gezegd en ik zeg het nog één keer, hoor je me, nog één keer: vrienden schelden elkaar niet uit!' Ik stond te roepen.
Hij keek me benauwd aan.
'Dat was ik toch niet. Ik heb je niet uitgescholden. Sorry als jij denkt van wel.'
'Tuurlijk heb jij niks gedaan! Jij zou nooit iemand kwaad doen, is het niet, Heinz? Maar je vadsige vriendjes wel, en daar ga jij mooi niet tegenin!' De woede had bezit van me genomen. Ik zou het hem nooit vergeven, wat hij ook deed.
'En nu kom je een beetje kletsen achter Deans rug. Is dat het enige waar je goed in bent, Heinz? Roddelen en kontlikken? Misschien wordt het tijd dat je eens voor jezelf begint te denken, man. Als je een probleem hebt met Dean, vertel dat dan aan hem. Niet aan mij.'
Hij was nu ook kwaad.

'Ik ging je gewoon wat goede raad geven ...'
'Laat mij jou wat goede raad geven, Heinz. Als je een dikke kont hebt, moet je geen leren broeken dragen.'
Ik draaide me om en sloeg de deur dicht.

Stephen had ondertussen nog een biertje voor me gehaald. Dankbaar nam ik een slok.
'Dat had je blijkbaar nodig.' Hij klonk angstwekkend nuchter.
'Ik bedoel er niets mee, maar je hebt niet echt de tijd van je leven, wel?'
'Die idioot van een Heinz kwam me achterna in het toilet om me kutverhaaltjes te vertellen. Misschien kan ik beter naar huis gaan.'
'En Dean? Ben je niet met hem gekomen?'
'Ik zie hem nog wel.' Ik probeerde niet al te bitter te klinken.
Hij keek me weer aan, eerder bezorgd dan geamuseerd dit keer.
'Ik ga ook. Wil je een lift?'
'Dat zou geweldig zijn. Bedankt.' Ik dronk mijn glas leeg.
'Zullen we dan maar?'
'Yep.'
We stonden op.
Ik was erg opgelucht dat ik samen met iemand naar buiten kon. De randen van mijn gezichtsveld waren een beetje wazig aan het worden. Al mijn wilskracht gebruikte ik om met een rechte rug te lopen, een tikkeltje een arrogante rug misschien, en ik keek niet om.

Toen we buiten waren, voelde het alsof ik de hele week in Macmillan's had gezeten. De avond was nog jong, het was nog geen middernacht. De lucht streek zwoel en klam over mijn gezicht. Groepjes mensen stonden op het parkeerterrein. Ik hoorde gillend gelach. Knipperend met mijn ogen probeerde ik een helder beeld te krijgen. De pick-up en de quad kwamen in het vizier. Ze stonden in een hoek, als slaperige paarden bij de saloon.

'Daar is mijn auto.' Stephen rammelde met zijn sleutels in de richting van een modderige jeep. 'Het is de rommelbak van de glasblazerij, daarom is hij zo vuil.'

'Beestig.'

Ik leunde met mijn armen tegen het dak terwijl hij de auto openmaakte. Ik moest mezelf nu echt rechtop zien te houden. We klommen erin en hij startte.

We reden weg. Mijn hoofd wiebelde op mijn schouders. Ik probeerde me angstvallig stil te houden, vooral wanneer we een bocht namen. Ik keek naar mijn benen, die aanvoelden alsof ze los waren gekomen van mijn lichaam.

Mijn voeten kon ik niet zien.

'Hoe voel je je?'

We reden met een duizelingwekkende snelheid door het bos. Het was zo donker dat ik maar een paar meter voor me uit kon zien. Kleine diertjes wachtten tot we voorbij waren, hun oogjes lichtten op in het struikgewas aan de kant van de weg. Insecten werden in de lichtstralen van de koplampen gezogen en smakten tegen de voorruit.

Mijn ogen vielen dicht. Ik kneep hard in mijn arm. 'Ik voel me goed.' Mijn stem klonk vreemd dof, in de stilte van de auto na het lawaai in Macmillan's.

'Ik moet naar bed,' voegde ik eraan toe, met een dikke tong.

'Slapie-slapie.'

Hij ging wat trager rijden en zette de radio aan. Daarna stak hij een sigaret op.

De raampjes van de jeep waren naar beneden gedraaid, maar de rook maakte me toch misselijk.

'Kun je even stoppen …'

Hij stopte en ik stapte uit. Ik deed een paar beverige stappen en ademde diep in. Plots trok mijn maag pijnlijk samen en ik gaf over. Hij had de motor niet afgezet. Een vleugje benzine drong in mijn neus en ik kotste opnieuw.

Dat voelde beter.

Ik stapte weer in, nog steeds beverig, maar een stuk helderder in mijn hoofd.

'Oké?' Stephen keek in de achteruitkijkspiegel, klaar om weg te rijden.

'Ja … Sorry dat je moest stoppen, maar het was de sigarettenrook, denk ik.'

'Dan moet ík me verontschuldigen. Je had het moeten zeggen.'

We reden een moment in stilte. Toen neuriede hij even, en hij zei: 'Het is nog niet zo laat. Waarom kom je niet met me mee? Voor een cola. We kunnen er nog iets van maken, vanavond.'

De dikke buffer van dronkenschap die me de hele avond had omringd, was nu snel aan het verdwijnen. Een onaangename kilte, als van een instinctieve angst, deed me plots huiveren.

Hij ging verder. 'Weet je, ik wilde altijd al heel graag eens naar Amsterdam …'

Ik voelde dat hij me aankeek. Ik bleef naar de vuile voorruit staren.

Hij kuchte droog. 'Misschien wil je met me mee? Ik betaal je vlucht, we zoeken een leuk uitvalsadres en dan gaan we tentoonstellingen bezoeken … Misschien kunnen we wel wat geld verdienen ook –'

Ik onderbrak hem. 'Nee, bedankt, ik ga liever naar huis, als je het niet erg vindt.' Ik keek hem niet aan.

'Natuurlijk vind ik dat niet erg.'

Toen zeiden we niets meer, behalve 'bedankt' en 'ik zie je nog', toen hij me afzette.

Het was aardedonker, dus hij wachtte nog even en verlichtte met zijn koplampen het pad naar ons huis. Ik wilde zo graag thuis zijn dat ik bijna begon te rennen.

12

Ik sliep erg slecht die nacht, werd verschillende keren wakker met een droge mond en had het erg warm, alsof ik koorts had. Stinkdieren waren aan het vechten ergens bij de vuilnisbakken aan de straat, en ik hoorde hun onaardse gekrijs in m'n dromen.

De ochtend kondigde zich aan met een overvloed van zonlicht, dat naar binnen viel door de kieren in de gordijnen. De spotvogel vuurde zijn imitaties af in een boom dicht bij het huis. Het sprankelende licht en de vage, rinkelende ochtendgeluiden hadden geen geruststellend effect op me, integendeel. Alles wat er de avond daarvoor was gebeurd, hoe ik me had gevoeld, stond me des te helderder voor de geest.

Ik voelde me vermorzeld. Verlamd, ademloos.

Mijn bestaan was vervloekt. Ik zou nooit kunnen ontsnappen aan de vreselijke banaliteit van dit belachelijke stadje en zijn laag-bij-de-grondse amusement. Mijn vriendenkring zou bestaan uit marginalen, die niet goed snik waren, en ouwe besjes. Niemand zou me echt kennen en waarderen om wie ik was. Ik zou al mijn verstrooiing te danken hebben aan mijn bibliotheekpasje. Elke week zou ik me een weg banen naar de plank met de nieuwe aanwinsten, op de hielen gevolgd door zwervers en gepensioneerden. Ik zou goedkope, saaie kleren dragen, en af en toe de bus nemen als ik behoefte had aan verandering.

Ik zou net zo goed dood kunnen zijn.

Ik hees mezelf uit bed, niet toegevend aan de impuls om terug op mijn kussen te vallen en een potje te huilen.

Ik haatte mezelf. Ik werd de hele tijd door iedereen gedumpt, zodra ze iemand anders hadden gevonden. En ik kon niemand iets verwijten. Niemand wil zijn tijd verknoeien met een loser en een zwakkeling. Zelfs Heinz begon medelijden met me te krijgen. Stephen had voor me moeten zorgen, alsof ik twaalf was en mijn huissleutel was kwijtgeraakt.

Ik was afgedankt. Bij het schroot gezet. En ik was domweg blijven rondhangen omdat ik te onnozel was om de hint te begrijpen.

Oude flarden van gesprekken tussen Dean en mij begonnen weer door mijn hoofd te spoken. Ik kreunde van ellende. Het klonk grotesk, wat ik allemaal gezegd had. Ik was een irritant heilig boontje, een verwaand pedant kwastje.

Ik haalde een glas water in de keuken en ging op de veranda zitten. Ik had geen idee hoe ik de dag moest doorkomen. Moedeloos en onbeweeglijk staarde ik naar de bomen, tot mijn zicht wazig werd. Een traan hing aan mijn wimper, koud en nat. De vernedering van te zitten janken maakte me kwaad, en ik veegde geïrriteerd mijn gezicht af.

De telefoon ging. Ik bleef een ogenblik verstijfd zitten, verbaasd en ontsteld dat iemand me midden in al mijn ellende opbelde. Toen kreeg mijn nieuwsgierigheid de overhand en haastte ik me naar het toestel.

Het was mijn zus Vicky.

'Hallo. Ben jij dat, Mo?'
Ik kuchte even, schraapte mijn keel en probeerde niet tranerig te klinken. Dat mislukte.
'Ja. Wat is er?'
'Ben je aan het huilen?'
'Ik ben verkouden.'
'Verkouden? In het midden van de zomer?'
Ik snoof ongeduldig. 'En dan?'
'Hey, wind je niet op. Is mam daar?'
'Nee, ze is naar haar werk.' Ik kreeg mateloos de zenuwen van haar gevraag. 'Wat wil je?'
Een minuut of wat geleden had ze zorgeloos en gelukkig geklonken, misschien zelfs blij om me te horen. Nu was ze ook geïrriteerd. 'Tjee, laat maar zitten. Ik bel vanavond wel terug.'
'Waarom denk je dat ze vanavond thuis zal zijn?'
Verrassing.
'Eh ... ze werkt toch alleen overdag?'
'Dat veronderstél je. Je hebt echt geen idee, hè? Mam heeft het razend druk, ze werkt dag en nacht terwijl jij ergens staat te flirten op een fuif. Goed bezig, Vicky. Als je de moeite nam om vaker dan twee keer per jaar te bellen, als je genoeg om ons gaf om dat te doen, dan zou ik hier mijn tijd niet hoeven staan te verknoeien om het je te vertellen!'
Er was een geschokte stilte aan de andere kant van de lijn. 'Hey, wat gebeurt daar —'
'Het spijt me, Vicky, maar ik heb nog andere dingen te doen dan de hele dag met jou te staan kletsen. Als je wilt weten hoe het met ons gaat, dan moet je maar es langskomen, voor twintig minuten of zoiets. Je hebt ons adres vast wel ergens opgeschreven.'
Ik gooide de hoorn op de haak. Mijn hoofd bonsde.

Vloekend ging ik me aankleden. Ik wilde snel het huis uit. Me niet echt bewust van wat ik deed, propte ik mijn dagboek en mijn spaargeld in een rugzak. Ik deed wat voer in Ernest z'n kommetje en sloeg de hordeur achter me dicht.

Zodra ik het tuinpad af liep, greep een verloren, wanhopig gevoel me naar de keel. Ik stapte wat sneller, slikkend, vastbesloten het kwijt te raken.

Graynes Road was verlaten. Iedereen was ergens anders, iets aan het doen. Dingen die de moeite waard waren om te doen.

Ik wilde nergens meer bij horen. Ik wilde gewoon verdwijnen.

Een motor achter me vertraagde en stopte.

Het was een zwarte auto met gecamoufleerde ruiten. Een van de ruiten achterin ging zoemend naar beneden. Er klonk muziek uit de auto, en gelach.

'Hey Mo, waar ga je heen? Wil je een lift?'

Het was Dean.

Het verbaasde me niet hem te zien. Misschien had ik zelfs verwacht dat ik hem nog zou tegenkomen voor ik vertrok uit Graynes.

Ik keek hem woedend aan. 'Nee, bedankt, ik loop wel –'

'Wow!' De auto schoot naar voren, met piepende banden. Hij zwenkte naar het midden van de weg en bleef zo'n honderd meter verder staan. Dean stapte uit en tikte op het dak, waarna de auto weer optrok en met een hoge snelheid uit het zicht verdween. Dean bleef gewoon staan en wachtte me op.

Mijn hart begon sneller te slaan van verontwaardiging. Ik zette nog meer vaart achter mijn pas, vastbesloten hem gewoon voorbij te lopen. Een vlieg landde op mijn lippen en ik spuugde.

'Hey Mo, waar ga je heen?' Hij grijnsde, alsof er niets was gebeurd.

'Dat zijn jouw zaken niet.'

'Hey, komaan, doe niet zo.' Hij trok een gepijnigd gezicht, maar zijn lach schemerde er nog steeds doorheen. 'Oké. Ik geef het toe. Ik had je niet zo moeten achterlaten. Het spijt me. Ik moest wat bespreken met Ashley. Heb ik je dat niet verteld?'

'Nee.' Ik liep door. De vermoeidheid haalde me plots in, en ik had geen zin om met hem te redetwisten.

'Je had me wel even kunnen waarschuwen voor Ashley. Wat een sukkel. En die andere, hoe heet-ie weer, die mollige Duitser. Wow, je hebt hem op z'n plaats gezet in de toiletten, niet? Hij was helemaal bleek toen-ie terugkwam en bleef maar fluisteren tegen z'n vriendje.'

'Als jij het zegt, Dean.'

Hij keek lichtjes geschrokken.

'Maar Mo, begrijp je het nou niet? Ik moest m'n zaakjes met ze regelen. Denk je echt dat ik liever een avond bij hen zit dan bij jou? Doe me een lol. Het zijn nijlpaarden. Ze kunnen amper tot tien tellen.'

Ik haalde mijn schouders op en probeerde mijn opluchting te verbergen.

'Het spijt me, Mo, maar ik kan geen zaken weigeren, alleen omdat jij bepaalde mensen niet kunt uitstaan. Ik moet geld verdienen, als we hier volgend jaar weg willen.'

'Echt?'

Ik bleef staan en keek hem recht in het gezicht.

'Ja, ik meen het.'

Zijn bruine ogen, opgelicht door de witte weerkaatsing van de weg, stonden open en eerlijk. Hij zweette een beetje, van het lopen. De zon brandde.

Hij keek naar zijn schoenen en zei: 'Je denkt misschien dat ik massa's vrienden heb. Dat is helemaal niet zo. Iedereen die ik hier ken, daar doe ik zaken mee. Behalve jou heb ik geen echte vrienden.'

Ik wist niet wat ik daarop kon zeggen, dus wandelde ik verder. Hij haalde me op een drafje in en prikte me met een vinger tussen de ribben. Een kriebelig gevoel verspreidde zich binnen in me, zoals vaak gebeurde wanneer iemand me onverwacht aanraakte.

'Oké, oké, ik wist gewoon niet wat ik ervan moest denken, dat is alles. Ashley haat mij, en dan ga je zonder enige uitleg gezellig de hele avond bij 'm zitten. Wat had je verwacht, dat ik blij zou zijn?'

'Dom van me. Ik besefte gewoon niet dat jullie zulke vijanden waren. Hebben jullie gevochten of zo?'

'Ik wil er niet over praten.'

Was het dan zo waar, wat Stephen allemaal had gezegd over hoe onverschillig iedereen was? Het leek erop dat Ashley het helemaal niet over mij had gehad.

'Je zegt het maar. Geen probleem, man.' Er klonk iets van respect door in zijn stem.

We liepen even in stilte verder. Ik hoopte dat ik cool was overgekomen, en niet te pruilerig. Hij mocht gerust denken dat hij me koud liet. Dat de hele wereld me koud liet.

'Dus waar was je de hele tijd met de baard over aan het kletsen? Jullie zijn samen weggegaan. Heeft hij je een lift gegeven?'

Dus hij had wel gemerkt dat ik bij Stephen was gebleven.

'Zoiets, ja. Ik kan me er niet zoveel van herinneren. Ik was veel te dronken.'

'Ik was ook heel erg dronken! Tjee, ik heb vast wel, laat eens kijken …' Hij telde onhoorbaar. 'Nee, ik weet niet meer hoeveel. Te dronken.' Hij glimlachte engelachtig. 'Jammer dat we niet elke week naar zo'n feestje kunnen gaan. We moeten dringend es wat identiteitspapieren vervalsen. Kutland. In Europa mag iedereen zich vanaf z'n twaalfde laveloos hijsen. Hier mogen we alleen in het leger, en verder niets.'

'Goed idee.'

'Trouwens, ik was onderweg naar je. Toen we je tegenkwamen. Ik moet je iets vragen. Het is nogal belangrijk.'

'Tuurlijk. Wat is het?'

'Die fietsenhandel van me, weet je wel? Loopt als een trein. Komt door de zomer, wellicht.' Zijn arm zwaaide door de lucht, in een gebaar van slungelachtig enthousiasme. 'Ik kan het niet alleen, als ik alle reparaties wil doen waar ze me om vragen, en ik wil ze allemaal doen. Allemaal. Dus ik heb hulp nodig. Van jou.'

'Ik? Ik ken toch helemaal niets van fietsen. Ik kán niet eens fietsen.'

Hij lachte. 'Shhh. Je hoeft geen fietsen te repareren, wees gerust. Het is voor m'n boekhouding.'

Voor ik kon protesteren, ging hij verder. 'Dit is de deal die ik gisteren heb gesloten. Ashley heeft een pick-uptruck. Hij haalt de fietsen op bij de klanten en brengt ze terug. Daar betalen ze extra voor. Hij maakt ook reclame, deelt flyers uit en zo. Ik repareer, daar kruipt het meeste werk in. Jij houdt de inkomsten en de uitgaven bij, en maakt afspraken met de klanten. Simpel.'

'Je bedoelt dat ik moet samenwerken met Ashley? Heb je niet gehoord wat ik je net heb verteld?'

'Natuurlijk. Je hoeft helemaal niet samen te werken met Ashley, want hij is op de baan. Alleen jij en ik zullen er zijn. We delen de inkomsten. Wat zeg je, stichten we een fonds voor Californië of wat?'

Toen ik niet meteen antwoordde, werd hij bezorgd. 'Wat? Wil je 't niet doen?'

Ik zuchtte. 'Jawel. Wanneer begin ik?'

'Ik wist het! Geweldig!' Met een dof, slepend geluid van zijn versleten sneakers maakte hij een dansje in het stof.

'Breng gerust wat van je spullen mee naar m'n hut. Het is nu ook een beetje jouw stek.'

'Misschien wel.'

Ik voelde me al een stuk beter, maar slaagde er nog niet in om de ellende helemaal van me af te schudden. Ik had maar een heel klein beetje gejankt, amper het vermelden waard, maar het had me toch uitgeput.

'Als we dan tot 's avonds laat werken, dan bestellen we pizza, bouwen we nog een feestje en blijf je gewoon slapen. Er is plek zat,' zei hij opgetogen. 'Man, man. We gaan het helemaal maken, denk je niet?'

'Misschien wel,' herhaalde ik. Beetje bij beetje ging mijn stem luchtiger klinken.

'Waar ga je nu eigenlijk naartoe? Of wil je het nog steeds niet vertellen?' Hij grinnikte.

'Nergens. Het zijn jouw zaken niet, klootzak.'

Hij schopte naar me, en ik sprong net op tijd weg.

Mijn gezicht brak open in een grote glimlach.

'Kom je dan mee naar de hut? We kunnen er meteen aan beginnen. Ik moet je laten zien hoe ik alles tot nu toe heb bijgehouden.'

'Ik wist niet dat je kon lezen en schrijven.'

'O, ha-ha-ha. Je bent nog grappig ook. Dat wordt de hele tijd gieren, wat bof ik weer.'

'Hier rechtsaf,' zei Dean. We sloegen een zijweg in. Dit was de grimmigste, meest verwaarloosde buurt van de hele streek. De kleine huisjes waren oorspronkelijk gebouwd om de arbeiders van de papierfabriek, die jaren geleden op de fles was gegaan, te huisvesten.

Nu woonde er een allegaartje van ontstellend arme mensen, armer nog dan de papierarbeiders die op kruimels moesten zien te overleven in de rampjaren, toen de fabriek net gesloten was. Er was geen geld om de instortende huisjes te renoveren (vooral de veranda's waren kwetsbaar, en ik zag er verschillende die van de huisjes waren afgescheurd en tot puin waren herleid), er was geen energie om de voortuintjes te onderhouden en het vuilnis op te rapen dat overal rondslingerde.

Eén huis op onze weg was het eigendom van een familie, de Petersens, die in de streek bekendstonden als gewelddadige, onverbeterlijke herrieschoppers.

Wat was er met de Petersens? Het leek me dat ik die naam nog niet zo lang geleden had gehoord ... O, nu wist ik het weer. Snake Petersen had geprobeerd het feestje in Macmillan's te crashen.

Snakes ouders hadden voor zover ik wist altijd op voet van oorlog gestaan met de rest van de buurt. De ouwe Petersen en zijn zoons, Jud en Snake, haalden voortdurend narigheid uit. Het ging van honden vergiftigen over klasgenootjes afpersen tot openbare dronkenschap. Hun specialiteit bestond erin ranzige deals te sluiten met mensen en dan achteraf te beweren dat ze bedrogen waren.

Ma Petersen werd elke week door haar echtgenoot in elkaar geramd, maar anders dan wat je zou kunnen verwachten, haatte ze hem niet. Integendeel.

Gehavend en afgeleefd als ze was, koesterde ze een buitenproportionele liefde voor haar disfunctionele gezin. Ze adoreerde haar bullebak van een vent en aanbad haar twee ontaarde zonen.

De vele politiebezoekjes en de oproepen om voor het gerecht te verschijnen bezorgden haar onnoemelijk leed, en ze werd paranoïde. Ze begon de buren ervan te verdenken dat ze samenspanden tegen haar gezin. Het eindigde ermee dat ze de wereld gewoon buitensloot door de ramen dicht te timmeren, en rond het huis borden neerplantte die een bloemlezing waren van krankzinnige vijandigheid. De meeste ervan stonden er nog, waren nog min of meer leesbaar, en verkondigden allemaal min of meer dezelfde boodschap, namelijk dat wie zich op het domein van de Petersens waagde, dat deed met gevaar voor eigen leven.

Niet zo lang geleden, een paar jaar misschien, sloeg het noodlot toe. Ma en pa Petersen kwamen om in een auto-ongeluk, zoals steeds in verdachte omstandigheden. De oudste zoon, Jud, had kort onder arrest gestaan, maar uiteindelijk werd er geen sluitend bewijs gevonden van zijn aandeel in het ongeluk, en moesten ze hem laten gaan. Hij vond het evenwel verstandiger om te vertrekken uit Graynes en verhuisde naar de andere kant van het land.

Snake was een jaar of achttien toen het gebeurde, en hij ging prompt niet meer naar school. Hij ging zich toeleggen op het beheren van zijn ouders' erfenis, een openstaande rekening bij de begrafenisondernemer. Van zijn broer kreeg hij ongeveer evenveel troost als van een migraineaanval.

Snake zoop zich verloren en stroopte wild in zijn nuchtere uurtjes, en dat was ongeveer alles wat men over hem wist.

We kwamen langs het huis van de Petersens, en ik probeerde te zien of er nog van die oude waarschuwingsborden stonden, zodat ik ze Dean kon aanwijzen.

Hij niesde. 'Ah. Heb je een zakdoek?'

'Eens kijken.' Ik rommelde al lopend in mijn rugzak, zonder mijn ogen van het huis af te houden. Alles zag er min of meer hetzelfde uit, alleen wat meer vervallen. Er leek niemand thuis te zijn.

Ik gaf Dean een por. 'Kijk eens.' Ik wees naar een bord dat de waanzinnige achterdocht van ma Petersen tegen de buitenwereld, onhandig en vol spelfouten, illustreerde.

'*Aan de geburen,*' las Dean hardop. '*Stop de bemoeizugt. God zal laatst oordeel velen. Respeceteer ons familie. Het is privée-eigendom, NIET BETREDEN. Op eigen risico* ... Jezus. Wie woont hier? Ken je ze?'
'De Petersens,' zei ik. 'Graynes' ultieme disfunctionele gezin. Weet je nog, in Macmillan's gisterena–'
'Hey! Wat valt er te zien!'
Geschrokken draaide ik me om.
Snake stond van onder de motorkap van zijn auto naar ons te loeren.
'Niets,' zei ik snel. 'Kom, Dean.'
'Ik was dat bord aan het lezen,' zei Dean op vrolijke toon. Hij bleef staan.
Snake kneep zijn ogen dicht en ging staan. Hij moest ergens vooraan in de twintig zijn, maar zijn levensstijl en zijn baard maakten dat hij er ouder uitzag. Misschien had hij al gedronken, want zijn bewegingen, terwijl hij achter de auto vandaan kwam, waren niet erg trefzeker.
'Dat bord is niet voor betweterige klootzakjes,' zei hij, ieder woord benadrukkend. 'Rot op.'
'Hé, beleefd blijven,' zei Dean.
O jee.
Hij ging Snake een beetje uitdagen. Hij had geen idee waar hij aan begon. Ik moest onwillekeurig denken aan een berichtje in het nieuws, over een kat met een overdosis lef, die erin geslaagd was zonder kleerscheuren eten te pikken uit het bakje van een grizzlybeer.
Wat mij betrof, was Snake gevaarlijker dan een grizzlybeer.
'Hou op,' siste ik. 'Kom nu mee.'
Ik trok aan zijn arm, maar hij bleef staan.
'Als je borden neerzet, moet je ertegen kunnen dat mensen ze

lezen. Anders ben je gewoon …' Dean pauzeerde treiterend. 'Een idioot.'

'Noem je mij een idioot?' vroeg Snake zachtjes, met een glimlach op zijn gezicht die veel angstaanjagender was dan zijn boze blik. 'Zeg dat nog eens.'

'Idioot.' Dean had ook een glimlach op zijn gezicht.

'Ik hoor je niet. Je moet harder praten.'

Snake kwam wat dichterbij, met bijna onmerkbare bewegingen, zijn armen uitnodigend gespreid. Plots begreep ik waar hij zijn bijnaam aan te danken had. Hij bespeelde Dean, op een verleidelijke, gluiperige, slangachtige manier, tot hij vlakbij was, en dan zou hij zijn bek opensperren en toeslaan.

'Je bent een lélijke idioot.'

Dean had het niet door. Hij zou daar blijven staan tot hij genoeg kreeg van z'n spelletje.

'Een lelijke idioot? Wat nog meer?'

Snake kwam nog een stapje dichterbij, traag maar zeker, zijn stem een verraderlijk zacht gesis tussen zijn bruine en gele tanden. Ik kon zijn dranklucht bijna ruiken.

'Wat nog meer? Zeg het maar, als je durft …'

'Je bent een ongewassen zatlap die niet kan spellen,' zei Dean. 'Als je het echt wilt weten.'

'RAAAGH!' Snake schoot naar voren en graaide naar Dean, maar omdat hij gedronken had, was zijn timing niet perfect. Hij was nog niet dicht genoeg genaderd.

Omdat ik voorzien had wat er zou gebeuren, had ik al een paar stappen achteruit gezet, en nu was ik als een gek aan het rennen.

Dean volgde me op de hielen. Hij had een geschrokken kreet geslaakt, maar nu lachte hij schaterend. Hij trok aan mijn T-shirt.

'Stop ... O, man dat was grappig ...' zei hij hijgend. 'Heb je z'n dronken kop gezien? Zielig, eigenlijk ...'
'Ik vond het niet grappig. Hij had ons kunnen neerknallen, weet je? Dat soort volk is dol op wapens,' zei ik geïrriteerd.
'O, ga weg. Wapens. Hij zou nog geen eland kunnen raken die op z'n hoofd zat. Hij is zo lazarus dat hij niet eens kan lopen. Kijk dan.'
We draaiden ons om.
Dean had gelijk. Na dit moment van luciditeit en opperste concentratie was Snake hervallen in scheve, wankelende dronkenschap. Hij stond in het midden van de straat en keek ons na, met zijn kop laag als een uitgeputte stier in de arena.
We bleven staan om te zien wat hij zou doen. Hij zette een paar aarzelende stappen vooruit en leunde toen gevaarlijk ver voorover.
Dean floot. Het zag ernaar uit dat hij op zijn gezicht zou vallen, in slow motion, maar in plaats daarvan boog hij voorover en raapte hij iets van de grond.
Het was een zwart voorwerp, een boekje, zo leek het wel. Snake bestudeerde het even, heroriënteerde zich met een paar onvaste stappen en zette toen koers naar zijn voordeur.
Ik greep koortsachtig in mijn rugzak, die nog openstond. Mijn vingers vonden geen boekje, zoals ik zo vurig wenste.
De vreselijke waarheid trof me als een stomp in mijn maag. Snake had net mijn dagboek gevonden.
Verward en onthutst keek ik rond.
Misschien had iemand alles gezien, iemand van de buren, die Snake kende en mijn dagboek voor me zou gaan halen? Maar alles bleef stil. De huizen van de buren hadden net zo goed dichtgetimmerd kunnen zijn. Er ging een ingehouden dreiging van uit.
Wanhopig keek ik Dean aan.

'Wat is er?'

Ik fronste en zei niets. Shit, shit. Ik kon het niet geloven.

'Wat?'

'Ik heb daar iets laten vallen. Mijn dagboek. Snake heeft het net opgeraapt.'

'Je wat? Je dagboek?' Hij keek naar me, met opgetrokken wenkbrauwen, en haalde zijn schouders op. 'Dus dat ben je kwijt. Wat jammer.'

'Ik moet het terug hebben.'

'Je moet het terug hebben?' Hij begon te grinniken, maar stopte toen hij mijn gezicht zag.

Er viel een stilte.

Toen zei Dean langzaam, alsof hij het tegen een kind had: 'Wel, dat gaat niet. Snake heeft het nu. Tenzij je even bij hem wilt aanbellen.'

'Ik moet het nu terug hebben,' zei ik toonloos. Het was alles wat ik kon zeggen. Mijn blik was gericht op Snakes huis, en ik kon niet verroeren.

Hoe had dit kunnen gebeuren? Waarom had ik dat verdomde ding ooit in mijn rugzak gestopt?

'Is dat nu zo belangrijk? Een dagboek? Koop een nieuw.' Dean sprak het woord 'dagboek' uit zoals hij het woord 'aambei' zou uitspreken, met een zweem van afkeer van iets wat hem vaag bekend was, van horen zeggen, maar dat tot dusver nooit in zijn universum was opgedoken.

'Ja, het is erg belangrijk.' Ik trok mijn blik weg van Snakes huis en keek hem aan. 'Help me.'

Vanaf het moment dat ik had leren schrijven, had ik een dagboek bijgehouden, en onbewust beschouwde ik de stapel schrijfsels als een hoeksteen van mijn bestaan. Dagboeken zijn nu eenmaal intiem, en ook de mijne bevatten geheimen die ik wilde meenemen in m'n graf. De geheimen waren niet alleen van die aard dat ze mijn reputatie op school, die al niet was om jaloers op te zijn, definitief zouden kelderen, ze konden meneer Coldwell ook behoorlijk wat schade toebrengen. Ik was er zeker van dat hij op staande voet ontslagen zou worden als het schoolhoofd uit goede bron vernam dat hij een leerling in dienst had genomen die zijn medeleerlingen cijfermatig mocht beoordelen. In mijn dagboek had ik hele passages geciteerd uit opstellen van de minderbegaafden in de klas, omdat ik ze zo grappig vond. Ik had levendig beschreven hoe droevig en teleurgesteld meneer Coldwell me had aangekeken toen ik hem had gevraagd om Shelley Gucci's opstellen zelf te lezen, omdat ik er grafologisch noch inhoudelijk wijs uit werd.

Snake was nu geheel per toeval in het bezit gekomen van de informatie die hij nodig had om meneer Coldwell te chanteren. Op een of andere manier was ik ervan overtuigd dat, wanneer het erop aan kwam om mensen uit te zuigen, Snake het type was dat het onderste uit de kan kon halen. Hij had een neus voor situaties die hem een extra centje opleverden en een ander berooid achterlieten, dat wist ik gewoon. Hij zou het dagboek niet zonder het een tweede blik te gunnen bij het oud papier keilen, zoals een ander dat zou doen, nee, zelfs in zijn beschonken toestand zou hij het ding onderzoeken en beseffen dat hij het tegen iemand kon gebruiken. Bovendien kende hij meneer Coldwell vast nog van vroeger op school en zou hij het een geweldige grap vinden als hij een leraar een loer kon draaien.

'Ik denk niet dat Snake erg geïnteresseerd is in dat ding,' zei Dean. 'Waarom zou hij ook? Het is een dagboek. Niemand gaat een dagboek zitten lezen van iemand die hij niet eens kent. Ik niet, in elk geval. Kun je niet gewoon een ander kopen?'

'Nee.'

'Waarom niet? Ik bedoel … Ik weet wel, je wilt niet dat iemand je dagboek leest, maar geef nu toe, het zijn toch niet bepaald staatsgeheimen die erin staan? Ik bedoel, het is even slikken, maar kwijt is kwijt.'

Hij begon zich te vervelen. Snake was een spelletje geweest, en nu was het voorbij en wilde hij verder.

'Eerst en vooral,' zei ik op vlakke toon, 'kan *iedereen* het lezen. Niet alleen Snake, maar iedereen die het verder nog in handen krijgt. En er staan dingen in die ik niet wil delen met de rest van Graynes.'

Ik zweeg even, bang om gewichtig te klinken. 'Ten tweede, er staan dingen in die anderen me gevraagd hebben geheim te houden.'

Hij vroeg niet wat de geheimen waren, zoals ik half verwachtte. In plaats daarvan schopte hij ongeduldig tegen een steen en zei hij: 'Maar het is te laat voor je geheimen, denk je niet? Ik bedoel maar, misschien zit hij je dagboek nu al te lezen … als hij kán lezen.'

'Dat weet ik!' De gedachte was ondraaglijk. 'Vertel me geen dingen die ik al weet!'

'Tjee, sorry, hoor.'

Ik gaf geen antwoord. Ik voelde me een enorme ezel, machteloos bij de gesloten deur van een man die we net hadden staan uitlachen.

Dean draaide zich om. Ik dacht dat hij op het punt stond te vertrekken en me achter te laten, maar toen maakte hij met een zwierige beweging weer een halve draai en zei hij opgewekt: 'Als je het echt terug wilt, dan zul je bij hem moeten inbreken.'

Hij keek me met glanzende ogen aan om mijn reactie te zien.

'Als dat nodig is, ja.'

Hij grijnsde en zei gespeeld verontwaardigd: 'Goed bezig. Je bent in een boefje aan het veranderen om een *dagboek*.'

'Dat kan me niet schelen.'

'Dus ... Je hebt m'n hulp nodig, nee?' Terwijl hij dat zei, werd de uitdrukking op zijn gezicht nog iets intenser. Zijn ogen schitterden, en een scheef, uitgekookt lachje verscheen op z'n gezicht. 'Wanneer gaan we het doen?'

'Zo snel mogelijk.'

Ik was niet bang.

Hij knikte. Voor hem had het spelletje met Snake zopas een opwindend vervolg gekregen.

'Vanavond.'

13

'Schiet op, er is niemand thuis.' Dean trommelde ongeduldig met zijn vingers tegen het witte metaal van de garagedeur van z'n ouders. Soms had hij iets van een kind, gretig en met vuile vegen op zijn gezicht en haar dat tegen zijn zweterige voorhoofd plakte.

Ik bewoog me met tegenzin verder. Een groot deel van me smeekte om naar huis te gaan en nooit meer aan deze dag terug te denken (en we waren nog maar halverwege). Een ander deel beet op de tanden en probeerde de moed erin te houden, ondanks de angst die de kop opstak, mijn maag die pijnlijk leeg was en mijn hoofd dat nog zeer deed van de ellende waarmee ik de dag was begonnen.

De koelte binnen deed eventjes goed. Deans ouders waren het hele weekend weg naar de opening van een nieuw golfterrein. We waren naar zijn huis gegaan omdat ik mijn moeder moest bellen, om te vragen of het goed was dat ik die nacht bij Dean bleef slapen. 'Daar is de telefoon. Ik ben in de keuken.' Hij sprong zijwaarts weg door de gang, met een paar schijnbewegingen naar een grote, spuuglelijke vaas. Het vooruitzicht om later op de avond te gaan inbreken leek hem te doen bruisen van energie. Ik keek hem nietbegrijpend na. We waren erg verschillend, en toch …

Ik wachtte even en staarde mistroostig naar de telefoon. Toen pakte ik de hoorn op en vormde ik het nummer.

'Hallo,' zei een mannenstem. 'Bramble & Abramovitz, waarmee kan ik u van dienst zijn?'

'Hallo, kan ik mevrouw O'Hara spreken? Ik ben haar zoon.'

'O, Maurice, is het niet? Wacht even. Ik geef haar meteen door.'

Hij legde de hoorn neer. Ik luisterde naar de gedempte kantoorgeluiden en ving een zweem op van de hartelijke, bijna jolige sfeer waar mijn moeder het altijd over had. Er klonken vrolijke stemmen en getik op een ouderwetse tikmachine. Dat moest de oudere secretaresse zijn, een dame die niets te maken wilde hebben met computers, en die volgens mijn moeder voornamelijk in dienst werd gehouden omdat ze zo goed was met de cliënten en geweldige gebakjes maakte.

De man die de telefoon had opgenomen, riep mijn moeders naam. Hij zei er nog iets achteraan, dat ik niet kon verstaan. Er klonk gelach, en een vrouwenstem, die van mijn moeder, antwoordde. Nog meer gelach. Toen nam ze de hoorn op.

'Dag schatje, wat is er?' Ze klonk lichtjes buiten adem, buiten adem van geluk. Haar stem droeg de heerlijke frisheid van iemand die net van buiten komt en je omhelst terwijl je met griep in bed ligt. De frisheid van de vroege lente, die je even herinnert aan het leven dat zich afspeelt op straat en in de tuin, zonder jou.

'Dag mam, ik moet je wat vragen.'
'Wat? Is alles in orde? Ik hoorde je niet thuiskomen gisteren. Was het een leuk feestje?'
'Het was niet laat, rond middernacht. Het was fijn.'
Ik zweeg even. Het deed er niet toe waarover, kleine leugentjes vertellen aan de telefoon gaven me altijd een erg voldaan gevoel.
'Mam, kan ik bij Dean blijven slapen vannacht?'
Stilte.
'Wel, ik weet het niet, schat, dat zijn twee avonden na elkaar dat je weg bent ... Misschien is dat wat te veel, denk je niet?'
'We gaan nergens heen. Ik blijf gewoon slapen.'
Ze gaf toe. 'Tja, ik denk niet dat ik je kan verplichten thuis te zijn als ik er zelf niet ben.'
'O. Hoezo?'
'Meneer Abramovitz neemt me mee uit eten. We hebben een nieuwe zaak te bespreken, het zou best wel eens laat kunnen worden.'
Ik voelde me al wat beter nu ik wist dat ze niet de hele avond alleen thuis zou zijn, nietsvermoedend, terwijl haar zoon de ramen ingooide van de gevaarlijkste man van de streek.
'Oké. Werk niet te hard.'
Ze giechelde. 'Nee, hoor, schat. Wees gerust.'
'Tot morgen.'

Zo, nu stond mij niets meer in de weg. Wat gedaan moest worden, zou gedaan worden.
Ik ging op zoek naar Dean. Hij zat aan de keukentafel een strip te lezen, het soort mangastrip vol blote tieten en lesbische scènes.
Hij keek op en hield de strip omhoog zodat ik de omslag kon zien. 'Mijn pa leest deze tijdens het ontbijt. Om mijn moeder op haar zenuwen te werken.'

'Ontbijt?' zei ik zwakjes. 'Hoor eens, kan ik iets te eten krijgen? Ik heb nog niets gegeten sinds gisteren. Ik scheur van de honger.'
'Tuurlijk. We zijn toch hier, nu kunnen we net zo goed de ijskast plunderen.' Hij gooide de strip opzij en verdween achter de deur van een enorme ijskast. Het was een schoolvoorbeeld van hoe groot een ijskast moet zijn voor een hedendaags welgesteld gezin. In deze koelkast kon je het voorleesuurtje van een kleuterklas laten plaatsvinden. Mijn moeder had het gevaarte kunnen proberen volstouwen met boodschappen voor een hele week, en dan nog was het ding nauwelijks gevuld geweest.
'Zal ik wat broodjes smeren?' riep Dean vanachter de deur. Terwijl hij bezig was met het eten, keek ik even rond.

In mijn wereld was de keuken het vertrek waarin het meest werd geleefd. De gezamenlijke rommel van de huisgenoten had de neiging aan te spoelen in de keuken, alsook de huisgenoten zelf; geeuwend boven een kop koffie, bij de gootsteen met een waterpistool in de aanslag, over de zitting van drie stoelen gedrapeerd met een kleurrijk masker op het gezicht.
Koelkast- en andere deuren waren beplakt en behangen met snapshots, kindertekeningen, kattebelletjes en grappige magneten. Lege potten en pannen stonden in het gelid op het aanrecht, in afwachting van een flinke schrobbeurt. Plastic zakjes van de supermarkt en kurken werden verzameld in uitpuilende potten waar ze geregeld uit vielen op een lager oppervlak, om zich daar vrijelijk te vermengen met minder fortuinlijke objecten, die iemand kwijt was, waar iemand alle belangstelling voor verloren had, of die gewoon rondslingerden, zoals boeken, zonnebrillen, kledingstukken, tijdschriften.
Dit was niet zo'n keuken. Alles zag er netjes, georganiseerd en

smetteloos geboend uit door een huishoudster met perfectionistische neigingen. Misschien was het Deans moeder, maar meer waarschijnlijk iemand die een bestaan had opgebouwd met desinfecteren en steriliseren. Ik keek wantrouwig naar de strip van Deans vader. Het was moeilijk te geloven dat iets hier 'zomaar' kon rondslingeren.

Ik speurde rond als een havik, maar in de hele keuken was niet één familiefoto te bekennen. Ik had er ook geen opgemerkt in de kamer waar Betsy had gezeten, of ergens anders.

Als ik Dean was, zou ik ook in een hut in de achtertuin willen wonen. Dit huis voelde niet aan als een thuis. Nu ik erover nadacht, hoe meer ik te weten kwam over het gezin, hoe minder ze overkwamen als een familie. Ze leken geen band met elkaar te hebben, alsof ze mensen waren die elkaar hadden gevonden via een advertentie. Als huisgenoten.

'Ziezo.' Dean zette een groot bord voor me neer, met een paar dikke boterhammen erop.

'Bedankt.'

Hij knipoogde. 'Smakelijk.'

De boterhammen waren hemels lekker. Ik knikte en probeerde te lachen met volle mond.

'Niet slecht, hè?'

In een oogwenk hadden we ons volgestouwd. Dean leunde achterover en zei voldaan: 'Dat was m'n specialiteit. Gerookte zalm op volkorenbrood, kruidenkaas, schijfjes komkommer en tomaat.' Hij ging scheef zitten en liet een wind, waarna hij de kruimels van zijn bord begon te pikken.

Ik bestudeerde hem even, terwijl hij niet keek. Hij, die officieel in dit huis woonde, leek hier minder op z'n plaats dan ik. Dit was de keuken van een huishoudelijke maniak, en hij was haar zoon. Ik had nooit iemand gekend die meer van de hand in de tand leek te leven, zelfs al was het maar schijn. Het deed er niet toe dat het nu maar schijn was, want over afzienbare tijd zou het realiteit worden. Dean timmerde aan z'n eigen weg en hij gaf niet om een gemakkelijk leventje, geregisseerd door z'n ouders. Het was duidelijk dat niemand hem iets te vertellen had, nu niet en later niet. Hij bepaalde zelf de regels. Dat was me duidelijk geworden nadat hij Betsy's geld had gepikt en me had uitgelegd waarom. Hij zou zich niet in een hoekje laten dringen, en het kon hem niet schelen wat mensen over hem dachten.

Ik wilde ook zo worden. Misschien had ik er niet het talent of het karakter voor, maar ik kon het op z'n minst proberen.

'Wat wil je doen de rest van de middag? Ik moet wat telefoontjes doen, maar dat duurt niet lang.' Hij trommelde met zijn vuisten op de onderkant van zijn stoel, goedgehumeurd, ongeduldig.

'Ik weet het niet.' Ik had me te barsten gegeten en wilde gewoon even niets doen.

'Oké. Blijf hier wat zitten, terwijl ik naar boven ga om te telefoneren, en als ik klaar ben, gaan we naar het meer. Ik heb wel een zwembroek die je kunt lenen. Wat denk je?'

'Klinkt goed. Maar ging je me niet leren boekhouden of zo?'

Hij fronste. 'Nee, niet vandaag. We hebben genoeg aan ons hoofd. Laten we maar beginnen met een dagje vrijaf.'

'Geweldig. Het is vreselijk heet weer.'

Het was een flinke twee uur nadat we gegeten hadden, en ik voelde me nog steeds opgeblazen. Ik weet mijn trage spijsvertering aan mijn zenuwen en lag stil, plat op mijn rug.

Het reservoir schitterde blauw in de zon, helder en glad als een spiegel. Ik lag in de schaduw, keek naar de ritselende blaadjes boven mijn hoofd en trachtte nergens aan te denken. De kleuren van het water, de lucht en de bomen leken feller, mooier dan anders, waarschijnlijk omdat ik op het punt stond uit het paradijs te worden geschopt. Ik was me pijnlijk bewust van elke minuut die verstreek, alsof ik een soldaat op verlof was, voor wie de rust en de verrukkelijke natuur maar een tijdelijke halte was in een wereld die grijs was van verdriet en ellende.

Ik sloot mijn ogen en probeerde gewichtloos te worden, en van mijn handdoek op te stijgen naar de boomtoppen.

Waterdruppels, koud en nat, spetterden op mijn borst.

Ik sperde mijn ogen open.

Dean stond wijdbeens over me en hield zijn adem in in een poging om niet te lachen.

Ik schopte naar hem. 'Hou op! Laat me met rust, wil je.'

'Maak je niet druk. Geniet van het zonnetje,' zei Dean plagerig. Hij viel neer op zijn handdoek en richtte zich half op, met zijn gezicht naar de zon.

'Mmm,' zei hij. 'Waarom komen we hier niet iédere namiddag? Is dit niet geweldig? Pluk de dag ...'

Hij opende één oog en keek me zijdelings aan.

'Nog slaperig van het eten? Waarom ga je niet even zwemmen, je voelt je meteen beter ...'

Ik was nog niet in het water geweest.

'Over een kwartiertje. Ik heb te veel gegeten.'

'Niets daarvan.' Zijn stem klonk dieper, dreigend. 'Jij sal doen als ik seg. Spring in het wasser en wasch. Jij farken.' Hij deed een of andere nazifiguur na. Het was niet erg grappig.

'Ik ben niet in de stemming voor flauwe grapjes,' zei ik kortaf. 'Laat me met rust.'

Hij sprong op en draaide zijn natte handdoek tot een touw. Met een gemene grijns op z'n gezicht begon hij me te besluipen, de handdoek gespannen tussen zijn vuisten.

'Jij ongehoorsaam farkentje ... Ik sal je eens flink afranselen!'

'Ik waarschuw je, Dean. Steek één vinger naar me uit en –'

Woesj. De punt van de handdoek scheerde rakelings langs mijn knie. Ik krabbelde snel, scheldend, overeind.

'Haha! Het farkentje heeft het bechrepen! Nu duik jij in het meer en wuif met die flippers. Opschieten,' zei hij, met een afgrijselijk kelig accent. Hij hanteerde de handdoek als een zweep, en ik sprong opzij.

Op de oever gleed ik bijna uit, want het was nat en modderig, en om mijn gezicht te redden dook ik in het meer. Ik zou later wel wraak nemen. Bovendien, ik had het nu toch veel te heet.

Het water was ijzig koud en benam me de adem. Zodra ik begon te zwemmen, schoot er een stekende pijn door mijn zij. Peddelend met één arm zwom ik naar het ondiepe, en ik ging staan.

Op de oever marcheerde Dean heen en weer in een ingebeeld uniform, nog steeds met die groteske grijns. Hij hield een vinger onder zijn neus bij wijze van snorretje, en begon bevelen te schreeuwen.

'Jij sal opnieuw doiken! Hier, pak ze stok!' Hij gooide iets, dat een paar meter van me af in het water plonsde.

Ik boerde. De modder op de bodem voelde koud en slijmerig aan tussen mijn tenen. Alleen de bovenste laag water was opgewarmd door de zon. Ik deed een poging om horizontaal te drijven, in de warmte, maar de pijn kwam terug. Met tegenzin strekte ik mijn benen weer uit onder me, op zoek naar vaste grond. Alleen, dit keer was er geen bodem, of ik kon hem niet vinden. Ik was afgedreven, of misschien was er een geul. Met wat krachtiger bewegingen probeerde ik naar de kant te zwemmen, maar ik kwam amper vooruit. De pijn werd erger met iedere ademteug. Hoe minder lucht er in mijn longen kwam, hoe moeilijker het werd om te blijven drijven.

Ik worstelde en kronkelde, en de pijn werd verblindend scherp. De paniek sloeg als een schokgolf door mijn lijf.

Ik kreeg een slok water binnen, en toen nog een. Krampachtig probeerde ik mijn mond dicht te houden, te spugen, maar zo kreeg ik helemaal geen lucht meer. Ik spartelde wanhopig, mijn voeten vonden nog steeds geen vaste grond. Ik begon te zinken. Ik opende mijn mond om te roepen, maar er was niets dan water –

Plots voelde ik een arm om mijn nek die me naar boven trok. De arm klemde me zo hard vast dat het pijn deed, en in een reflex probeerde ik hem van me af te trekken. Een hand greep me vast onder mijn oksel en duwde me omhoog, weg van de diepte die me naar beneden zoog.

Na nog een paar akelige seconden, waarin ik al mijn kracht verloor en het zwart werd voor mijn ogen, voelde ik eindelijk de bodem onder mijn voeten. Met een laatste restje energie ging ik op mijn benen staan en haalde ik adem.

Ik stond naar lucht te happen, mijn mond ging open en dicht als de bek van een vis. Toen ik mezelf zo naar adem hoorde happen, met alarmerend luide, raspende geluiden, kwam de paniek weer even opzetten, maar toen ebde die weer weg. Plots besefte ik wat het betekende om te ademen. Het was heerlijk, echt lékker in de betekenis van smakelijk. De lauwe boslucht liet zich drinken, was warm en koud terzelfder tijd. Ze had geen substantie, maar voelde toch aan als een vloeistof die ik naar binnen goot, die zich verspreidde en die mijn lichaam, dat even tevoren vervuld was geweest van doodsangst, tot kalmte bracht. Mijn reukzin leek honderd keer verscherpt te zijn, en het volle, rijke aroma van de bossen op een hete zomerdag was overweldigend.

Een tijdje bleef ik gewoon zo staan, me verbazend over de lucht die ik inademde en de geluiden die ik maakte terwijl ik dat deed.

Dean gaf zachte klopjes op mijn rug. Ik keek hem aan en kuchte dankbaar, en gaf met mijn hand aan dat ik oké was. Mijn stem vertrouwde ik nog niet.

'Hoe voel je je?' Hij wreef over mijn rug, alsof ik sneller zou bijkomen als hij me aanraakte.

'Beter.' Ik klonk alsof ik een gemene verkoudheid te pakken had. Beverig, met onvaste knieën, begaf ik me naar de kant. Voor de tweede keer die dag ging mijn hoofd aan het bonzen.

'Hoe voel je je?' vroeg Dean voor de veertiende keer. Hij keek me bezorgd en een tikkeltje berouwvol aan. We zaten op onze handdoeken. Ik voelde me een stuk opgeknapt, vooral omdat ik een poosje had staan kotsen achter een boom.

'Ik voel me zo goed als onder deze omstandigheden verwacht kan worden,' antwoordde ik enigszins uit de hoogte. 'Ik ben opgestaan met een kater en moest me de hele ochtend verweren tegen de aanvallen van een gevaarlijke dronkenlap, die nu toegang heeft tot de meest sappige details van mijn privéleven. Ik ben bijna verdronken in een meer waar ik niet eens in wilde zwemmen. Ik ben niet verzopen, maar heb twee liter van dat vieze water binnengekregen, waar eenden in kakken. Dus mag ik waarschijnlijk blij zijn als ik niet voor de rest van mijn leven diarree en mond-en-klauwzeer heb. Gelukkig krijg ik snel de kans om mijn gedachten te verzetten, want vanavond heb ik mijn allereerste inbraak gepland. Ik denk niet dat ik er wegkom met mijn testikels intact.'

Ik zuchtte theatraal en voegde eraan toe: 'Bedankt om me te redden, maar bespaar je de volgende keer de moeite.'

Dean glimlachte flauwtjes. 'Het spijt me. Het is allemaal mijn schuld. Ik was degene die herrie zocht met Snake. Ik heb je al die boterhammen laten eten en heb je daarna in het meer gegooid.' Hij keek weg, het hoofd gebogen. 'Kun je het me vergeven?'

'Hou op.' Ik gaf hem een duw. 'Je hebt me er toch weer uit gehaald? En je wilt me helpen om m'n dagboek terug te krijgen. Wat kun je nog meer doen?'

Hij keek op en staarde glimlachend recht voor zich uit. Een lichtjes krankzinnige blik maakte zijn ogen een beetje glazig.

'Ik vind inbreken eigenlijk niet erg. Het idee, bedoel ik.' Hij grijnsde onnozel. 'Vind je dat vreemd? Ik vraag me soms af of ik wel normaal ben.'

'Bedoel je dat je het niet erg vindt, of dat je het leuk vindt?'

'Ik vind het leuk ...' Hij lachte, quasi verlegen. 'Ik krijg er een kick van. Ik kan het niet helpen.'

'Ben je dan niet bang? We kunnen gepakt worden. We kunnen een ongeluk krijgen, of gruwelijke pech. Zoals eh ... samen vast komen te zitten in een raam.'

'Alle twee tegelijk?' Hij lachte. 'Je maakt je écht te veel zorgen. Misschien maak ik me te weinig zorgen. Dan zijn we een goed team.'

'Wat als hij een inbraakalarm heeft?'

Hij grinnikte opnieuw. 'Hoeveel arme mensen hebben een inbraakalarm?'

'Ik weet het niet, het is maar ... je kunt er toch niet zomaar van uitgaan dat hij er géén heeft? Mensen zijn onvoorspelbaar.'

'Dat zijn ze niet. En er was geen alarm, daar heb ik op gelet.'

'Je hebt erop gelet?'
'Yup.'
'Dat is raar. Wie merkt nu zoiets op?'
Een mij inmiddels bekende, onverschillige toon sloop in zijn stem. 'We letten toch allemaal onbewust op dingen. Jij niet?'
Ik haalde mijn schouders op en hij ging verder. 'Trouwens, ben je niet nieuwsgierig naar Snake? Hoe dat huis er vanbinnen uitziet? Hoe zijn leven eruitziet?'
'Nee. Kan me geen zak schelen.'
'Interesseert het je niet om te zien hoe andere mensen leven?'
Nu was het mijn beurt om te lachen. 'Inbreken lijkt me een vreemde manier om te zien hoe andere mensen leven.'
'Een manier als een andere.'
Hij gooide een steentje in het water. Hij was nog steeds ergens over aan het nadenken, dat kon ik merken. Een ironische, lichtjes spottende blik gleed over zijn gezicht. 'Waarom lees je eigenlijk al die boeken?'
'Hoe bedoel je?'
'De personages in die boeken. Doen zij alles volgens de regels? Ik denk het niet.'
Waar had hij het over?
'Eh ... dat zijn geen echte mensen, dat zijn verzinsels. Zelfs jij moet dat toch weten.'
'Hé.' Hij keek ernstig. 'Ik probeer te filosoferen, man. Ik dacht dat jij daartegen kon.'
Hij gooide een twijgje in het water, omdat hij niets substantiëlers vond. Het maakte maar een kleine rimpel in het oppervlak.
'Oké.' Ik wachtte.
'Er is dat boek, je weet wel, *American Psycho*, over die seriemoordenaar die zwervers vermoordt en meisjes martelt. Het is een gru-

welijk, walgelijk verhaal, maar mensen zijn er dol op en het wordt verfilmd. De boeken gaan als zoete broodjes over de toonbank. Maar waarom eigenlijk?'

Ik wachtte. Waar wilde hij naartoe?

'Wat ik wil zeggen, is: als personages in boeken niet de immorele dingen doen die ze doen, dan is er geen verhaal, toch? Bestaan er eigenlijk wel verhalen waarin iedereen zich keurig gedraagt en er niets ellendigs gebeurt? Nee toch?'

'Ja, nee, maar –'

'Wat ik wil zeggen, is: mensen hebben helemaal geen behoefte aan verhaaltjes over heiligen, of wel? Hoe meer seks en geweld, hoe beter.'

'Ik zie niet in wat dit alles te maken heeft met inbraken plegen.'

'Wel, mensen smullen van al die verhaaltjes over doodslag en ellende ... maar zouden we niet beter wat meer léven? Voor de echte ervaring in plaats van voor verzinsels.' In zijn stem klonk enthousiasme door.

Ik stond perplex. Zo naïef kon hij toch niet zijn?

'Er is niets mis met een beetje misdaad zo nu en dan. Als je er niemand echt kwaad mee doet. Ik bedoel, veel te veel mensen *laten* zich leven in plaats van *zelf* te leven, nietwaar? Vooral die kneusjes die altijd maar binnen boeken zitten te lezen.' Hij gooide plagerig een stukje schors naar mijn hoofd. 'Of krijg jij al je kicks van boeken?'

Ik rolde met mijn ogen. 'Hou op, zeg. Wat een onzin. Mensen lezen en schrijven boeken om te ... om ...'

Het zou me niet lukken te zeggen wat ik wilde zeggen, zonder dat ik idioot en verwaand klonk. 'Om hun leefwereld te vergroten. In een boek kun je alles laten gebeuren, maar het kan geen kwaad.'

Ik fronste, geïrriteerd omdat hij me iets liet uitleggen dat zo evident was dat het in feite niet uit te leggen viel. Ik was ervan overtuigd dat hij deed alsof hij dom was, alleen om me te zien haperen. Ik haalde diep adem. 'Je hebt wel gelijk, er zijn massa's verhalen over moorden en rampen. Mensen hebben daar behoefte aan, om te kunnen nadenken over wat zij zouden doen mocht hun iets soortgelijks overkomen. Ze identificeren zich met de personages.'

'Misschien, maar ik ben niet overtuigd,' kaatste hij terug. 'Ik ben er redelijk zeker van dat die schrijvers toch op z'n minst moeten weten waarover ze het hebben. Seks, drugs, misdaad. Ze delen hun ervaringen met hun lezers, wat erg aardig van ze is, maar dat hoeft niet te betekenen dat we allemaal braaf aan de kant moeten blijven zitten met een boek en nooit van de sofa af komen. Ik bedoel, ik verzamel liever mijn eigen ervaringen.'

'Tja.' Ik zuchtte geërgerd.

'Ik heb ooit een goed boek gelezen,' zei hij dromerig. 'Over een hond. Je zag de wereld vanuit het standpunt van een hond. De titel schiet me nu niet te binnen, maar ik weet nog dat ik anders over honden dacht nadat ik dat boek had gelezen. Ze leken ineens een hoop slimmer.'

'Zie je wel!' riep ik triomfantelijk. 'Dat is wat ik je al de hele tijd probeer duidelijk te maken! Je hoeft geen hond te zijn om je te kunnen voorstellen hoe het is om een hond te zijn, *door een boek!*'

Hij keek me kalmpjes aan, alsof hij extra geduldig met me was omdat ik me zijn vriend mocht noemen. Toen zei hij, zacht maar nadrukkelijk: 'Oké, Mo, maar het was nog beter geweest als ik een hond was *geweest*. Een echte. Dat is wat ik *jou* probeer duidelijk te maken.'

Ik gooide mijn armen in de lucht en viel terug op mijn handdoek. 'Ik geef het op.'

'Dus,' zei Dean, nadat we een poosje stil hadden liggen luieren. 'Wat vanavond betreft.'
'Ja?' Ik ging half overeind zitten, leunend op één elleboog. 'Geef me het water eens.'
Hij gooide me de fles toe, en keek zwijgend toe terwijl ik dronk. Toen zei hij: 'Ik denk dat we beter wat hulp kunnen vragen.'
Gealarmeerd ging ik helemaal overeind zitten. 'Dat kun je niet menen.'
'Waarom niet?'
Ik probeerde mijn stem niet te verheffen. 'We kunnen toch niemand vertellen wat we van plan zijn, Dean. Ik wil niet dat iemand het weet.'
Hij haalde zijn schouders op. 'Waarom niet? Luister eens. Wie van ons beiden wil er alléén dat huis in? Als we gaan, doen we het samen, niet? Tenzij jij graag alleen wilt.'
Hij wachtte even om te zien of ik zou antwoorden, maar ik zei niets, dus ging hij verder. 'We gaan samen naar binnen, dus hebben we iemand nodig die buiten de boel in de gaten houdt. We kunnen er behoorlijk zeker van zijn dat Snake vanavond op zwier gaat, maar hij zou wel eens vroeger kunnen terugkomen. We mogen geen risico's nemen. Stel je voor dat hij ons betrapt.'
Hij wachtte opnieuw op mijn respons.
Ik staarde hem aan, niet echt wetend wat ik hiertegen kon inbrengen. Als ik niet met zijn plan instemde, dan kon ik in m'n eentje op zoek gaan naar m'n dagboek. Moederziel alleen. Als ik er wel mee instemde, dan moesten we alles gaan uitleggen aan anderen. Die zich ermee zouden bemoeien.
'Wie wil je dan wel vragen? Wat moeten we ze vertellen?'
Hij had zijn antwoord klaar. 'We doen het volgende: ik vraag aan twee van m'n maten of ze willen meedoen. Ik vertel ze dat we

een weddenschap hebben lopen. Jij hebt me uitgedaagd om alle horloges in Snakes huis te verzetten, of om zijn wc-bril in te smeren met tandpasta, of iets stoms van die aard. Je moet met me mee naar binnen, om te controleren of ik de weddenschap wel degelijk uitvoer. Zij houden buiten de wacht, en wie de weddenschap verliest, moet voor iedereen bier zien te bemachtigen. Ik ben er zeker van dat ze zullen meedoen, het zijn kerels die dol zijn op dit soort flauwe grappen. Ze vervelen zich, en ze hebben een erg kinderachtig gevoel voor humor.'

'Wie zijn ze?'

'Kun je dat niet raden?'

Ik slikte. Meer dan ooit wilde ik verdwijnen, oplossen in het nergens.

'Ik zal het vragen aan Ashley en zijn vriend, Heinz, of hoe heetie ook alweer? Sorry, ik weet dat je het niet leuk vindt, maar ik kan niemand anders bedenken. Trouwens, Ashley staat bij me in het krijt, vanwege het baantje dat ik 'm heb gegeven.'

'Geweldig.' Ik begon me apathisch te voelen bij zoveel tegenslag.

'Weet je … Als ze te weten komen dat je dit soort stunts uithaalt, dan denken ze misschien anders over je, in de toekomst …'

Zijn stem ebde weg toen hij mijn gezichtsuitdrukking zag. Hij keek onzeker.

'Neem dit van me aan,' zei ik giftig. 'Ik voel ongeveer evenveel behoefte om bij die apen in een goed blaadje te staan als om mijn ingewanden te laten verwijderen met een roestige hooivork.'

'Ik begrijp het.' Hij leek geschrokken.

We zeiden een poosje niets tegen elkaar.

Ik was boos op mezelf omdat ik het zover had laten komen.

Misschien moest dit, deze ellendige situatie, maar eens een keerpunt betekenen in m'n leven. Als ik bleef aanmodderen en de controle verliezen zoals nu, zou ik nooit het soort bestaan kunnen leiden dat ik voor mezelf in gedachten had.

Hoe meer ik erover nadacht, hoe meer ik ervan overtuigd raakte dat Dean me tijdens die discussie over misdaad en boeken iets had proberen te vertellen over mezelf. Wat hij me duidelijk wilde maken, was meteen kristalhelder geweest voor een zielenpoot met verstopte oren die niet slim genoeg was om een hint te begrijpen, maar ik was zelfs daar te stom en te blind voor geweest. In plaats van te luisteren naar zijn argumenten was ik ervan uitgegaan dat zijn standpunt naïef en ondoordacht was, omdat ik mezelf nu eenmaal slimmer vond.

Als ik dan zo'n geweldige slimmerik was, hoe kwam het dan dat ik mijn dagboek had verloren, op zo'n idiote manier?

Wat ik dringend eens moest leren, was uit mijn kleine wereldje breken en me concentreren op het volledige plaatje. Ik was veel te veel in mezelf gekeerd, met mezelf bezig, dat verrekte dagboek was er het bewijs van. Het hield mijn blik inwaarts gericht, gefocust op mijn kleinzerige angsten, mijn onbetekenende gedachten. Urenlang was ik elke avond bezig met het neerpennen van de idiootste onbenulligheden. De rest van de tijd zat ik te lezen. Geen wonder dat ik er niets van bakte als ik eventjes een écht probleem had.

Telkens als ik zo zat na te denken over hoe ik mezelf opnieuw zou kunnen uitvinden, anders en beter, namen mijn gedachten een vaag fysieke vorm aan, als een schaduw die langzaam op mij begon te lijken, alleen een paar jaren ouder.

Mijn toekomstige zelf deed iets met kunst en droeg bij voorkeur tweedehands blazers en nonchalante sjaaltjes. Ik woonde in de grootstad en verkende iedere vierkante meter ervan te voet, rusteloos en altijd op zoek. Mijn ogen waren roodomrand van het slaapgebrek, omdat de nachten nog boeiender en intenser waren dan de dagen. Ik werd opgemerkt door onbekenden terwijl ik op een brug stond en over het water staarde of op de bus zat. Als ze een tweede keer keken, was ik alweer weg, opgegaan in de stad. Met mijn ogen filmde ik iedere vlek op iedere steen, elk afwezig, vermoeid gezicht in de metro, en het resultaat werd voor eeuwig opgeslagen in mijn hoofd. Ik zat zwijgend achter in de kerk tijdens bruiloften en probeerde ongenood binnen te komen op vernissages. De wereld kon niet ontsnappen aan mijn blik. Ze was bloot en liet me haar mooiste en lelijkste kantjes zien.

Mijn vrienden waren excentriek en soms onverdraaglijk. Het waren kunstenaars. Er zat geen enkele financieel expert tussen.

Er was er eentje die een winkel voor buitensportartikelen had. Telkens als Dean me kwam opzoeken uit Californië, zouden de anderen de wildste veronderstellingen maken over onze vriendschap, omdat Dean helemaal niet op ze leek, en omdat ik hem grotendeels voor mezelf hield. Ze zouden niet inzien wat er zo speciaal aan hem was, omdat hij er niet was geweest om ze een spiegel voor te houden. Hij had ze nooit een glimp getoond van het echte leven.

Dean en ik zouden lachen met grapjes die niemand anders begreep, en we zouden feestjes vroeg verlaten om met ons tweetjes te gaan scrabbelen. Het risico om onpopulair te worden, namen we er graag bij.

'Waar zit je aan te denken?'
'Nergens aan.' Ik keek Dean aan, bijna verbaasd hem te zien.
'Je was aan het glimlachen.'

'Echt?' Ik geeuwde. 'Ik zat eraan te denken hoe het zal zijn om hier weg te gaan.'

Hij glimlachte. 'We hebben Californië om naar uit te kijken. Weet je, als we genoeg geld hebben, kunnen we misschien een ouwe camper kopen. Dat is veel goedkoper dan in motels slapen.'

'Ja, goed idee,' zei ik. 'Wow.'

'En als je op de kampeerterreinen van de nationale parken verblijft, is het bijna gratis.' Hij sloot genietend zijn ogen. 'Mmm. Denk je eens in. Hoe cool zullen we niet zijn in een camper ...'

Ik zweeg ontroerd. Hier was eindelijk iemand die zijn eigen weg ging en me en passant uit het moeras trok. We konden het een tijdje samen zien te rooien, tot ik mijn oude leven voorgoed achter me had gelaten en klaar was om ook mijn eigen ding te doen. Ik zou veilig zijn bij hem. Hij had vandaag al m'n leven gered.

Ik was bijna vertrokken voor een nieuwe dagdroom, waarin we ons prinsheerlijk hadden geïnstalleerd in vouwstoelen voor de kampeerwagen, wijn nippend en naar de sterren kijkend, toen ik Dean iets hoorde mompelen.

'Wat?'

'We moesten maar eens opstappen. Het is tijd.'

14

Het huis van Deans ouders was onheilspellend stil. In de keuken sloegen we snel een paar espresso's achterover, die sissend en gorgelend uit een grote machine kwamen. (*Mijn pa is een echte snob, deze koffie komt rechtstreeks van een beroemd café in Venetië.*') Daarna droeg Dean me op om pizza te maken. Zelf verdween hij naar boven om Ashley te bellen.

Ik drentelde bij de hightechoven, met ongeruste blikken op de pizza's en nieuwsgierige blikken op de erotische manga. Moest ik hem maar oppakken en lezen, zelfs onder deze omstandigheden? Sommige mensen worden geprikkeld door gevaar. Ik probeerde mezelf in te beelden in Snakes keuken, met een erectie, en grinnikte.

De oven biepte, Dean kwam terug, en we aten pizza. Hij keek een beetje bezorgd.

'Wat is er?'

'Ashley doet mee, maar Heinz kon niet. Ashley stelde voor om een andere kerel mee te nemen. Martin.'

'O.'

'Ken je hem?'

'Yup.' Misschien was ik een beetje opgelucht met dit nieuws. Heinz en ik stonden op voet van oorlog, en het had moeilijkheden kunnen opleveren. Martin was zo'n sukkel, hij kon me niets schelen.

'Ashley en Martin zijn net broers, waarbij Ashley al het verstand heeft gekregen en Martin niets. Ze zijn altijd samen, op school, overal. Toen we nog klein waren, op de kleuterschool, hielden ze om de beurt hun adem in tot ze flauwvielen, alleen om de andere kindjes bang te maken.'

'Tjee. Dat klinkt nogal gestoord. Is er veel inteelt in deze streek?'

'Niemand is echt op de hoogte van wat er zich in zulke families afspeelt, maar er wordt vermoed dat inteelt maar gedeeltelijk verantwoordelijk is voor hun sociale onaangepastheid. Martin draagt al dezelfde T-shirts met tractors erop sinds hij vijf was. Toen hij twaalf werd, moest hij van zijn vader de familiegeit slachten.'

'Je liegt. Ik geloof er niks van.'

Ik schudde somber mijn hoofd. 'Iedereen was blij toen dat geitje eindelijk uit haar lijden verlost werd.'

Hij proestte. 'En ik die dacht dat Snake een buitenbeentje was. Trouwens, ik heb gezegd dat we om zeven uur op de hoek van Graynes en Market zouden staan. We moeten opschieten.'

We sloegen de garagedeur achter ons dicht en gingen op weg. Het was nog steeds warm en vochtig, maar de zon was al achter de boomtoppen gezakt, en het licht was aan het veranderen.

De zoete, slome rust die uitging van een zomeravond, had altijd een effect op me dat kalmerend en opwekkend tegelijk was. Het grootste deel van de dag was voorbij en ik had het gevoel dat ik niet veel meer aan de koers kon wijzigen, dus een zekere spanning viel van me af. De lauwwarme lucht voelde opwekkend na een hete dag, als een duik in een zwembad met water van precies de juiste temperatuur.

Alsof hij mijn gedachten kon lezen, maakte Dean plots een sprong. Hij draaide een halve slag in de lucht en liep achterwaarts verder. Dat deed hij wel vaker, plots wegspringen, danspasjes maken of een schijngevecht beginnen tegen een onzichtbare vijand.

Hij keek me opgetogen aan. 'Hoe voel je je?'

'Goed. Gewoon. Vanochtend was ik een wrak, maar nu gaat het veel beter.'

'Nerveus?'

Ik haalde mijn schouders op. 'Nog niet. Dat komt wel, als we er zijn.'

'Als je eens goed nadenkt over wat we eigenlijk gaan doen, dan verdwijnen de zenuwen vanzelf. Inbreken is eigenlijk gewoon iemands huis binnen gaan terwijl hij er niet is. Het is niet zo dat hij ons opwacht achter een deur, om ons met een deegrol te kunnen neerslaan. Er is niets om je zorgen over te maken. Het is eigenlijk best wel leuk …'

Hij zweeg, want hij had al te veel gezegd.

'Heb je dit wel vaker gedaan?'

Hij lachte ondeugend. 'Eén keer, toen ik veertien was of zo, met een vriend.'

'Waarom?'

'Voor de kick.'

'Werd je betrapt?'

'Nee.' Hij zei niets meer.

'Wat deed je dan, in dat huis?'

Hij negeerde mijn vraag. 'Daar zijn ze.'

Ik volgde zijn blik en zag Ashley en Martin, die tegen Ashleys bruine pick-up geleund stonden. Verrast, alsof ik niet echt had geloofd dat we ze daar zouden ontmoeten, voelde ik mijn oksels prikken en mijn handen klam worden. Ik haalde diep adem en trok mijn meest onverschillige gezicht.

Ze aten met z'n tweeën uit een grote zak chips.

'Hey. Je bent te laat. Chips?' zei Ashley. Hij duwde de zak onder Deans neus, die weigerde. Ashley trok de zak terug, stopte zijn mond vol, zodat hij niets hoefde te zeggen, en hield mij de zak voor. Ik weigerde eveneens. Martin bleef nadrukkelijk de andere kant op kijken.

'Zijn jullie er klaar voor?' vroeg Dean.

'Tuurlijk,' zei Martin. 'En ik durf wedden, Ashley ook. *Wedden?*'

Martin had een speciaal talent voor achterlijke woordspelletjes. Zijn dikke gezicht vertrok lachend in plooien, en hij stootte Ashley aan, die onhoorbaar leek te zuchten.

Ashley schudde de laatste chips uit de zak, maakte er een prop van en gooide hem naar Martins hoofd. Hij miste, en de zak belandde in de berm.

Ik voelde een vlaag van diepe irritatie en nam me voor om, zodra het weer kon, Dean eraan te herinneren dat ik er niet aan dácht om na vanavond ooit nog in Ashleys nabijheid te vertoeven.

'Eerst en vooral, de weddenschap is een beetje veranderd sinds vanmiddag,' zei Dean.

Ze keken op, uitdrukkingsloos. Ze hielden niet van plotse veranderingen.

'Ehm ... Mo vond het nog niet uitdagend genoeg, dus we zijn overeengekomen dat ik naast de wc en de horloges ook nog zout meng in al zijn sterke drank en in zijn melk, indien aanwezig.'

Ik vertrok mijn gezicht toen Dean mijn naam zei. Ashley en Martin keken me vluchtig en onzeker aan, maar brulden het uit toen ze van het zout hoorden.

'Goed gevonden!' Ashley sloeg Dean op z'n rug.

'Ja, man,' zei Martin, 'ik weet niet of Ashley het je verteld heeft, maar Snake is een smeerlap. Een eersteklas klootzak. Alle kinderen waren bang voor hem. Hij heeft ooit mijn broers neus gebroken, zomaar. Ik heb gezien hoe hij anderen wormen liet eten toen ze echt nog klein waren. Hij neemt het nooit op tegen iemand die even sterk is als hij.'

'Levende of dooie wormen?' vroeg Dean met een uitgestreken gezicht.

'Allebei.' Martins gezicht vertrok in walging. 'Ik word nog misselijk als ik eraan denk, man. Sommige wormen waren eh ... verdronken of zo, helemaal opgezwollen en slijmerig.'

'Bah.' Dean kreunde van afkeer, dit keer gemeend.

'Komaan.' Ashley beukte tegen Martins schouder. 'Laten we op de uitkijk gaan staan. Jullie volgen wanneer het helemaal donker is, oké? Zal niet lang meer duren.'

'Niet parkeren in Snakes straat. Niet opvallen. Denk erom, hij wéét het als er stront aan de knikker is. Die kerel is opgegroeid met de flikken voor z'n deur,' zei Dean op waarschuwende toon.

Ze gingen ervandoor.

Het werd donker, en ik stelde me voor hoe Snake wakker werd en de lucht opsnoof, als een monster dat probeert te weten te komen of er een vijand op komst is, en ik werd koud van angst.

'Kom je nog?' siste Dean.

Hij stond maar een paar meter van me af, maar het was zo donker dat ik zijn gezicht niet kon zien. Eigenlijk kon ik helemaal niets zien, en ik was bang om over een emmer of een lege fles te vallen. Ik strekte tastend als een blinde mijn armen voor me uit. Zo zou ik me nog het minst bezeren, als ik viel.

Ik haatte dit.

Dean wachtte me in stilte op. We waren net Snakes achtertuin door gelopen, die we binnen waren gekomen via de tuin van de buren. Ik had de hele tijd angsten uitgestaan, voor stinkdieren en kwaaie honden, maar er waren er geen geweest. Het was eng geweest om ons een weg te banen door de doornstruiken die de tuin omzoomden. Als in een sprookje, dacht ik. De struiken waren dicht en ondoordringbaar en we hadden ons erdoor geworsteld, ik met mijn ogen half dicht tegen de spinnenwebben en de zwiepende takken.

Ik hoopte vurig dat we het huis door de voordeur zouden kunnen verlaten, als we klaar waren.

De nacht was maanloos en bewolkt. Een vuurvliegje landde op een tak vlakbij, en door het spookachtig groenige licht raakte ik nog erger gedesoriënteerd.

Nu stonden Dean en ik op de veranda aan de achterkant, bij de deur, op het punt om binnen te gaan.

Met ingehouden adem namen we nog een moment van volmaakte, doodse stilte in acht, en toen duwde Dean de klink naar beneden.

De deur was open.

'Pff. Is dat even boffen,' fluisterde hij.

Ik was niet erg op mijn gemak. Er was iets onheilspellends aan die open deur, alsof iets of iemand ons binnen opwachtte, klaar om ons in de val te lokken.

De deur ging open en we stonden in de keuken. Er hing een penetrante lucht van rot vuilnis, en in de lichtbundel van mijn zaklamp zag ik een smerig aanrecht, waarop een vies allegaartje van oud voedsel en vuile vaat was verzameld. Een paar slaperige vliegen, opgeschrikt door het licht, gingen aan het brommen. Mijn blik viel op een honingpot. Zoveel vliegen hadden geprobeerd bij de zoete, amberkleurige pasta te komen, dat ze elkaar hadden verdronken in een zwarte, kleverige laag. Het was walgelijk maar ook zielig, zo bedacht ik, want Snake was arm en kon zich niet permitteren om voedsel te verkwanselen.

We stonden een halve minuut in de keuken, stil, geconcentreerd luisterend. Het huis was doodstil. Plots sloeg de koelkast met een luid gerammel aan, en we schrokken.

'Oké,' fluisterde Dean.

Hij stond dicht bij me, en ik kon de sigaret ruiken die hij met Ashley had gedeeld, voor we de tuin binnen waren gedrongen.

Snake was een halfuur geleden weggegaan, of misschien zelfs langer. Ik kon onmogelijk zeggen hoeveel tijd er was verstreken sinds we door die vreselijke struiken hadden moeten banjeren. We hadden er het raden naar of hij voor de rest van de avond in een bar zou zitten, of na een korte afwezigheid thuis zou komen. Ashley zei dat hij heel traag had gereden. Wat dat betekende, ook daar hadden we het raden naar. In ieder geval, als Snake terug zou komen voor Dean en ik de kans hadden om het huis uit te komen, dan zou Ashley in zijn auto springen en drie keer toeteren in het voorbijrijden.

'Laten we eerst vlug eens rondkijken, in het hele huis. Samen. Als we het dan nog niet gevonden hebben, dan splitsen we op en zoeken we grondiger. Goed? We beginnen met de woonkamer.'

'Oké.'

De deur van de keuken kwam uit op de woonkamer. Er was nog een andere deur, vermoedelijk die van de voorraadkast, maar die deden we nog niet open.

De woonkamer stonk naar bier en sigaretten in een onverluchte ruimte. Geen flessen, voor zover ik kon zien, alleen gedeukte blikjes bier. De kamer was vrij leeg, op een oude sofa na, die was voorzien van kussens en dekens. Misschien had Snake de gewoonte om beneden te slapen, wanneer hij te dronken was om de trap op te gaan.

Terwijl ik nog erg voorzichtig bewoog, op de toppen van mijn tenen, en mijn zaklamp bijna eerbiedig door de kamer liet schijnen, als een archeoloog die zijn eerste rotstekeningen heeft ontdekt, was Dean al volop bezig met een snelle, methodische zoektocht. Hij keek in alle hoeken van de kamer, tilde dingen op om te zien wat eronder zat, en de straal van zijn zaklamp priemde alle kanten op.

Na een minuut of wat stopte hij.

'Niets gevonden,' zei hij op een luide fluistertoon. 'Op naar de volgende kamer.'

Hij zette koers naar de hal, en ik haastte me achter hem aan, bang om alleen te blijven.

De hal was bezaaid met schoenen en kleren. Ik vroeg me af of Snake de moeite had genomen om zich te ontdoen van de spullen van de andere Petersens nadat ze waren gestorven of vertrokken. Waarschijnlijk niet, want ik ontwaarde een eenzame rode vrouwenschoen die boven op een stapel lakens lag.
'Niets.'
'Nee.'
In de hal was de trap naar boven. Het huis was erg klein, godzijdank. De eerste deur die we tegenkwamen op de overloop, bleek van een kleine badkamer te zijn. Die was te klein om allebei naar binnen te gaan, dus ging Dean naar binnen, en ik bleef op de gang staan wachten. Ik hoorde hem tegen iets aan botsen, en daarna klonk er een geluid van diepe walging. Een paar seconden later stommelde hij uit de badkamer en trok hij de deur stevig achter zich dicht.

'Daarbinnen ligt het zeker niet ... Jezus, het toilet is verstopt, het is afschuwelijk ... Het zou me niet verbazen als er gigantische gemuteerde ratten zaten in de volgende kamer ...'

De volgende kamer had een sleutel op de deur zitten en was gesloten. Dean draaide voorzichtig de sleutel om, maar toen we de kamer zagen, was het meteen duidelijk dat hier niets verborgen zou zijn.

Het was de ouderlijke slaapkamer. Er stond een tweepersoonsbed, zorgvuldig opgemaakt, en er viel geen rommel te bespeuren. De kasten waren dicht en de gordijnen leken uit één stuk. Deze kamer was overduidelijk nauwelijks betreden sinds meneer en mevrouw Petersen het ongeluk hadden gehad. Dean draaide zich om, klaar om weg te gaan, maar het licht van mijn zaklamp viel op de muur, en ik zette onwillekeurig een stap dichterbij.

Een verzameling familieportretten vertelde het verhaal van de

Petersens in gelukkiger tijden. De jongens Snake (voor het eerst vroeg ik me af hoe hij echt heette) en Jud waren nog heel jong, en blond, en poseerden met hun speelgoed; een basketbal, een fietsje. Ze droegen dezelfde truitjes. Als ik het niet had geweten, had ik nooit geraden dat zij het waren.

Ik staarde geboeid naar de foto's, een ogenblik vergetend waar ik was. Ik bestudeerde ze, op zoek naar een teken van verval, een aanwijzing, om het even welke, die zou verklaren hoe deze alleraardigste, burgerlijke Petersens waren veranderd in het asociale tuig waar iedereen bang voor was. Ik vond er geen.

Dean trok aan mijn mouw. We gingen de kamer weer uit en sloten de deur. Niemand zou ooit weten dat we er waren geweest.

Dean was al binnen in de volgende kamer.

Toen ik hem volgde, dacht ik dat ik hem iets in zijn zak zag moffelen. Het incident met Betsy flitste door mijn hoofd. Hier was toch niets dat hij kon pikken?

'Heb je wat gevonden?'

'Ja, maar niet het dagboek.' Hij scheen met zijn zaklamp onder het bed.

'Wat dan wel?'

'Dat vertel ik je later wel. Komaan.'

Hij duwde me zachtjes maar vastbesloten opzij, en we gingen naar de laatste kamer. Dean stopte op de drempel. Hij floot.

'Mo ... Moet je dit zien!' Hij flitste ongeduldig met zijn zaklamp in mijn ogen.

'Hé, laat dat!'

Hij draaide zich weer om, en samen verlichtten we de muur waar we voor stonden. Er hing een rek vol jachtgeweren. Het waren er zoveel dat het wel een wapenwinkel leek, of de wapenkamer van een jachtvereniging. Hier bewaarde Snake dus z'n jachtuitrusting.

Er hingen camouflageoutfits en er stonden dozen munitie, laarzen, brillen, voldoende om een hele groep jagers uit te rusten.

'Shit. Hij is een pro,' zei Dean. 'Hier leeft hij dus van.' Hij ging dichterbij en las het etiket op een doos munitie. 'Hij schiet niet met hagel. Tjee. Met die kogels mag je hier niet jagen, veel te gevaarlijk voor mensen, je kunt iemand raken op een kilometer afstand ...'

Ik haalde ongeduldig mijn schouders op. Ik wist intuïtief dat mijn dagboek hier zeker niet te vinden was. Ik keerde op mijn stappen terug in de richting van de deur, toen mijn blik op iets vreemds viel. Figuurtjes waren getekend of geplakt op een stuk behang bij de deur. Ik hield mijn zaklamp dichterbij.

Het bleken een soort morbide collages te zijn. Iemand, Snake, had zorgvuldig de blote lichamen van bikini- en ondergoedmeisjes uit reclametijdschriften geknipt, en elk lichaam samengesteld met het hoofd van een dood hert uit een jachtmagazine.

Het effect was angstaanjagend.

Dean kwam naast me staan, nieuwsgierig naar wat ik had ontdekt. Hij grinnikte. 'Tjee, wat grappig. Wat is de titel? *De Twee Dingen Waar Ik Het Meest Van Hou*?'

'Het is niet grappig,' zei ik, zonder moeite te doen om stil te zijn. 'Het is gestoord. Ik bedoel, wie doet nou zoiets?'

'Snake, wie anders. Kom, we beginnen opnieuw beneden.'

We liepen snel de trappen af, zonder nog de moeite te nemen om onze geluiden te dempen. Het huis had een zekere vertrouwdheid gekregen nu we alle kamers hadden verkend in het donker. Als ik niet zo bezorgd was geweest om het dagboek, had ik dit misschien wel leuk gevonden, net zoals Dean had gezegd. Een huis was maar een huis, vier muren en een dak, en er was niets om bang voor te zijn.

'Hebben we elk kamertje gehad?'

'Ja, laten we maar opnieuw beginnen met de woonkamer. Het moet daar ergens liggen, ik voel het.'

Dean ging de woonkamer binnen en ik stond op het punt om hem te volgen, toen mijn blik op een deur onder de trap viel. Ik bleef een ogenblik weifelend staan. Dit was toch niet de deur naar de keuken? Ik wist het niet zeker, dus ging ik erheen en trok ik de deur open. Het was een klein, vies ruikend toilet, en op de vloer naast de wc-pot lag het dagboek.

Ik slaakte een kreet van opluchting, en riep naar Dean.

Op dat moment hoorde ik de voordeur opengaan. Ik bedekte mijn zaklamp met mijn mouw en hield op met ademen. Ik kneep het dagboek bijna fijn en voelde me licht in mijn hoofd worden van angst.

Een ogenblik was alles zo stil dat ik in mijn groeiende paniek bijna in het wilde weg de deur uit rende, ongeacht de persoon die op de drempel stond. Had ik Dean geroepen voor of nadat de deur was opengegaan? Ik wist het niet meer. Wist de persoon op de drempel dat we hier waren? Ik kneep mijn ogen dicht en zag blauwe en groene explosies, alsof er een kortsluiting was in mijn brein.

Ik deed ze weer open. Er klonk een dof geluid, alsof er iemand zachtjes vloekte.

Het was Snake, die er niet in slaagde zijn sleutel uit het slot van de voordeur te trekken. Hij gromde van ergernis en begon tegen de muur te slaan.

Ik realiseerde me dat hij probeerde het licht aan te knippen, en dat de schakelaar kapot moest zijn, en dat hij te dronken was om dat te beseffen.

Hij bleef slaan, tot hij zijn evenwicht verloor en viel. Het maakte een hoop lawaai toen hij op de trap viel. Ik stond ertegen, aan de andere kant.

Toen ik er heel zeker van was dat ik wist waar hij precies lag, en dat hij niet meer bewoog, durfde ik om het hoekje te gluren. De voordeur stond wijd open, zijn benen lagen vlak bij de deuropening, de tenen naar boven. Hij moest half op de trap liggen en half op de vloer.

Plots doemde er licht op, buiten. Een auto reed traag voorbij en toeterde drie keer.

'Vvvverdomme.'

Hij was amper verstaanbaar. Zijn stem klonk anders dan vanochtend, hoger, jammerend. Hij was exorbitant zat.

Vijf minuten gingen voorbij.

Snake maakte af en toe een raar geluid, grommend en jankend tegelijk, als een moederbeer die haar jong kwijt is. Het was een vreemde klaagzang, hulpeloos en toch vol dreiging.

De geurige nachtlucht kwam met vlagen het muffe huis binnen gewaaid, en ik stak hoopvol mijn neus omhoog. In drie stappen zou ik buiten kunnen zijn.

Snake was al een hele tijd verdacht stil. Wat als hij niet echt dronken was, maar deed alsof? Wat als hij ons te slim af was geweest? Ashley en Martin hadden 'm duidelijk niet zien komen. Waar was Dean? Wat als we onze moed bijeenraapten en naar de deur sprintten, en Snake ze voor ons gezicht dichtgooide? Als hij had vermoed dat we hier waren, dan had het getoeter van Ashley en Martin zijn vermoeden juist bevestigd.

We zaten gevangen. Ik voelde een wilde angst bezit van me nemen.

Plots zag ik beweging bij de deur van de woonkamer. Het was Dean, die zenuwachtig bij de deuropening drentelde, naar me gebarend. *Is hij daar? Waar is hij?*

Ik knikte en gebaarde naar hem dat hij om het hoekje kon kijken.

Hij keek, grijnsde en stak zijn duimen op.

Ik schudde vertwijfeld mijn hoofd. *Nee, wacht, we weten niet zeker of hij buiten westen is,* maar het haalde niets uit.

Dean keek me aan, zijn vuist in de lucht.

Eén vinger schoot in de lucht.

Ik keek toe, aan de grond genageld, niet wetend of mijn benen het zouden houden.

Twee. Drie. Vier. Vijf.

Dean liep op zijn tenen in twee stappen naar de voordeur, nam een reuzenstap over Snakes benen, en was buiten, zonder het minste geluid.

Toen ik hem zag gaan, dreef een verstikkend gevoel van angst en paniek me achter hem aan, en ik was in twee sprongen de deur uit. We stormden van de veranda, het gras op.

Snake kreunde, maar kwam ons niet achterna.

15

Ik sprintte als een gazelle. Adrenaline bubbelde in mijn bloed en mijn spieren voelden aan alsof ze een hele tijd onder hoogspanning hadden gestaan. Ik was normaalgezien niet zo'n loper, maar nu kon ik er geen genoeg van krijgen. Toen ik Dean achter me hoorde hijgen, vertraagde ik een beetje.

'Stop! Dat is ver genoeg, man …'

Ik stopte en draaide me om. Dean haalde me in, een hand in zijn zij. Ik stak mijn hand op. We deden een high five, waarbij hij mijn hand even vasthield en erin kneep.

'Pfew.' Hij haalde diep adem. 'Man, jij kunt rennen. Ik had geen idee dat boekenwurmen zo snel konden zijn.'

Ik grijnsde breed. Ik voelde me geweldig. 'Ik vond het dagboek een seconde voor de deur openging. Ik wist niet dat boekenwurmen zulke geluksvogels konden zijn.'

'Weet je eigenlijk wel zeker dat je een boekenwurm bent?'

Ik lachte.

Hij klonk nog steeds buiten adem toen hij mopperde: 'Waar zijn die idioten van een Ashley en Martin in godsnaam naartoe? En hoe zijn ze erin geslaagd om Snake te missen toen-ie de straat in reed?' Hij keek geërgerd om zich heen. 'Ik zou niet durven beweren dat het moeilijk is om hier iemand op te merken 's avonds. En al helemaal niet als je op de uitkijk staat.'

'Tja.' Wat mij betrof, zaten Ashley en Martin nu in Mexico, waar ze heen waren gegaan voor een burrito, en waren ze gevangengenomen en aan het werk gezet als blanke slaven in een illegale tequilastokerij.

'En alsof het nog niet erg genoeg is dat ze stekeblind zijn, beginnen ze te toeteren op het verkeerde moment. Als Snake ietsje nuchterder was geweest, zaten we nu al met uitgetrokken vingernagels in z'n kelder. De debielen.'

Ik haalde glimlachend m'n schouders op, nog steeds high van de adrenaline.

'Wel, waar ze ook zijn, ik hoop dat ze snel terugkomen, want ik heb dorst. Fijn, we zijn er. Ik moet pissen. Moest de hele tijd al in dat verdomde huis.'

We stonden weer op de hoek van Market en Graynes. Dean draaide zich om. Hij ritste z'n gulp open en plaste in de struiken.

Koplampen verschenen om de bocht, en een bruine pick-up

reed traag dichterbij. Ashley stak z'n hoofd uit het raam en riep naar Dean.

'Meneer! Bent u zich ervan bewust dat u publiek onzedelijk bent? Stap in de auto!'

Het was duidelijk dat Ashley niet onder de indruk was van het feit dat hij gefaald had. We stapten in en reden weg.

'Godverdomme, waar zaten jullie?'

Martin draaide zich om en trok een berouwvol gezicht. 'Snake werd thuis afgezet door iemand in een auto die we niet hadden herkend. Toen we doorhadden dat het Snake was, stond hij al bij de voordeur. Sorry.'

Ashley voegde er hartelijk aan toe: 'We vonden het zo erg dat we jullie in de steek gelaten hebben, dat we zelf het bier hebben gehaald. Big Burts slijterij is om de hoek. En raad eens wie Burt is?'

Hij toonde al zijn tanden in een grote grijns en stootte Martin aan. Die draaide zich weer om en zei gewichtig: 'Mijn oom. Oom Burt.' Hij greep een lelijke wit-met-gouden pet die op het dashboard lag en zwaaide ermee. 'Hij gaf me een pet.'

'Ja, maar het is een kleine maat. Het is eerder een meisjespet. Geeft niet, ik ken genoeg meiden,' zei Ashley.

Martin keek voor zich uit. Toen hoorde ik hem zeggen, bijna onverstaanbaar: 'Misschien wil de hamster een pet.' Hij grinnikte.

Koude woede welde in me op, samen met een koele onverzettelijkheid. Ik liet niet meer met me sollen.

'Ik heb het wel gehoord, dikkop. Petjes dragen is iets voor vettige dumbo's die toch ten minste een deel van hun kop moeten bedekken, om te voorkomen dat anderen de hele tijd moeten kotsen als ze hun gezicht zien.'

Stilte. Toen voegde ik eraan toe, zo ijzig als ik maar kon: 'Martin, als je nog één keer zo'n stomme opmerking maakt, trek ik je luier uit en flos ik je tanden ermee.'

Dean proestte.

Ashley, die naar me had zitten kijken in de achteruitkijkspiegel, zei: 'Hou ermee op, Martin. Geen stomme grapjes meer.'

Martin keek voor zich uit en verroerde zich niet meer.

'Waar gaan we heen, trouwens?'

'Consummation Hill.'

Consummation Hill was een uitkijkpunt op de top van een klif, een overblijfsel van een oud ontginningsgebied. De naam was dubbelzinnig en goed gekozen. Het woord 'consummation' betekende enerzijds 'einddoel, hoogtepunt', en dat was de betekenis die men oorspronkelijk in gedachten had gehad, en ook de betekenis die de picknickende families overdag angstvallig bewaakten. Anderzijds betekende het woord ook 'voltrekking van het huwelijk door coïtus', en die tweede betekenis werd van kracht zodra het duister viel, wanneer tieners er parkeerden om te rotzooien in hun auto's.

De heuvel was rotsachtig en naakt, op wat gras en lage struikjes na. De patrouillewagens kon je van ver zien komen, zodat het een uitstekende plek was om te experimenteren met allerlei soorten illegale substanties.

We reden de heuvel op en een vuile blauwe auto, volgestouwd met feestneuzen, kwam ons met zijn mistlichten knipperend tegemoet. Ashley was verblind en reed bijna in de gracht. Hij stak zijn hoofd uit het raam en schold de andere bestuurder, die net hetzelfde deed, verrot. Ik hoorde kreten als 'Hey, het is de kakmobiel! De bruinwerkers zijn op ronde!'

'Dat was Nick Sweeney,' zei Martin, nog steeds mokkend.

'Hij krijgt op zijn smoel de volgende keer dat ik 'm zie,' antwoordde Ashley. 'Als hij denkt dat hij zomaar overal mee wegkomt, dan heeft hij het mis.'

'Het koetswerk herspuiten kost niks, echt –'

'Hou je kop, Martin. Er is niets mis met de kleur van deze pick-up.' Ashley gaf loeiend gas, zodat de kiezels opspatten tegen de raampjes.

We parkeerden bij een picknicktafel en stapten uit. Martin deelde blikjes bier uit en draaide de dop van een fles tequila. 'Bier met schnaps,' zei hij. 'Gesundheit.'

'Proost! Op Snake en zijn kleine, knusse huisje,' zei Dean vrolijk. Z'n gebruikelijke goede humeur was terug.

'Op Snake,' viel Ashley in. Hij had z'n kont boven op de picknicktafel geplant, en Martin, Dean en ik zaten op de bankjes om hem heen, als kinderen op het voorleesuurtje van Moeder de Gans.

'Oké, jongens, tijd om ons alles te vertellen. Tot in de kleinste details.' Hij pakte de tequila aan van Martin en gaf de fles door. Het smaakte walgelijk en ik nam snel een grote slok bier om de sterke drank weg te spoelen.

'Snake,' zuchtte Dean. 'Waar zullen we beginnen?'

'Bij het begin,' zei ik.

Er viel een stilte, alsof niemand verwacht had dat ik ook kon praten. De tequila en het bier brandden zich een weg naar mijn maag. Ik kreeg het er warm van en de drank, gecombineerd met de spanning die van me af was gevallen een halfuur eerder, maakte me wat licht in mijn hoofd. Het kon me niet zoveel meer schelen wat iedereen dacht. Het donker hielp ook. Geen vijandige blikken.

'Toen we jullie achterlieten op straat, op weg naar een gewisse dood in het hol van die dronkenlap, bestond ons eerste obstakel in een vijftien meter dikke haag van ondoordringbare doornstruiken, waar het wemelde van de zwarte weduwes en dolle honden.'

De fles was weer bij mij aangekomen, en ik nam even de tijd om een slok te nemen.

Tot mijn stille verrukking nam Dean het over.

'Mo ging voorop, zich een weg hakkend door de haag, maar hij moest het snel opgeven, want er waren doornen in zijn oogballen komen te zitten. Ik heb ze verwijderd met behulp van een pincet, die ik eerst roodgloeiend maakte met mijn aansteker, om het risico op infectie te beperken.' Zijn stem klonk intiem dichtbij in het donker, en ironisch. 'Maar je voelt er niks meer van, hè, Mo?'

'Dankzij jou,' antwoordde ik.

Martin en Ashley zeiden niks. Ze waren druk bezig met roken en drinken, en wachtten het verdere verhaal af.

Ik ging verder. 'Snakes achterdeur was gesloten, potdicht. We plaatsten een middelgrote zuignap op het venster van de deur, sneden het rondje uit en verwijderden het. Op deze manier creëerden we een gat van zo'n vijftien centimeter diameter. Deze techniek kennen jullie vast wel uit misdaadfilms,' zei ik op gezellige toon in de richting van Ashley en Martin. 'We hebben erg veel moeten oefenen voor we het onder de knie hadden. Je kunt gemakkelijk het hele raam aan gruzelementen krijgen, bijvoorbeeld door te veel druk op het glas uit te oefenen.'

'Zo is het maar net,' zei Dean. 'Niet elke idioot slaagt erin om glas te snijden.'

'Dus,' vervolgde ik. 'Van zodra de deur opengaat, raad eens wie ons komt begroeten? Zeke, de neushoornhond van Snake –'

Martin onderbrak me. 'Ik weet alles over honden. Een neushoornhond bestaat niet.'

Ik glimlachte en opende mijn mond om te antwoorden, maar Dean was me voor.

'Een neushoornhond lijkt op een pitbullterriër, maar het is een

Afrikaanse soort die wordt gebruikt door neushoornjagers. Het typische kenmerk van dit ras is een bijna onverwoestbare schedel. Door een operatie krijgt de hond, wanneer hij nog een puppy is, een stalen plaat ingeplant op de plaats van z'n voorhoofd. Naarmate het bot vergroeit met het staal, krijgt hij een ijzersterke schedel, een beetje als de stalen tip van een werkschoen. De honden zijn een smak geld waard. Zeke werd hierheen gebracht uit Zuid-Afrika door een man, Wim Doobyo, die graag pokert met Snake. De hond fungeerde als inzet tijdens hun laatste spel.'

Ik glimlachte, tevreden en verbaasd. Hij zette de puntjes op de i, daar kon je zeker van zijn. Ik kreeg een por, en vervolgde.

'Dus, Zeke loopt grommend op ons af. Ik wilde echt niet, maar ik had geen keus: hij moest eraan geloven. Zonde. Ik hou van honden.'

'Hij had toch een onverwoestbare schedel?' zei Ashley, en hij boerde.

'Ik heb hem door z'n oor geschoten.'

'Arm beest,' zei Martin. 'Ik hou van honden.' Hij klonk al lichtjes aangeschoten.

'Eén knal en hij was er geweest,' zei ik troostend. 'Hij heeft er niks van gevoeld. Het voornaamste was: we waren binnen. Alles was stil. We doorzochten de keuken en de woonkamer ...'

'Doorzochten? Waarnaar zochten jullie dan?' vroeg Ashley wantrouwig.

Verdorie. Dean nam haastig over.

'Naar dingen om mee te rotzooien, wat anders? We vonden verschillende flessen zelfgestookte port, die we hebben aangelengd met azijn, en vier flessen whiskey, waar we zout in hebben gegooid.'

'Hmmmmpf,' sneerde Ashley. 'Wedden dat hij alles nog opdrinkt? Stuk uitschot.'

'Misschien gaat hij ervan dood,' zei Martin hoopvol. 'Weet je, als je cola en Baileys mixt –'

'Ja, Martin, dat is slim opgemerkt,' zei ik op geduldige toon.

'Maar denk je niet dat we er al van zouden hebben gehoord? Zoiets als "gooi geen zout bij je whiskey, je gaat ervan dood"?'

'Ja, trouwens, het is Schweppes en Baileys, jij domkop,' zei Ashley.

Dean proestte en kneep in mijn elleboog. Ik deed geen moeite om mijn gezicht in de plooi te houden, het was toch donker.

'Ga door,' zei Ashley.

'Oké. Waar waren we gebleven? O ja, we verknoeiden zijn drank beneden en gingen toen naar boven, gewoon voor de lol,' zei ik. 'En ook, dat moeten we toegeven, omdat we nieuwsgierig waren. Een kerel als Snake heeft bijna altijd wel wat te verbergen.'

'Dat kun je wel zeggen.' Dean had eindelijk zijn lachbui onder controle. 'Jullie raden nooit, in geen miljoen jaar, wat we boven vonden.'

'Een lijk,' zei Ashley op gebiedende toon, alsof hij geen genoegen zou nemen met iets minder spectaculairs. 'Handafdrukken op de muur, en bloedvegen.'

Iedereen was stil.

Dean haalde diep adem en begon snel te praten.

'De eerste deur op de overloop is gesloten. Mo zet een stap achteruit, hij kan de spanning nauwelijks aan, het donker, de vreselijke stilte in het huis. De deur is gesloten, maar de sleutel zit op het slot. *Ik ben er klaar voor*, zeg ik tegen Mo. *Ik ben niet bang.* Misschien houdt Snake een slang in die kamer. Zijn totemdier. Of schorpioenen. Wat het ook is, ik ben klaar om het te lijf te gaan. De adrenaline maakt me roekeloos en sterk. De sleutel draait om in het slot, zonder geluid te maken. De deur gaat open. Het is donker in de kamer. Er hangt een lucht. Een stank, een vieze sterflucht van een dier dat onder je motorkap kruipt, doodgaat en drie dagen later weer tot leven komt wanneer je het contactsleuteltje omdraait. Een rotte lucht, van ziekte en verval.'

Ondanks mezelf luisterde ik geboeid. De anderen waren ook stil. Hun ongeloof vrijwillig opzij gezet.

'Mo stort neer op de grond, hij kan de stank niet verdragen. Ik ga op zoek naar de lichtknop, maar als ik hem vind, begin ik te twijfelen. Misschien is het beter om maar meteen te vertrekken. Om niet verder te zoeken. Want die geur, die afgrijselijke, vieze, rotte lucht, die misselijkmakende, alles doordringende stank –'

'Jaja, ga nou verder!' riep Ashley. 'Het stinkt. En dan?'

'Ik doe het licht aan. We knipperen met onze ogen, ze waren al gewend aan het donker. Er komt een gekerm uit het bed ...'

Hij stopte. Ik vloekte zachtjes omdat hij me net hier liet overnemen.

'Wat we te zien krijgen, gaat onze verbeelding ver te boven. Dean en ik staan naar een oud vrouwtje te staren, dat ligt weg te kwijnen in een smerig bed. De lakens zitten vol bloed en vlekken van haar doorligwonden, en het is moeilijk te zeggen waarom ze zo kermt, van de pijn of omdat wij plots in haar kamer staan. Ze wéét dat wij daar zijn, ook al is ze blind. Haar ogen puilen uit en zijn bedekt met een witte film.'

'Ugh. Wat vies,' zei Martin.

'Traag gaan we dichterbij. Er staan flesjes met pillen op het nachtkastje, met kalmeerpillen die Snake haar geeft, zodat ze niet probeert weg te komen. Het oude vrouwtje voelt mijn aanwezigheid, en grijpt me vast. Ze pakt mijn hand met de hare, en het voelt alsof ik word beetgepakt door een skelet. Ik wrijf over haar klein, uitgedroogd klauwtje en stel haar op haar gemak. De schokkend verwaarloosde staat waarin de arme bejaarde verkeert, maakt me –'

Dean viel in, ongeduldig.

'We realiseren ons dat het vrouwtje Snakes grootmoeder is, die zogezegd dood is. Nadat ma en pa Petersen het ongeluk kregen, deed Snake aangifte dat zijn grootmoeder vermist werd. Hij had een heel verhaal opgedist, dat ze de bossen in gerend was tijdens een sneeuwnacht, gek van verdriet, en nooit was teruggekeerd. Snake leeft sindsdien van de uitkering van haar levensverzekering. Zijn ouders hadden hem niets nagelaten, en dat maakte hem erg gefrustreerd. Heel erg gefrustreerd.'

Ik schraapte mijn keel.

'Maar "gefrustreerd" is niet het woord dat ik zou gebruiken om te beschrijven hoe Snake eruitzag toen hij thuiskwam en ons ontdekte, knuffelend met z'n dooie oma,' zei ik ernstig. 'Het was meer zoiets als "razend".'

'We hoorden hem niet binnenkomen door de commotie rond grootmoe. Terwijl we aan het bedenken waren hoe we haar naar een veilige plaats konden brengen, hoorden we zwaar gesnuif uit de deuropening komen. Het was het engste, gemeenste geluid dat ik ooit heb gehoord,' zei Dean. Hij sidderde even ter illustratie, en ging toen ademloos verder met het afvuren van ons verhaal.

'Dus we draaien ons om, daverend van angst. Ik moet me onmiddellijk bukken, want Snake gooit een asbak naar mijn hoofd. Het oude vrouwtje heeft zich met de zwijgende vastberadenheid van een zeepok aan Mo vastgeklonken. Ze mag dan blind zijn, ze weet best wat er aan de hand is en dat haar kleinzoon op het punt staat ons allemaal om zeep te helpen. Dan gaat alles snel. Ik sta nog steeds half gebukt af te wachten of er nog een projectiel mijn richting uit komt, maar in plaats daarvan trekt Snake iets onder zijn hemd vandaan. Het is een revolver, en hij is op Mo gericht. Hij gaat Mo vermoorden! In een reflex raap ik de asbak van de grond, en hij treft doel op het moment dat Snake vuurt. De asbak schampt tegen zijn hand. De kogel mist Mo, maar treft grootmoeder Petersen recht in het voorhoofd.'

Hij stopte, hard uitademend door zijn neus, alsof de herinnering hem even te veel werd.

Ik nam over.

'Vreselijk. Overal bloed. Oma Petersen heeft mijn hand bijna fijngeknepen, en nu ze dood is, moet ik haar vingers een voor een losmaken. Snake staart naar ons alsof hij een spook heeft gezien, helemaal versteend. Hij beweegt niet, dus rennen we hem voorbij, de kamer uit. Als we buiten zijn, heeft Dean nog de tegenwoordigheid van geest om de deur dicht te trekken en de sleutel om te draaien.'

Ik zweeg even en zei toen, eenvoudigweg: 'En dat was het.'

'Dat was het bíjna,' zei Dean op mysterieuze toon. 'Ik heb aan nog wat anders gedacht dan alleen aan de deur.'

Het was donker, maar ik voelde hem grijnzen. 'Ik heb oma's pilletjes meegenomen.'

16

'Eersteklas, maat.' Ashley hield een goed gevuld diepvrieszakje op tussen zijn worstenvingers, en bestudeerde het, met zijn aansteker er zo dicht mogelijk bij zonder het in brand te steken. Hij draaide zich om en liet het voor Martins gezicht bungelen.

'Kijk eens. Wiet en pillen in overvloed. Let's party, Marty!'

Martin zei niets. Ashley richtte zijn aandacht weer op de inhoud van het zakje.

'Ik hoop dat de wiet niet zelf gekweekt is, dat spul smaakt naar krokodillenstront. Die pillen, dat zal xtc zijn. Stel je voor. Denken jullie dat Snake een dealer is?'

'Ik denk dat hij graag danst,' zei Dean. 'Met een rubberen broekje aan, en een zonnebril met hartjesglazen.'

'Intrigerende kerel, toch,' zei Ashley. 'En wij maar denken dat hij een doodgewone holbewoner is met bier in z'n aderen, terwijl hij tot het kruim behoort van Berktons chemische subcultuur. Wie had dat nou kunnen denken? Wist jij hiervan, Hamster?'

'Nee. Ik wil het ook niet weten.'

Ashley gierde, alsof ik iets hilarisch had gezegd. De anderen waren gewoon stil.

'Wel, Dean, dit spul is wettelijk gezien van jou, want een oud vrouwtje heeft het je geschonken op haar sterfbed, maar ik neem aan dat we een toeter kunnen paffen? Om te vieren?'

Dean knikte. 'Ga je gang.'

Ashley viste de wiet uit het zakje en gaf het spul aan Martin. 'Jij bent hier beter in dan ik.'

Martin, nog steeds zwijgend, begon te ritselen met papier en tabak.

Dean schraapte zijn keel. 'Hier is een voorstel. Als jullie me helpen om dit spul kwijt te raken, dan delen we de winst.'

'Geen probleem. Ik ken een kerel.' Ashleys stem klonk gretig, overmoedig bijna. 'Dit is geweldig, mannen. Ik ben al een heel jaar blut.'

Ik was versuft en ontsteld. Hoe was het mogelijk dat Dean me niets had verteld, terwijl we aan het wachten waren om door Ashley en Martin opgepikt te worden? Ik wilde het hem vragen, maar ik had een droge mond en de picknicktafel leek te draaien in het donker, alsof het een kermiswagentje was, vastgeklonken aan de grote carrousel Aarde. Ineens leek het beter om niets te vragen. Misschien zou al dit gedoe, zouden al deze intriges geluidloos vervliegen in de nacht, en moest ik er niets mee te maken hebben.

Twee seconden later schoot me iets te binnen.

'Dean, wat als Snake weet dat wij het waren? Wat als hij ons opspoort?'

Mijn stem klonk pijnlijk dun, en ik had op niet meer onverschilligheid kunnen rekenen dan wanneer ik Shelley Gucci had gevraagd wat ze vond van de politieke situatie in het Midden-Oosten.

'Hoe zou hij kunnen raden dat wij het waren?' zei Dean. 'Maak je geen zorgen. Hij zal denken dat hij het ergens verkeerd heeft gelegd. Zijn hersencellen smelten weg als het ijs van de Noordpool.'

'Als hij merkt –' Mijn stem ebde weg. Wat ik wilde zeggen, was: *als hij merkt dat het dagboek verdwenen is*, maar dat kon niet, met Ashley en Martin erbij.

'Er is niks aan de hand,' zei Dean kortaf.

Martin greep een aansteker en stak de joint op.

'Bravo, goed gezegd,' zei Ashley. 'Je moet wel een idioot zijn om dit lekkers te laten liggen. Hoe is de wiet, Martin?'

'Niet slecht.' Martin gaf de joint door aan Ashley. 'Kan ermee door.'

Toen het mijn beurt was, paste ik. Ik wou dat ik veilig thuis zat. Toen Dean zijn buit tevoorschijn had gehaald, was ik uit hun midden verdwenen naar ergens waar ik ze nog altijd kon horen, maar er zelf niet meer bij hoorde. Ik begon na te denken over hoe ik thuis zou kunnen komen.

Plots kwam er iemand naar onze tafel toe. Er stonden nog andere auto's op de heuvel geparkeerd, maar ze waren allemaal een eind weg, en niemand had ons tot dusver lastiggevallen.

'Wie is daar?' riep Ashley met zijn meest intimiderende stem.

'Pamela Anderson!' zei een meisjesstem.

'Kom hier, Pamela!' riep Ashley terug. 'Als je op mijn schoot komt zitten, mag je een trek aan m'n toeter!'

Melanie verscheen plots in ons midden.

'Wat is het hier donker. Ik zag jullie aansteker. Hebben jullie geen kaars? Wie is hier nog allemaal?'

'Ik, Martin, Dean en de hamster.'

'Je meent het.' Ze fluisterde iets en Ashley lachte. 'Hamster, Melanie wil weten hoe het met je paard is.'

Iedereen lachte. Geweldig. Alles weer zoals gewoonlijk.

'Heb je wat met paarden?' vroeg Dean onschuldig.

Ze lachten opnieuw. Toen zei Ashley: 'De hamster is oké, schat. Probeer een beetje bij te blijven, wil je?'

'Oo. Sorry, hoor,' zei ze slijmerig, eindigend met een sletterige giechel. Ik wilde haar bij haar oren vastgrijpen, haar naar de auto slepen en haar hoofd tussen de deur slaan.

'Hij heeft ingebroken bij Snake Petersen en heeft deze wiet voor ons gestolen.'

'O, mijn god. Dat méén je niet,' stamelde ze, lachend. Ze klonk meer in de wind dan wij vieren samen.

'Ik heb die wiet niet gestolen.' Ik probeerde kalm te blijven, maar de zaken begonnen uit de hand te lopen. Als Melanie begon te roddelen, wat ze zeker zou doen, zou ik de stad moeten verlaten voor de week om was.

'Hier, proef es van onze tequila, Melanie.' Ik griste de fles van de tafel en zette hem bij haar neer. Als ze maar dronken genoeg werd, zou ze vergeten wat er precies was gezegd.

'Zie je wel? Hij is cool.'

Ze giechelde. Er was meer gefluister, en toen schreeuwde ze: 'Auw, stop met dat geknijp, Ashley! Hou je handen thuis.'

'Waar is Heinz?' vroeg Martin.

Ze hikte ongecontroleerd en zei: 'Weet niet. Iets aan het doen. Auw!' Ze sloeg naar Ashley.

'Wie is er dan bij je?'

'Ik ben hier met Brenda en Debby.' Ze siste afwerend naar Ashley, giechelde weer en lispelde: 'Willen jullie niet bij ons komen? We kunnen margarita's maken en we hebben drie zakken chips. En kaarsen.'

Ze wachtte niet op een antwoord, maar liep wankelend weg.

'Wacht!' schreeuwde Ashley. 'Melanie, wacht nou even. Blijf bij ons!'

Maar ze was verdwenen.

'Oké, jongens, je hebt 'r gehoord. Ze verwachten ons.'

Martin en Ashley begonnen de boel samen te rapen. Het leek erop dat ik nog niet meteen naar huis kon.

'Komaan, Martin, gedraag je als een vent, godverdomme!'

Ashleys geroep klonk ver weg, ergens in het donker tussen de kliekjes losbandige jongeren die zich her en der hadden verspreid over de heuvel. We hadden al de hele avond aan de zijlijn van het gebeuren doorgebracht, maar nu we ons bij Melanies groepje hadden aangesloten, zaten we er meer middenin. Er was een hoop geflikflooi in de auto's die op het parkeerterrein op de top stonden, en vrijwel elke picknicktafel was bezet.

Melanies vriendinnen waren twee meisjes met wie ik haar arm in arm had zien rondstruinen op school. Brenda was stil en lelijk, terwijl Debby luidruchtig en lelijk was, en zo balanceerden ze perfect als sidekicks in hun trio, met Melanie als de hatelijke, egocentrische centrale figuur. Debby had ook iets onhebbelijks, terwijl Brenda eerder behulpzaam en meelevend leek, zodat ze nog beter konden worden vergeleken met een engeltje en een duiveltje op Melanies schouder.

Debby was opgesprongen van vreugde bij het zien van de schare jongemannen die het kamp naderde, en voor we de kans hadden gekregen om te gaan zitten en ons nog verder vol te gieten met allerlei soorten drank, had ze voorgesteld om tikkertje te spelen. Ze legde uit, haar stem borrelend van wellustige verwachting, dat de bedoeling van het spel was dat je iemand tikte van het andere geslacht en je slachtoffer van de grond kon tillen.

Ashley had onmiddellijk ingestemd met het voorstel en vloerde prompt Melanie, die een oorverdovend gekrijs uitstootte en toen 'aan' was. Ik keek somber toe en wenste dat ze niet alleen 'aan' was, maar ook 'aangestoken', bij voorkeur met een fakkel en een emmer benzine.

Toen was het spel begonnen. Martin was verlegen en wilde niet aan de meisjes komen. Hij achtervolgde in plaats daarvan Ashley, en kreeg van iedereen op zijn kop.

Dean en ik stonden nog steeds aan de kant. Ik wist niet wat hij dacht. Het zou niet lang duren of Melanie zou zich brutaal op ons storten.

Ik moest iets doen, en snel.

'Aan dat idiote spel doe ik niet mee,' zei ik, en ik begon weg te lopen.

'Dean! Waar is Dean!' schreeuwde Melanie.

Ik voelde een tik op mijn schouder en een ruk aan mijn arm. Dean had mijn arm gepakt, en ik trok hem verder. We haastten ons, gingen over op een sukkeldrafje, struikelend over zwerfvuil en stenen.

Toen ik dacht dat we ver genoeg van Ashley en de bende waren, stopte ik, en hij botste tegen me aan. We hijgden.

Hij bleef mijn arm vasthouden, en ik deed geen poging om hem af te schudden. Hij moest dicht bij me blijven of ik zou hem kwijtraken, en op deze manier kwamen we het snelste vooruit. Trouwens, meiden deden niks anders, knuffelen en aan elkaar zitten. Er was eigenlijk niets vreemds aan.

'Kijk, daar is de speeltuin. Laten we erheen gaan,' zei Dean. De silhouetten van de schommels, de glijbanen en de houten paardjes doemden donker voor ons op.

'Heb je onlangs nog op een schommel gezeten?' vroeg Dean. 'Het is super. Veel leuker dan toen je klein was.'

'Nee,' zei ik. Het was mijn beurt om voortgetrokken te worden. We grepen elk een zitje en begonnen te schommelen.

Dean bleef praten. 'Goed dat er kinderen van acht zijn die tachtig kilo wegen. Deze schommels zijn oersterk.'

Ik lachte. Hij had gelijk, schommelen was veel leuker nu. Ik ging eventjes hoog, maar werd toen lui en liet mijn voeten over de grond slepen.

Dean was ook gestopt. 'Kun je dit?' Hij liet zijn bovenlichaam achterovervallen, zette zijn handen op de grond en duwde zichzelf voor- en achteruit.

Er klonk een schreeuw in de verte. Het klonk als Melanie.

'Kom, snel.' Dean sprong op de grond en liep weg, verder de speeltuin in.

Ik haastte me achter hem aan. Het was nog steeds warm, en ik zweette een beetje van het schommelen.

'Laten we hierin kruipen. Ze vinden ons nooit. Behalve als ze ons uitroken.' Hij giechelde.

'Wat? Waar?'

'Kijk. Rupsje Nooitteveel. Is het niet perfect?' Hij knielde voor de gapende muil van een reusachtige rups.

'Rupsje Nooitgenoeg,' verbeterde ik hem.

'Om het even. Kom je?' Zonder mijn antwoord af te wachten kroop hij naar binnen.

'Kom! Er is plaats genoeg!' Zijn stem klonk hol.

'Wat is er binnen?' Ik had geen zin om in de rups te kruipen. Vanbinnen zou het zeker vuil zijn en stinken. Misschien was er niet genoeg lucht.

'Niets. Een snoeppapiertje. De tunnel is open aan de andere kant, dus je kunt erdoor kruipen als je het niet leuk vindt.'

Voorzichtig liet ik me op mijn knieën zakken, en ik tuurde naar binnen. Het was te donker.

'Kom! Waar wacht je op?'

Ik stak aarzelend een hand naar voren. Ik vond zijn sneaker en hij wiebelde met zijn voet.

Blind en gedesoriënteerd schuifelde ik naar binnen, en behoedzaam ging ik op mijn buik naast hem liggen. Het was een bijzonder gevoel, niet onaangenaam, om in een hol te kruipen terwijl het overal donker was.

Er was amper plaats genoeg voor onze twee lijven. Ik kon Dean horen ademen, zijn rug ging op en neer.

'Keurig, niet?' zei hij. 'We passen er net in. We zouden hier kunnen slapen.'

'Nee, bedankt,' zei ik, meer uit balorigheid dan wat anders, want ik kon zien wat hij bedoelde. Hier in de opperste duisternis liggen, met iemand naast me, wekte een geborgen gevoel op dat gemakkelijk zou kunnen overgaan in slaap. Het was knus.

We lagen allebei op onze buik, maar nu begon hij een arm los te wrikken, en hij draaide zich op zijn zij, met zijn gezicht naar me toe. Hij morrelde aan zijn broekzak en trok er iets uit. Ik kon het horen ritselen.

'Wat ben je aan het doen?'

'Ha. Er is geen reden waarom we hier geen feestje kunnen bouwen.' Hij grinnikte zacht en ondeugend. 'Ik weet dat je van Welterustenthee houdt, maar rook je het weleens?'

'Ik kan er niet tegen,' zei ik. 'Ik hoest m'n longen uit m'n lijf.'

'Oké, dan proberen we het anders,' zei hij.

Hij knipte zijn aansteker aan. In het spaarzame licht zag ik zijn ogen maar net, donkere poelen die fonkelden van kattenkwaad en verrukking. Hij bracht een dunne joint naar zijn lippen en stak hem aan.

Hij inhaleerde, zijn blik peilloos op mij gericht. Toen ging het licht uit.

'Auw! Ik heb m'n vingers gebrand.'

De smalle tunnel vulde zich met de zoete, kruidige rook. Het was niet zo walgelijk als sigarettenrook, het was meer als wierook.

'Wil je es proberen?' Zijn stem klonk dik. 'Deze techniek, bedoel ik. Het is echt leuk, ik beloof het je.'

'Tuurlijk.'

'Draai je op je zij.'

Ik gehoorzaamde. We lagen allebei stil, knieën tegen elkaar.

'Oké. Nu neem ik de joint in m'n mond, maar andersom, met het brandende eind vanbinnen. Dat lukt me een paar seconden. Dan zet ik mijn handen over je gezicht en ik blaas. Al wat je moet doen, is inhaleren. Goed?'

Ik knikte zwakjes. Toen besefte ik dat hij me niet kon zien. 'Oké.'

Ik vroeg me af of wat ik nu ging doen, nog stommer was dan alle andere dingen die ik vandaag al had uitgehaald. Waarschijnlijk niet.

'Klaar?'

'Ja.'

Het ging zo snel, maar het leek tegelijk eeuwig te duren. Hij kwam dichter bij me liggen, leunde over me heen, en voor ik wist wat er gebeurde, drukte hij zijn lichaam tegen het mijne en lagen zijn handen op mijn gezicht. Er ging een schok door me heen. Toen pas herinnerde ik me dat ik moest inhaleren. Ik ademde diep in en was vervuld van de zoete rook.

Hij trok zich terug en een ogenblik lag ik stil, als verlamd. Toen voelde ik weer de druk van zijn lichaam, een paar seconden geleden, en mijn hart sloeg op hol. Ongeveer op hetzelfde moment steeg de wiet naar mijn hoofd, en de combinatie van die twee dingen liet me trillend achter.

'Hoe was dat?'

Ik voelde me groots.

'Niet slecht,' zei ik.

'Je klinkt nogal bibberig.'

'Ik voel me goed, hoor.'

Het was waar, ik klonk nogal dunnetjes. Zelfs ik kon horen dat mijn stem het begeven had omdat ik helemaal bedwelmd en onder de indruk was. Het kon me niet schelen.

'Nog eentje?'

'Oké.' Mijn hart ging pijnlijk bonzen.

Hij ging weer over me leunen, tot zijn bovenlichaam op het mijne rustte. Hij was traag en ontspannen in zijn bewegingen dit keer, wetend dat ik het leuk vond.

'Oeps ...' Hij maakte een plotse beweging. Zijn stem trilde in zijn buik en vibreerde in de mijne. Ik ging bijna van mijn stokje. Zijn adem op mijn gezicht.

'Sorry, ik heb 'm bijna laten vallen. Hier komt-ie.'

Mijn hart dreunde nu zo heftig in mijn borst dat ik er zeker van was dat hij het moest merken. Met een omzichtig, bijna teder gebaar plaatste hij zijn handen over mijn mond en blies.

Na de tweede keer was ik stoned. Ik lag met mijn hoofd op mijn arm en verwonderde me over het vertragende maar nog steeds erg krachtige bonzen in me en over het tintelende gevoel dat zich verspreidde in mijn vingers en tenen. Spanningen vielen van me af, ik voelde me erg behaaglijk.

Ik lachte in de duisternis. 'Wow.'

'Een beetje anders dan met thee, is het niet?' Hij knipte de peuk uit het achterlijf van de rups.

'Het is geweldig.'

'Ik wou dat ik wat van die chips had meegepikt. Het is een tijdje geleden dat we nog wat gegeten hebben. Heb je ook honger?'

'Nee.' Ik vroeg me af of ik de eerstkomende tien jaar weer zou kunnen eten.

'Tja, dan moet ik maar iets verzinnen om mijn gedachten te verzetten.'

Plots klonk zijn stem heel dicht bij mijn oor, en ik voelde een prik in mijn ribben.

'Ik ga je kietelen!'

'Nee!' Ik probeerde de vingers te ontwijken die me porden en staken, hard en overal, in mijn ribben en in mijn zij, maar ik kon nergens heen, dus ik porde terug. Onze handen en vingers verloren zich in een stil spel van grijpen en draaien. Telkens als ik een gevoelig plekje raakte, slaakte hij een kreet, buiten adem van het lachen. We waren nog dichter naar elkaar opgeschoven. Zijn gebogen knie lag op de mijne, in een poging mijn knie in bedwang te houden, die eronder lag. Hij schudde van het lachen.

Toen slaagde ik erin zijn beide polsen, die kleiner waren dan de mijne, vast te houden. Mijn andere hand was vrij. Hij worstelde en kwam helemaal tegen me aan liggen. Uiteindelijk raakte zijn neus de mijne, en ons gegiechel en gehijg viel prompt stil.

17

Ik zat aan de picknicktafel met Brenda, die zwijgzaam als een sanseveria en met een uitdrukking van serene weltevredenheid aan het andere eind zat.

Ik hoorde geroep. Dean en Ashley waren ruzie aan het maken. Waarover wist ik niet.

Ongeveer een uur nadat we de bende op de heuvel hadden verlaten, waren ze zich gaan afvragen waar we heen waren geslopen, en Ashley was ons komen zoeken met een zaklamp uit Melanies auto. En hij was erin geslaagd ons te vinden. Onbeweeglijk en compleet verrast, als konijnen in een hol, hadden we onze ogen dichtgeknepen tegen het plotse felle licht.

Het licht was pijnlijk verblindend, vernietigend.

We liepen terug, ik voorop in de straal van de zaklamp, zonder iets te zeggen. Toen bleven Dean en Ashley achter. Nu schreeuwden ze tegen elkaar.

Melanie, Martin en Debby waren op expeditie naar een ander groepje, waar ze iemand kenden die hun wat sigaretten zou kunnen geven.

Ik was neergezegen aan de picknicktafel en besloot niet langer te doen alsof ik me amuseerde. Ik was uit het licht van de kaars gaan zitten en mijn hoofd rustte op mijn armen. Het geluid van de anderen bereikte me nog, maar klonk ver weg, en ik luisterde niet meer.

'Voel je je wel goed?' vroeg Brenda.
Ik schrok. Ze had de hele avond nog niets tegen me gezegd.
'Tuurlijk.'
Ik keek op en fronste. Ze had de kaars dichterbij geschoven, om mijn gezicht te kunnen zien. Toen ze mijn gepijnigde uitdrukking zag, zette ze de kaars snel terug.
'Sorry.'
'Geeft niet,' zei ik moe.
'Waarom ben je hier?'
'Wat?'
Brenda's pogingen om het gesprek aan de gang te houden waren meer rechtuit dan ik van haar had verwacht.
'Je amuseert je overduidelijk niet, dus vraag ik waarom je hier bent.'
Ik dacht na. Het was nog niet zo'n gekke vraag. Waarom was ik ook zonder erbij na te denken in Ashleys pick-uptruck gesprongen, wetend dat de avond een ramp zou worden? En waarom was ik er niet spoorslags vandoor gegaan, zodra Ashley met zijn zaklamp in mijn ogen scheen? Ik had geen idee of ik later die avond weer alleen zou zijn met Dean. Waarschijnlijk niet. Waarom zat ik hier nog lusteloos te wachten op het einde, als een ziek dier?
'Ik eh … was ergens heen gegaan met Dean, en toen kwamen we Ashley en Martin tegen en besloten we om hierheen met ze mee te komen.'
'O.' Ze fronste. 'Mel zei dat jullie samen ergens hadden ingebroken.'
'O. Ja.' Ik was het al bijna vergeten. 'Wat zei ze dan wel?'
'Dat jullie bij Snake Petersen hadden ingebroken. Over jou zei ze: "Pas op, hij is gevaarlijk." Dat is alles.'
'Oké.' Ik voelde me te suf om een verhaal te verzinnen, dus be-

sloot ik het toe te geven. 'Het is waar. Maar luister, niemand mag het weten, oké? Dus vertel het niet verder, en laat het Melanie in godsnaam niet overal rondbazuinen.'

'Geen probleem. Hebben jullie iets gepikt?'

Ze had een smal voorhoofd en lichtjes uitpuilende ogen, die nog groter leken bij het kaarslicht. Er speelde een flauwe glimlach om haar dunne lippen en ze hield haar ogen strak op mij gericht. Ze zag er opgewonden uit, klaar om als een leguaan flitsend haar tong uit te steken en me in een seconde naar binnen te werken.

'We hebben zijn wiet gestolen.' Ik was te vermoeid om eromheen te draaien. Trouwens, dit had ze vroeg of laat heus wel van een ander gehoord.

'Cool.'

'Vind je dat cool?'

'Ja. Niet veel jongens hebben de ballen om Snake een loer te draaien. Je bent een held.'

Plotse irritatie schudde me weer min of meer wakker.

'Ja, dat zal wel, maar laten we het geheimhouden, oké? Ik ben niet echt een held, eigenlijk. Ik ben eerder een lafaard, en ik besterf het als Snake er lucht van krijgt dat ik het was. Begrijp je? We moeten het stilhouden.'

Ze trok haar wenkbrauwen zo ver op dat ze bijna naar de achterkant van haar hoofd verdwenen. 'Dat zei ik toch al? Ik vertel het aan niemand. Waarom heb je het eigenlijk gedaan, als je een lafaard bent?'

'Tijdelijke waanzin.'

Ze grinnikte waarderend, schonk me een tedere glimlach en flapte eruit: 'Ik vind je erg leuk.'

Ondanks mijn ergernis na deze opmerking, of juist daarom, ging ik blozen.

Zonder acht op me te slaan, ging ze verder. 'Je bent een beetje speciaal. Een buitenbeentje.'

'Dank je,' zei ik met licht sarcasme.

'Ik heb je in de gaten gehouden, vroeger al, bedoel ik, op school en zo. Ik vind je erg cool. Omdat je juist niet probéért cool te zijn.'

Ik grinnikte spottend. 'Ja, en dat zal de reden zijn waarom iedereen een hekel aan me heeft.'

'Precies! Mensen weten niet wat ze met je aan moeten.'

Ik keek haar even verbouwereerd aan. Ze staarde lang en ernstig terug.

Toen lachte ze, haar ogen verlegen neergeslagen.

'Ik wil psychologe worden. Ik weet hoe mensen zijn vanaf de eerste seconde dat ik ze zie. Het is een talent, dat vertelt iedereen me steeds.'

'Geweldig.'

Ze draafde door, niet te houden nu. 'Dus, ik zie heel veel kracht in jou. Je laat je niet tegenhouden door de mening van anderen. Mensen vinden je soms vreemd, maar dat deert je niet. Dat is niet makkelijk, maar je bent vrij. En het komt wel goed met je.' Haar stem trilde van trots en voldoening, alsof ze me persoonlijk het leven had geschonken.

De koplampen van een auto floepten aan en wierpen lange lichtbundels over een stuk van de heuvel. Brenda zat met haar rug tegen het licht in. Sigarettenrook kringelde langs haar hoofd omhoog. Ze leek wel een orakel. Toen gingen de lichten uit en zaten we weer bij het flikkerende kaarslicht.

'Bedankt,' zei ik weer. Het leek me maar gepast om haar te blijven bedanken voor deze gratis consultatie. 'En hoe zou je jezelf beschrijven?'

'Ik ben erg gevoelig, érg gevoelig,' zei ze, een beetje naargeestig. 'Dus kan ik van het leven twee keer zoveel pijn verwachten als een normaal voelende persoon. Maar daar ben ik blij om, weet je. Mijn geluk is ook veel intenser.'

Ze glimlachte, greep de fles tequila en nam een behoorlijke slok, alsof ze zich alvast wilde wapenen tegen wat nog komen zou.

Plots, uit het niets, kwam er iemand naar ons toe gerend. Het geluid van snelle voetstappen klonk lichtjes onheilspellend, en Brenda probeerde haastig de fles weg te moffelen voor ze zich omdraaide. Ik zag niet naar wie, omdat ze in de weg zat.

'O, jij bent het,' zei ze. 'Wil je iets drinken?'

Dean, wiens hoofd plots was verschenen in de kleine cirkel van licht, negeerde haar en richtte zich tot mij. Door de manier waarop zijn gezicht van onderen werd belicht door de kaars, waren zijn ogen niet zichtbaar en kon ik zijn gezichtsuitdrukking niet zien.

'Kun je morgen om twee uur naar Ashleys huis komen?'

'Wat?'

'Morgen. Twee uur. Bij Ashley.'

'Waarom?'

'We hebben iets te regelen,' zei hij.

'Ik denk het wel, ik –'

'Goed zo,' zei hij. 'Ik ga het 'm vertellen.' Hij draaide zich om en verdween weer.

Ik tuurde hem na om te zien waar hij heen ging, maar op dat moment stak er een koude nachtbries op, die de kaars bijna doofde.

Brenda en ik zaten een poosje in stilte. Autolampen gingen aan en uit op de heuvel.

Brenda huiverde. De wind werd feller.

Toen ik een lichtbundel traag zag naderen, kreeg ik een idee. Ik sprong op, een beetje wankel, maar verder vastbesloten.

'Luister, Brenda, het was fijn om met je te praten, maar ik moet ervandoor.'

'Wat?' Ze fronste en haar gezicht trok samen tot ze bij het kaarslicht een oude squaw leek die van een gemeen bitter toverdrankje proefde.

'Ik moet weg. Ik krijg vast wel een lift van die mensen daar.' Ik hield een hand voor mijn ogen, tegen het felle licht. 'Dag, Bren–'

'Wacht, ga niet weg. Ik geef je wel een lift.'

'Maar –'

'Echt waar. Ik bedoel, die auto daar zit toch vol, dat zie je zo. We kunnen nu vertrekken, als je wilt.'

Ik aarzelde. Ik wilde wanhopig weg, en Brenda leek een beter idee dan een auto vol dronken vreemden.

'Kunnen we echt nu vertrekken?'

'Tuurlijk.' Ze drukte haar sigaret uit en tuurde in de richting waar de anderen ergens moesten zijn. We konden ze nog altijd horen lachen en rondhossen.

'Ze zullen niet weten dat we weg zijn,' zei ze bedachtzaam. 'Weet je wat, we vertellen ze lekker niks.' Ze tastte diep in de zakken van haar jeans en viste er een sleutelbos uit.

'Kom, we gaan ervandoor. De auto staat daar ergens.'

'Werk jij niet voor die enge leerkracht? Coldwell?'

Brenda reed langzaam de heuvel af. Voor zover ik kon zeggen, leek ze een veilige chauffeur, die haar intoxicatie bedwong. Ik daarentegen voelde me altijd veel meer dronken in een voertuig dan wanneer ik op m'n eigen benen stond. Ik fixeerde mijn blik op een punt in de verte. Haar rustige manier van rijden zou me niet gauw misselijk maken, maar ik wilde er toch alles aan doen om het te vermijden.

'Ja, waarom?'
'Hij is zo'n freak, een echte griezel,' antwoordde ze, en ze schudde verbaasd haar hoofd. 'Hoe kun je hem uitstaan?'
'Hij is de kwaadste niet, alleen een beetje excentriek. Veel leerkrachten zijn zo.'
'Niet waar, niet zoals hij.'
'Misschien ligt het aan ... ik weet niet ...' Ik probeerde me te herinneren wat meneer Coldwell me over zichzelf had verteld. Het was niet erg veel. 'Misschien gelooft hij niet erg in zichzelf als leerkracht, dus door zich vreemd te gedragen, schermt hij zich af van de leerlingen en ehm ... de realiteit? Misschien jaagt hij mensen opzettelijk angst aan.'
'O, hou op met die goedkope psychologie!' Ze keek me streng aan. 'Hij is een oude vogelverschikker en het verbaast iedereen jaar na jaar dat hij blijft lesgeven.'
Toen ik geen antwoord gaf, vervolgde ze: 'Ik bedoel, hij is gewoon een snob. Hij heeft een hekel aan meiden, trouwens. Dat was wel duidelijk toen ik mijn verhandeling terugkreeg over *In haar schoenen*. Heb je het gelezen?'
Ik schrok, een ogenblik verward. Toen had ik door dat ze het boek bedoelde, niet haar verhandeling.
Als ze eens wist.
'Nee.'
'Het is een práchtig verhaal over een tienermeisje dat zwanger wordt en van school gaat. Haar vriendje, die naar de universiteit wil, blijft haar steunen, en op het eind geeft hij haar thuis les. En later ook de baby. Het is erg ontroerend.'
'Klinkt als een mooi boek.'
'Yup. Wil je kauwgom?' Ze gooide een pakje Wrigley's in mijn schoot. 'Dus die ellendeling van een Coldwell geeft me een C voor

mijn verhandeling, m'n beste ooit. En alsof dat nog niet genoeg is, gooit hij er wat beledigende commentaar tegenaan. Het is zo pijnlijk dat ik het uit mijn hoofd ken.'

Ze begon te citeren, op een gespeeld hoogdravende toon: '*In plaats van mijn lessen te volgen, die gestructureerd zijn rond literatuur in de artistieke zin, kunt u zich misschien beter bij een zelfhulpgroep aansluiten, want uit uw werk blijkt dat u in de eerste plaats geïnteresseerd bent in maatschappelijke onderwerpen, en niet zozeer in hedendaags Amerikaans proza.*'

Ze pauzeerde, sarcastisch op haar gum kauwend.

'Ik heb een maand lang zelfmoordneigingen gehad. Nu kan het me geen reet meer schelen. Ik hoop alleen dat we volgend jaar Engels krijgen van iemand anders.'

'Wie weet.'

'Wat doe je eigenlijk voor Coldwell?'

'Typen.'

'O.' Het onderwerp interesseerde haar niet langer. Ze leek wat rusteloos te worden. 'Wil je me een sigaret geven?'

Ik schudde mijn hoofd verontschuldigend en zei: 'Sorry, ik heb liever dat je niet rookt in de auto. Ik word er misselijk van.'

Ze gaf me een snelle zijdelingse blik en lachte. 'Tjee, je bent toch een beetje raar.'

'Raar? Is misselijk worden van sigarettenrook in de auto raar?'

'O nee, dat is het niet ...' Ze wuifde ongeduldig met haar hand, zoekend naar haar woorden. 'Het gaat 'm meer over de manier waarop je dat zei. Je bent gewoon anders dan andere jongens.'

Ze lachte en trommelde zenuwachtig met haar vingers op het stuur. 'Ik denk dat je probeert andere mensen te zien zoals ze echt zijn. Dat hebben we gemeen. Ik bedoel, je denkt na over ... dingen. Andere jongens zien me niet staan, of ze willen met me rotzooien, het is altijd het een of het ander. Jij bent niet zo. Ik kan echt met je praten. Ik voel dat ik moet proberen je vriendin te zijn, omdat je echt de moeite waard bent.'

Ze stopte, ademloos, en zweeg.

'Tjee, bedankt, Brenda ...'

Ik wist niet wat ik moest zeggen. Ik vroeg me af of ze altijd zo was. 'Het is hier trouwens rechtsaf.'

Ze vertraagde en we sloegen Graynes Road in. Ik was bijna thuis.

'Je mag hier stoppen. Bedankt.'

'Ziezo.' Ze stopte aan de kant en zette de motor af. Toen draaide ze de sleutel een kwartslagje, zodat de radio weer speelde. Ze zette de muziek wat harder.

Out on the highway, up in the air
Everyone else is going somewhere
They're going nowhere, and I'll be there too
I might as well go under with you

Ik staarde nog steeds recht voor me uit, als gehypnotiseerd, naar de bomen en de weg, die oplichtten in de mistlampen. Toen knipperde ik met mijn ogen en keek ik Brenda aan.

Ze gaf me een warme glimlach. Haar hand legde ze zacht op mijn schouder. Het gebaar, een beetje onhandig, maakte me ervan bewust dat ze me wilde kussen.

Ik voelde een onprettig wee gevoel in mijn maag en dacht aan Dean, die ik op Consummation Hill had achtergelaten.

Ze trok haar hand terug en boog haar hoofd. Ze beet op haar lip.

'Sorry.'

Plots voelde ik sympathie voor haar.

'Het was fijn om met je te praten, Brenda.'
Ze veegde een paar lokken weg die over haar gezicht waren gevallen, en probeerde te glimlachen. 'Insgelijks. Ik zie je nog wel.'

Ik strompelde naar huis, over het pad langs mevrouw Swanseys huis, voorzichtig om niet over boomwortels te struikelen. Ik hoopte maar dat elke dag er nu niet hetzelfde zou uitzien: door Dean van hot naar haar gesleept worden, vervolgens gedumpt worden en weer opgepikt door een vreemde, als een vogeltje dat uit z'n nest gevallen is. Wanneer precies had ik de voorbije dagen het vermogen verloren om voor mezelf te zorgen? Ik nam me voor om lang uit te slapen en dan de touwtjes weer in handen te nemen. Het kon voortaan in elk geval alleen maar beter worden.

Mezelf de trappen van de veranda op hijsend, merkte ik dat het licht in de keuken nog brandde, en ik aarzelde om naar binnen te gaan. Ik hoopte vurig dat mijn moeder niet uitgerekend deze avond had uitgekozen om iemand mee naar huis te nemen. Misschien was ze pas terug van haar etentje. Het was wel al erg laat.

Ze stond in de keuken bij het aanrecht, een zakdoek tegen haar neus gedrukt. Er hing een zware stilte, als in een huis waar iemand is gestorven.

'Mam?'

Ze keek op en zag me. Haar ogen waren rood en gezwollen.

Ik bleef even staan en liep toen naar haar toe.

'Wat is er gebeurd?' Terwijl ik dat zei, veranderde mijn maag in een klomp ijs. 'Victoria?'

'O nee, schat, dat is het niet, maak je geen zorgen.' Haar stem klonk nasaal van het huilen. Ze huiverde en een dikke traan rolde over haar wang naar beneden. 'Het is gewoon …'

Ze stokte, en even leek het alsof ze zou instorten en weer zou gaan huilen, maar ze vermande zich en slaagde erin zwakjes te glimlachen.

'Kunnen we even praten, schat?'

'Tuurlijk.' Mijn hoofd was op slag weer helder. Ik had haar nog nooit zo gezien, verpletterd door een verdriet dat zo zwaar woog dat het haar ouder liet lijken. Haar schouders waren gebogen, haar armen voor haar borst gekruist, alsof ze ziek was.

Ze ging me voor naar de woonkamer. We gingen in de sofa zitten, dicht bij elkaar. Van dichtbij leek ze minder angstwekkend overstuur.

Ze snoot haar neus nog een keer en zuchtte diep, met haar borst vooruit. Ze veegde haar gezicht droog en keek me aan.

'Ik ben m'n werk kwijt.'

Ogenblikkelijk vulden haar ogen zich weer met tranen, als voetafdrukken op een nat stuk strand. Ze knipperde verwoed.

'Hoe dan?' vroeg ik zachtjes. 'Wat is er gebeurd, mam?'

Ze schudde haar hoofd, vechtend tegen de tranen. Toen begon ze haperend te praten.

'Ik heb je verteld dat ik zou gaan eten met meneer Abramovitz, niet?'

Ik knikte.

'Het is slecht afgelopen.' Ze slaakte een beverige zucht. 'Ik zal je vertellen wat er gebeurd is vanaf het begin.' Haar stem werd langzaam vaster.

'Op het werk ging alles geweldig, kon niet beter. Ik was zó gelukkig. En ik schoot met iedereen heel goed op. Vooral met meneer Abramovitz. Hij had een plan, om me met mijn rechtenstudie te helpen en me dan zijn partner te maken, weet je nog?'

Ik knikte.

'Dus, we zijn uit eten gegaan, alleen hij en ik. Hij had een tafel gereserveerd in een erg goed Frans restaurant. Je weet wel, met kaarsen, geblokte tafelkleedjes en verwaande obers.' Ze grinnikte door haar tranen heen.

'We hadden erg veel plezier, we dronken veel wijn, en al die tijd probeerde ik hardnekkig te negeren dat hij het duidelijk als een … romantisch afspraakje zag.' Ze deed een poging om luchtig te klinken, maar slaagde er niet in.

'Ik ben blind geweest, en stom. Telkens opnieuw probeerde ik het gesprek terug te voeren naar dingen die met het werk te maken hadden. Ik stelde me voor dat ik zijn maatje was. Ik probeerde mezelf ervan te overtuigen dat het restaurant een willekeurige keus was. We bleven er bijna twee uur. Hij sloeg het ene glas wijn na het andere naar binnen. Waarschijnlijk wilde hij zich moed indrinken, aangezien ik niet reageerde op zijn complimentjes. Toen we naar buiten waren gegaan, vroeg hij …' Ze aarzelde even en gaf me een vlugge blik.

'Jouw huis of het mijne?' Ze snikte droog. Haar stem begon zakelijker te klinken, alsof ze het over iemand anders had.

'Ik vond het het beste om me er met een grapje af te maken, maar toen omhelsde hij me en probeerde hij me te kussen. Ik was stom genoeg om te gaan lachen en riep hem toe dat hij te veel ophad. Ik wenste hem welterusten en liep over het parkeerterrein terug naar mijn auto. Toen ik het portier opendeed, stond hij plots achter me en probeerde hij me naar binnen te duwen. Ik schreeuwde …'

Haar stem brak. 'Ik was zó bang. Hij was kwaad, liet niet los …' Ze eindigde in tranen, haar zakdoek vastgeklemd in haar handen, bevend en met witte knokkels.

'We worstelden een hele tijd, zo leek het wel. Hij maakte geen geluid, en dat vond ik nog het engste, ik dacht dat hij me ging vermoorden. Hij trok aan mijn kleren, en toen slaagde ik erin hem uit de auto te duwen. Ik sloeg het portier dicht en deed het op slot. Toen ben ik naar huis gereden, en ik ben een tijdje misselijk geweest.'

Ze keek me aan, met trillende lippen, en kneep in mijn hand. Ze begon opnieuw te huilen, niet in staat om het tegen te houden.

Verstijfd van de schok aaide ik over haar hoofd en haar schouders. Ik had nog nooit iemand zo gebroken gezien, en al helemaal mijn eigen moeder niet.

'Shhht. Het is goed, mama, ik ben hier.' Ik opende mijn armen en ze viel tegen me aan. Terwijl ik haar omhelsde, trad er een verborgen mechanisme in werking, waardoor ik ook begon te grienen. Verdriet waarvan ik niet wist dat ik het in me had, kwam plots naar boven en zocht een uitweg, en zo zaten we samen te snikken. Het voelde goed, dus ik deed geen poging om ermee op te houden.

Na een poosje moest ik mijn neus snuiten. Toen mam de tranen op mijn gezicht zag, probeerde ze ze onhandig weg te vegen en stak ze bijna een vinger in mijn oog.

Ze lachte beverig. 'Sorry … Niet huilen, schatje … Het is niet erg, ik ben alleen een beetje geschrokken, dat is alles.'

'Heeft hij je pijn gedaan?'

'Een klein beetje maar.' Ze ging rechtop zitten en slaagde erin schalks te kijken. 'Ik heb hém flink zeer gedaan, dat weet ik wel zeker. O God, ik hoop dat ik niet over hem heen ben gereden!'

'Je dient toch een klacht in?'

'Ja …' zei ze, weifelend. 'Ik zou een klacht moeten indienen wegens aanranding, maar hij is advocaat. Mensen hebben ons gezien in het restaurant, tijdens wat in hun ogen een romantisch tête-à-tête moet hebben geleken. Er zijn geen getuigen van wat er op het parkeerterrein is gebeurd, en ik ben niet fysiek gewond. Mijn kleren zijn niet eens erg gehavend.' Ze haalde haar schouders op. 'Wat kan ik doen? Ik had maar niet zo stom moeten zijn.'

Ze zag de uitdrukking op mijn gezicht en voegde er haastig aan toe: 'Begrijp me niet verkeerd, ik geef mezelf niet de schuld, ik moet gewoon eens nadenken over hoe ik dit ga aanpakken.'

'Maar mam,' sputterde ik verontwaardigd tegen, 'die klootzak heeft je aangevallen!'

Ze keek me vermoeid aan. 'Ik weet het, schatje, maar ik moet even nadenken. Hij heeft me nog niet ontslagen. Misschien belt hij me morgen op, zegt hij dat het hem spijt en biedt hij me een hoop geld aan om mijn ontslag te vergoeden of, ik weet het niet …'

'Denk je dat echt?' zei ik ongelovig. 'Mam, ik meen het …'

Ze snoerde me sussend de mond en greep mijn arm. 'Bedankt om naar me te luisteren, lieveling.'

Afgemat maar met oneindige tederheid veegde ze een haarlok uit mijn gezicht. 'Laten we maar gaan pitten. Ik ben bekaf, en jij ziet er ook doodop uit.'

Ze gaf me een pakkerd. Toen fronste ze. 'Wacht eens even. Zou jij niet bij Dean blijven slapen?'

'Ja …' zei ik mismoedig. 'Hij is nu met een paar kerels waar ik niet echt mee opschiet, dus ben ik maar naar huis gekomen.'

'Arme schat. Wil je erover praten?'

'Morgen misschien.' Ik kwam overeind. 'Slaap lekker.'

'Welterusten.'

Verdrietig en afgepeigerd kroop ik in bed, en ik sliep een droomloze slaap, het soort slaap dat alle ellende uitwist.

Was dat maar waar.

18

De volgende ochtend werd ik laat wakker, met het gevoel alsof ik herhaaldelijk uit een rijdende auto was gegooid. Groggy, met ogen die aanvoelden als opgezwollen spleten (ik negeerde de spiegel) ging ik naar de keuken, aangetrokken door de geur van koffie.
'Goeiemorgen, schat. Heb je lekker geslapen?' Mam was bezig toast te maken. Ze zag er een beetje uit zoals ik me voelde.
'O, heerlijk. Ik voel me zo fris als een vogeltje. Jij?'
'Ik ook. Dit is een heerlijke ochtend. Het weer is fenomenaal. Ik heb de hele dag vrij. Mijn haar zit goed. Ik voel me net een prinses.'
'Ik ook,' zei ik, en ik trok mijn geruite short omhoog, omdat hij de neiging had om naar beneden te zakken. 'Als een godverdomde prinses.'
Ze keek me aan, haar mond viel open van gespeelde verbazing, en ze begon te lachen.
'Lieveling! Alsjeblieft! Doe niet zo cynisch. Dat hoort niet voor iemand van jouw leeftijd.'
'Van wie zou ik dat hebben,' mompelde ik, en ik deed brood in de rooster.

We zaten met Ernest op de veranda te ontbijten toen de telefoon ging. Mam sprong op, als door een wesp gestoken.
'Oké, hier gaat-ie,' ademde ze, en ze verdween naar binnen. De hordeur sloeg altijd een paar keer na en stond nog niet stil toen ze alweer openging.
'Het is voor jou. Meneer Coldwell.'
Ik ging naar binnen en pakte de hoorn op. Ik hoorde meneer Coldwell zwaar door zijn neus ademen. Het was net de winnaar

van de Kentucky Derby aan het andere eind van de lijn.
'Meneer Coldwell?'
'O, hallo, Maurice. Ik ben blij dat ik je te pakken heb gekregen. Ik zou het fijn vinden als je nu meteen kon komen.'
'Geen probleem, meneer Coldwell. Is er iets mis?'
Zijn stem klonk kort en dringend. 'Ik heb slecht nieuws, maar ik vertel het je liever wanneer je hier bent,' zei hij. Toen hing hij op.
Ik staarde naar de telefoon, lichtjes ongerust. Wat was er nu weer? Meneer Coldwell deed wel vaker vreemd, maar nu had hij erg abrupt geklonken.
Ik nam een aspirine en kleedde me aan. Ik wilde meteen gaan, zodat ik het achter de rug had. Mijn ontbijt zou ik onderweg wel opeten.
'Mam! Ik moet weg!'
Ze stond in de deuropening, een beetje verloren en kwetsbaar. Ik wilde dat ik kon blijven.
'Er is iets met meneer Coldwell. Ik moet erheen.'
'Oké. Wanneer kom je terug?'
Ik haalde mijn schouders op. 'Dat kan ik niet zeggen. Het zal niet lang duren, hoop ik.'

Toen ik meneer Coldwells voortuintje in liep, kwam Juanita me rennend tegemoet, met wild flapperende oren en uitzinnig blaffend. De voordeur zwaaide open en meneer Coldwell verscheen op zijn veranda.
'Juanita! Kom hier! Juanita!'
Ze stopte op een paar meter van me af en gaf me een onzekere blik. Toen kuchte ze, ze draaide zich om en draafde in een rechte lijn terug naar haar knekelveld op de veranda.
'Hallo, Maurice. Let maar niet op de hond. Ze waakt met terug-

werkende kracht. De inbraak heeft haar zelfvertrouwen aangetast.'

'De inbraak?'

Meneer Coldwell gaf me een sombere blik en knikte. 'Het kon erger. We zijn ongedeerd, zij het een beetje van de kook. Kom binnen.'

Ik volgde hem naar de woonkamer.

Hij ging in het midden van de woonkamer staan, alsof hij op het punt stond me een rondleiding te geven.

'Ze hebben ingebroken gisteren. Ik heb niets gehoord.'

'O.' Om een of andere reden voelde ik me erg ongemakkelijk worden. 'Hebben ze iets meegenomen?'

'Ja.' Hij zag er erg mager uit, een en al benen, zoals hij daar stond. Zijn ogen stonden wijd achter zijn bril, en hij keek me onbeweeglijk aan. Hij zag eruit als een enorme sprinkhaan. 'Maurice, ik heb redenen om aan te nemen dat ze geïnformeerd werden.'

'Geïnformeerd?' vroeg ik nerveus.

Hij liep stijfjes naar de hutkoffer en legde een bevende hand op het gebarsten oppervlak. 'Als ik de misdaad reconstrueer, dan wijst alles in de richting van opgezet spel. Ze wonnen eerst het vertrouwen van de hond, deden de deur open, veegden hun voeten, gingen recht op de koffer af, stalen de foto eruit en gingen weer weg, zonder mijn andere bezittingen een blik waardig te keuren. Er is niets anders weg, niets kapot. Alleen die foto moesten ze hebben. En ze wisten waar hij zat, omdat het ze is verteld.' Hij boog zijn hoofd en zweeg, terwijl ik de vreselijke conclusies trok uit wat hij had gezegd.

Ik was een van de twee mensen die officieel op de hoogte waren van de foto. En ik was naar alle waarschijnlijkheid de enige die de details over de waarde en de vindplaats ervan aan anderen had doorverteld.

'*En waar bewaart Coldwell die kostbare foto dan wel?*' had Dean gevraagd, daags nadat ik er tegen hem en Stephen over had zitten snoeven.

'O, je gelooft het niet! Midden in de woonkamer. *Hij heeft zo'n ouwe koffer ... heel origineel ... net een klein kind ...*'

En hij had zitten luisteren, knikkend en lachend, terwijl ik mijn mond voorbij zat te kletsen als het eerste het beste leeghoofd. Het bloed trok weg uit mijn gezicht en steeg toen met volle kracht naar mijn oren. Mijn benen voelden alsof ze in beton zaten.

Meneer Coldwell keek me ernstig aan. Ik wist dat hij het wist.

'Ik heb er een vriend over verteld,' zei ik, niet in staat om hem de hele waarheid te zeggen. 'Het spijt me. Het is vast mijn schuld.'

'Een *vriend*?' Hij schudde mismoedig zijn hoofd. 'Weet je dat wel zeker?'

'Ja.'

Ik dacht koortsachtig na. Het moest Dean wel geweest zijn. Alles wat hij me verteld had bij het meer, over dat hij een kick kreeg van inbreken.

Als Dean het had gedaan, kon ik de foto terughalen. Maar wat als hij ontkende? Wat als hij boos werd? Wat als ik het mis had?

Ik staarde meneer Coldwell aan, niet wetend wat ik moest doen. Diep vanbinnen echter wist ik dat ik meteen naar Dean moest om hem ermee te confronteren.

'Wel?' zei meneer Coldwell. Hij zag er moe uit.

'Het spijt me,' herhaalde ik. 'Ik ga meteen naar m'n vriend toe.'

'Wie is hij? Een leerling op Berkton?'

'Nee ...' Ik vroeg me af hoeveel ik hem over Dean kon vertellen. 'Hij is hier net komen wonen. Ik ken hem eigenlijk helemaal niet zo goed.'

'Zo.'

Hij zei het niet sarcastisch, maar toch was er iets in de manier waarop hij dat zei, dat me pijnigde.

'Ik dacht er niet bij na. Het spijt me zo.'

Ik had weinig keus, ik moest meteen naar Dean. Ik had niet echt veel zin om hem aan een kruisverhoor te onderwerpen. Wat als hij het niet gedaan had? Maar dat moest haast wel.

Terwijl ik door de verlaten straten van Graynes liep, die weelderig groen maar dodelijk stil waren in het heetst van de zomer, woedde er een tweestrijd van emoties in me, die elkaar afwisselden als wolken en opklaringen op een winderige dag.

Eerst en vooral schaamde ik me natuurlijk tegenover meneer Coldwell, hoewel ik wist dat hij het me zou vergeven zodra ik hem de foto terugbezorgde. Hij was geen wrokkige man en daarnaast had hij ook zo zijn eigen redenen (die niet noodzakelijk met mijn persoon te maken hadden) waardoor ik weer in een goed blaadje bij hem zou komen. Dat veranderde natuurlijk niets aan het feit dat ik op een stupide manier loslippig was geweest, en daar was ik helemaal niet trots op.

Ten tweede voelde ik me erg ongemakkelijk in de wetenschap dat het waarschijnlijk Dean was die de foto had gestolen. De naakte waarheid was dat ik hem dingen had toevertrouwd, en dat hij die informatie had misbruikt om iets te pikken van iemand met wie ik veel te maken had, en (nou ja) om gaf. Ik had Dean en Stephen expliciet verteld dat de foto een grote emotionele waarde had voor meneer Coldwell. Hij had kunnen voorzien dat meneer Coldwell meteen aan mij zou denken na de diefstal, en dat ik in grote moeilijkheden zou kunnen komen. Hij was per slot van rekening mijn leraar.

Hoe meer ik piekerde, wikte en woog, hoe meer ik ervan overtuigd raakte dat Dean de situatie verkeerd had ingeschat, zoals iemand het effect van een slecht gekozen grap verkeerd inschat. Ja, dat was het: dit was een soort grap, of een spel. Hij zou nooit iemand bewust pijn doen, hij was niet boosaardig. En hij vond me aardig.

Hij vond me zelfs meer dan aardig. Een fractie van een seconde werd ik teruggeflitst naar het inktzwarte donker in Rupsje Nooitgenoeg, waar Dean me helemaal had omringd met zijn gefluister, zijn gelach, zijn hele lijf, en mijn maag maakte een kanjer van een sprong.

Straks, als ik bij hem zou aankomen, zou hij me een brede glimlach geven en een standje omdat ik te loslippig was geweest, en zou hij me belonen met de foto.

Hij had het gedaan om me een lesje te leren, als een journalist die een wapen op een vliegtuig smokkelt om aan te tonen dat de veiligheidsmaatregelen niet deugen.

Als dat het geval was, kon ik moeilijk kwaad op hem zijn, want als ik eerlijk was, dan moest ik toegeven: eigen schuld, dikke bult.

Toen de oprit naar het huis van Deans ouders in zicht kwam, zag ik een bekende auto. Het was de terreinwagen waar het pekineesje in had gezeten. Dat was niet langer dan een week geleden, maar het leek een eeuwigheid.

Met gekruiste vingers, vurig hopend dat Dean in zijn hut zou zijn in plaats van in het huis, liep ik het bospad op. Hij was niet buiten. Ik riep hem, ik klopte op de deur, maar er kwam geen antwoord.

Ik wiste het zweet van mijn voorhoofd en ging op een omgekeerde emmer zitten.

Ik luisterde naar stemmen in de achtertuin, om het even welk geluid dat me een hint zou kunnen geven, maar ik hoorde niets.

De hele wereld sliep, verdoofd door de hitte en het constante gedreun van de cicaden.

Ik masseerde mijn slapen en wenste dat ik niet overeind zou hoeven te komen. Ondanks al mijn innerlijke gekibbel en zelfbemoediging kon ik het gevoel niet van me afschudden dat er iets sinisters te gebeuren stond. Ik haatte dat gevoel, dus besloot ik om er maar meteen mee af te rekenen.

Ik was me pijnlijk bewust van mijn voetstappen op het grind terwijl ik de oprit op liep. Ik deed extra moeite om rechtop te lopen en onverschillig te kijken, voor het geval iemand binnen naar me keek.

Er zat geen pekineesje in de wagen dit keer, en alles was stil.

Ik belde aan en hoorde een xylofoonversie van *Land of Hope and Glory*.

De absurditeit hiervan gaf mijn zelfvertrouwen een duwtje in de rug. Na een hele minuut wachten en nog een, en omdat er niemand opendeed, kwamen mijn twijfels terug. Toen kreeg ik een inval.

Natuurlijk. Hoe stom kon ik zijn! *Ashleys huis. Morgen. Om twee uur.*

Ik keek op mijn horloge. Het was iets over halftwee.

Zonder er echt over na te denken, vertrok ik weer, naar het huis van de Stokes dit keer.

Toen ik de bocht net om was, moest ik uitkijken dat ik niet onder een enorme verhuiswagen terechtkwam, die traag reed, maar toch snel genoeg om te moeten remmen. Ik negeerde het nijdige getoeter en liep snel door. Ik moest Dean dringend spreken, zo dringend dat Ashley, of wie er verder nog meer mochten zijn, me niets konden schelen.

Omdat ik bezig was geweest met wat mam was overkomen, en nu meneer Coldwell, had ik mezelf nog niet echt toegestaan om veel na te denken over wat er was gebeurd in Rupsje Nooitgenoeg. Nu en dan haalde mijn geheugen me in en werd ik verrast door een korte, heftige flits, die me vol ongeloof en met knikkende knieën achterliet, maar verder dan dat ging het niet.

Misschien stelde ik het nadenken erover onbewust zo veel mogelijk uit, omdat ik voelde dat ik Dean eerst moest terugzien voor ik echt kon geloven dat er iets was tussen ons. Dat het niet een waanvoorstelling was, want mijn geest haalde soms rare dingen met me uit. Telkens als me iets droevigs of prachtigs overkwam, draaide ik het om en om in mijn gedachten tot de herinnering waar ik mee bleef zitten, aangedikt en buiten proportie, nog slechts troebele en willekeurige overeenkomsten vertoonde met de werkelijkheid.

De vage grens tussen echt en verzonnen had me doorheen de jaren wel vaker parten gespeeld, en het was altijd met iets van opluchting dat ik mam hoorde vragen: *'Help me, schat, is dat echt gebeurd of heb ik het ergens gelezen?'*

Ik was niet de enige met een onbetrouwbaar geheugen.

Ik had er flink de pas in gezet, en ondertussen was ik aangekomen bij de plek waar de zandweg in het bos verdween, richting Ashleys huis. Het enige geluid dat ik hoorde, was het hortende geknetter van een kettingzaag ergens ver weg.

Het huis kwam in zicht, maar ik bespeurde nergens beweging. De enige auto die er stond, was Ashleys pick-up. De wit-met-gouden pet lag op het dashboard.

Een grindpaadje liep langs de zijkant van het huis naar achteren, en ik dacht dat ik stemmen hoorde, dus ging ik erop af. Een andere auto stond om de hoek geparkeerd en blokkeerde de weg.

Ik liep eromheen, en zag dat aan het huis een schuur was bijgebouwd, met een trapje en een houten plankier voor de deur. Het was het soort schuur waar de knechten op de boerderij vroeger in hadden gewoond.

Mijn schoenen maakten veel lawaai op het grind, en ik verloor plots al mijn moed. Wat moest ik doen? Roepen? Aankloppen? Toen hoorde ik opnieuw een stem, en iemand verscheen in de deuropening.

Het was Ashley. Hij zag me en keek me verrast, bijna geamuseerd aan.

'Hij is er!' riep hij over zijn schouder. Toen richtte hij zich tot mij. 'Hamsterboy. Blij dat je er bent. En het is nog niet eens twee uur.'

Ik knikte, maar zei niets.

Hij bleef staan waar hij stond, tegen de deurpost leunend, en rolde een sigaret.

Ik was ook blijven staan waar ik stond.

'Is Dean hier?'

Ashley lachte, een lage, domme grijnslach die me irriteerde vanaf de eerste seconde. Hij zag mijn gezicht en maakte een gastvrij gebaar, alsof hij zichzelf wilde corrigeren.

'Tuurlijk, Dean is hier. Kom binnen.'

Zwijgend stapte ik naar voren, en ik volgde hem naar binnen. Het was een donkere, stoffige schuur, een werkplaats met wat oude leunstoelen en pin-upkalenders, die het geheel een huiselijke sfeer moesten geven.

Martin, die onderuitgezakt in een oude sofa zat, gluurde naar me van onder zijn pet. Hij zag er boos uit.

Dean zat in een van de leunstoelen.

'Hey. Kom hier zitten,' zei hij. Hij keek me lachend aan.

Ik lachte gerustgesteld terug. Het leek altijd alsof hij elke situatie volkomen de baas was, en ik hoorde bij hem. Ik ging zitten en ontspande.

'Wat zijn jullie aan het doen?'

Dean boerde en zette het blikje cola neer. 'Niet echt iets. Wil je een cola?'

'Ja.'

'Ashley?' riep Dean. Ashley was verdwenen achter een werkbank. We konden hem horen rommelen in iets, een doos of een kast.

'Wat?'

'Breng es een cola voor Mo.'

'Komt eraan.'

Hij kwam achter de werkbank vandaan en liep naar ons toe, met een ongewoon zwierige pas, alsof hij me al zijn hele leven drankjes had gebracht en er maar geen genoeg van kreeg. Hij hield me het blikje voor.

'Bedankt,' zei ik achterdochtig.

'Wat was je ineens weg gisteren,' zei Dean op een onderhoudende toon.

'Ja, ik was moe. Die Brenda heeft me een lift gegeven,' zei ik.

'Goed zo, kerel! Brenda is dol op je!' riep Ashley. Ik kon hem niet zien, hij was weer achter de werkbank verdwenen.

Ik trok een komisch gezicht naar Dean, die lachte. Zijn blik gleed voorbij me naar Martin, als om hem te betrekken bij de grap, maar toen ik me omdraaide en Martins gezicht zag, stond het nog steeds op onweer. Hij had zijn armen voor zijn borst gekruist en had zijn pet laag over zijn voorhoofd getrokken, bijna over zijn ogen. Hij leek net een groot, pruilend kind.

'Martin heeft ook een oogje op Brenda!' riep Ashley vrolijk.

'Niet waar,' snauwde Martin.

Hij negeerde onze blikken.

'Of misschien heb je een oogje op Melanie. Je bent al knorrig sinds ik 'r genaaid heb.'

Dat was nieuws. Arme Heinz.

'Volgende keer laat ik je toekijken.'

Nu was hij te ver gegaan. Martin stond op en stormde de deur uit.

'Geweldig. Eindelijk is hij weg.' Ashley kwam achter de werkbank vandaan en ging op een barkruk bij ons zitten. 'Je hebt er geen idee van hoe moeilijk het is om van 'm af te komen. Het heeft me de hele ochtend gekost. Alles aan hem is dik, ook zijn huid. Melanie doet 't 'm blijkbaar. Deugt ze nog ergens voor. Proost.'

Hij hief zijn colablikje op en knipoogde.

'Nu kunnen we zaakjes doen,' zei Dean.

'Fijne zaakjes,' zei Ashley.

Ik dacht aan de foto. 'Ik moet je eerst wat vragen.'

'Tuurlijk,' zei Dean. 'Als het toevallig over die foto gaat, dan ben je aan het juiste adres.'

'Heb je 'm?'

Hij knikte. 'In deze eigenste schuur.'

Ik zuchtte van opluchting. Dus ik had gelijk gehad, het was een soort spel.

'Dat was niet erg slim, inbreken bij meneer Coldwell,' zei ik. 'Je hebt me in de problemen gebracht. Hij weet dat ik degene was die het heeft doorverteld. Waarom moest dat nou?'

'Omdat het me een lucratieve zet leek,' zei Dean koeltjes. Het was vreemd, hij leek het niet grappig te vinden. Wat er nu gebeurde, was in ieder geval niet hoe ik het me had voorgesteld: hij die me een duwtje gaf en *hebbes!* riep.

Ik keek naar Ashley. Zijn gezicht verried geen enkele emotie.

'De grap is voorbij, jongens,' zei ik. 'Tijd om je over te geven.'

'Wat denk je, dat het maar om te lachen was?' vroeg Dean. Hij keek me recht aan, zijn blik onpeilbaar. 'Tijd om wat anders te denken, zou ik zeggen.'

Ik voelde me alsof ik in een van mijn terugkerende nachtmerries was terechtgekomen, waarin een onschuldig iemand die ik ken plots verandert in een roodogig monster dat me probeert te vermoorden.

Toen ik niets zei, ging hij verder. 'Toen je me over die foto vertelde, hoeveel hij waard was en hoe roekeloos de bezitter ervan, klonk hij als de perfecte buit.'

Ashley grinnikte.

'Dus Ashley en ik zijn de leraar gisteren een bezoekje gaan brengen, zonder zijn medeweten uiteraard. De foto lag precies waar je zei. Het was bijna te makkelijk.'

Er viel een stilte. Dean keek me recht aan en bleef niet-aflatend staren, hard en een tikkeltje uitdagend.

Ik sloeg mijn ogen even neer, en keek weer op toen hij verder ging.

'Je zit mee in het complot,' zei hij zacht. 'Je kunt er niets aan doen. Wat je ook beweert. Je was de hele avond bij ons, ook toen je al in je bedje lag.'

'Niet waar,' zei ik. 'Hou op met die onzin. Als ik had geweten –'

'Dan zou je me nooit verteld hebben waar hij lag, is dat het?' Dean spuugde de woorden uit, met lichtjes opgetrokken lip, bijna snauwend, als een dier.

Ondanks mijn groeiende woede en wanhoop keek ik gefascineerd toe. Wat een lef.

'Word wakker, Mo, en doe me een lol. Eerst overtuig je me om in te breken bij Snake, we stelen zijn voorraad narcotica –'

'Dat was jij.'

'Dat waren wij samen. Een hoop mensen kunnen dat bevestigen. Als het nodig is.'

Ik was sprakeloos.

'Je kunt niet tot over je oren bij een zaak betrokken raken en dan verbaasd zijn over de gevolgen,' zei Ashley op zalvende toon. Hij wiebelde met zijn wijsvinger heen en weer en probeerde streng te kijken, alsof ik een hondje was dat iets op z'n tapijt had achtergelaten.

Ik staarde hem verbluft aan. Mijn blik ging weer naar Dean, die me een brede glimlach gaf. Hoe kon hij me dit aandoen?

'Hoe kun je me dit aandoen?'

'Wat is er nu zo erg? Dit zou ons weleens een hoop geld kunnen opleveren. Jij krijgt je deel. Al wat je moet doen, is naar je leraar stappen, hem vertellen dat je weet wie de foto heeft gestolen, maar dat je niet mag zeggen wie, en dat hij via jou een bod kan doen om hem terug te krijgen.'

Ik was woedend, maar dit idiote plan deed me toch in de lach schieten. 'Ja, dat lukt vast wel. Jullie zijn gek.'

'Je kunt zeggen wat je wilt. Wij –' Hij keek Ashley, die ontspannen achteroverleunde, zijdelings aan. '*Wij* vinden het een geweldig plan.'

'Waarom denk je dat hij niet meteen de politie belt?'

'Omdat jij 'm zult smeken, op je blote knietjes, om het niet te doen. En hij zal naar je luisteren, want je bent z'n lievelingsstudent. Z'n beste leerling ooit, die in de handen is gevallen van gemene misdadigers,' zei Dean spottend. 'Wat erg. Wat *ondraaglijk erg*.'

Verbijsterd keek ik van de een naar de ander. Wat wisten ze over het verbeterwerk dat ik deed voor meneer Coldwell? Het was onmogelijk dat ze er lucht van hadden gekregen. Ik had niemand er ooit wat over verteld.

'Dus, misschien kun je alles vanmiddag al regelen? Hoe vlugger we dit achter de rug hebben, hoe minder leed voor sommige betrokkenen.'

'Ik ga niet, vanmiddag niet en nooit,' zei ik. 'Vergeet het.'

Dean zei even niets, maar bleef me met een intense blik aankijken, alsof hij me nooit eerder goed bekeken had. Toen hij opnieuw sprak, was het honend, maar niet meer van harte. 'Je hebt tijd tot woensdag.'

Hij haalde diep adem. Zijn ogen smeulden. Mijn blik was verstrengeld met de zijne, en al de rest was weggevallen, als in een permanente schaduw. Ashley, de schuur, alles was donker.

'Waarom?' vroeg ik zacht. Voor ik het vroeg, wist ik het antwoord al. *Land of Hope and Glory*. De verhuiswagen, piepende remmen, de scheldende chauffeur.

'Woensdag ben ik weg uit dit achterlijke gat,' zei hij langzaam. 'Mijn ouders gaan verhuizen.'

'Waarheen?'

Hij knipperde niet met zijn ogen, en ik ook niet.

'Dat doet er niet toe. Ver genoeg.'

Hij keek nog een ogenblik ernstig, en toen lachte hij, zijn vertrouwde vrolijke, lichtjes schelmse lachje. 'Alleen met flink wat rotzooi krijg je een goed verhaal, weet je nog?'

Ashley kuchte.

Ik kwam met moeite uit de verdoving waarin Deans blik me had gebracht, en wilde iets zeggen, maar kon niet.

'Dus hebben we een deal?' vroeg Ashley luchtig. 'Of blijven we hier de hele dag zitten? Tijd is geld.'

'Barst.' Ik stond op, draaide me om en liep de schuur uit.

De volgende paar uur was ik me er vaag van bewust dat ik terug moest naar meneer Coldwell om hem te vertellen dat ik zijn foto niet had kunnen terugkrijgen, maar ik deed het niet. Ik kon niemand onder ogen komen.

Ik wilde in een hoekje kruipen en doodgaan.

Blind en zonder erbij stil te staan waar ik heen wilde, ging ik van de straat af en volgde ik een pad het bos in. De schok en de pijn maakten het me onmogelijk om na te denken terwijl ik verder raasde, hijgend, sneller telkens als ik Deans ogen voor me zag, nu hard, dan spottend.

Mijn lichaam werd voortgestuwd door een gevoel van ongerichte woede en een pijn die ik tot hiertoe nooit had ondervonden. Mijn binnenste voelde aan als een krampachtig gebalde vuist.

Me amper bewust van wat ik deed, volgde ik het pad helemaal omhoog naar de top van de heuvel, waar een onbemande brandweertoren stond. Ik ging op de trappen zitten en dook ineen, niet in staat om nog te bewegen.

Ik staarde in de verte. Van hieraf was de wereld stil en kalm, met niets dan de vogels en het weer om de diepe rust te verstoren. De pijn en de intriges die over de beschaving heersten, waren netjes weggemoffeld onder de boomtoppen.

Ik haalde diep adem in een zwakke poging mijn getergde zenuwen te kalmeren en orde in mijn gedachten te scheppen.

Ademen deed zeer. Het was bijna onmogelijk om niet ten onder te gaan in een kolkende stroom van boosheid, verwarring en zelfverwijt.

Waarom had ik hem ooit vertrouwd? Hij had geduldig afgewacht tot hij dichtbij genoeg was, mijn affectie had gewonnen en er zich een gelegenheid voordeed om me grondig in de zeik te zetten. Ik was zo stom geweest.

Wat wist ik eigenlijk over Dean? Niets, eigenlijk. Ik kende z'n achternaam niet eens.

19

De schaduwen werden al langer toen ik eindelijk naar huis ging. Ik zat onder de schrammen en de muggenbeten. Mam en meneer Coldwell zaten op de veranda, hun gezamenlijke blik op de weg gericht, en met een soort vage moedeloosheid realiseerde ik me dat ze me zaten op te wachten. Toen ik dichterbij kwam, zag ik dat ze witte wijn aan het drinken waren. Ze waren merkwaardig stil, alsof ze daar al een poosje zaten en mijn komst een soort fragiele knusheid verstoorde die ze hadden opgebouwd.

'Schat, gaat het?' Mam liet haar bezorgde blik over me glijden. 'Waar ben je de hele middag geweest?'

Ik negeerde haar vraag en richtte me tot meneer Coldwell.

'Het spijt me. Ik heb de foto nog niet terug. Die vriend van me was niet thuis. Ik probeer het morgen opnieuw.'

Mijn woorden, ongeïnspireerde leugens, stierven in de lucht nog voor ik ze helemaal had uitgesproken.

Ik wist dat niemand me geloofde.

Meneer Coldwell staarde me met een onpeilbare uitdrukking aan over de rand van zijn brillenglazen. Hij zag er niet opgewonden of overstuur uit, maar merkwaardig tevreden en met iets defensiefs in zijn houding, als een peuter die een plekje heeft veroverd op de schoot van een favoriet persoon en niet neergezet wil worden.

'Ik waardeer de moeite die je hebt gedaan,' zei hij. 'Maar eh ... Als je er zeker van bent dat jouw vriend achter de diefstal zit, waarom geef je zijn naam dan niet gewoon aan de politie?'

De politie. Een golf van afgrijzen sloeg door me heen.

Als de politie erbij gehaald werd, en Dean en Ashley ondervraagd werden, dan zouden ze absoluut zeker hun belofte houden en mijn naam doorgeven aan Snake als de persoon die zijn voorraad narcotica had geplunderd.

'Ik weet niet zeker of hij het gedaan heeft,' zei ik. 'Zoals ik al zei, ik heb hem nog niet gesproken.'

'Hou op met liegen,' snauwde mijn moeder. Ze zag dat meneer Coldwell schrok van haar bitsheid en vervolgde op mildere toon: 'Waarom bescherm je de mensen die meneer Coldwells foto hebben gestolen? Moet je je niet in de eerste plaats zorgen maken over hem?'

'Het is ingewikkeld.' Ik liet mijn hoofd hangen, niet in staat om iets ambitieuzers te doen dan te smeken. 'Geef me wat tijd. Een paar dagen.'

'Dit staat me niks aan.' Ze kneep haar lippen op elkaar en keek naar meneer Coldwell.

'Ik geloof dat je je uiterste best zult doen om dit verdrietige voorval ongedaan te maken,' zei hij, plechtig maar op welwillende toon. 'Niemand heeft voorzien dat dit zou gebeuren, ook jij niet.'

'Het spijt me,' herhaalde ik nog een keer. 'Het is allemaal mijn schuld.'

'Ik begrijp er niets van.' Mijn moeder keek me boos aan, onwillig om het hierbij te laten. 'Hoe komt het dat je vrienden hebt die van hun leraars stelen? Ik mag er niet aan denken dat je met zulke mensen omgaat. Uitgerekend *jij*.'

Er viel een stilte. Ik realiseerde me dat het eind van de discussie nog niet in zicht was.

'Ik begrijp het wel,' zei meneer Coldwell zacht.

We keken hem verbaasd aan. Hij hield zijn blik afzijdig, op een boom gericht.

'Niemand van ons kent zichzelf echt. Niemand krijgt voldoende de kans, tijdens dit korte leven. Er zijn mensen die denken dat ze door en door vertrouwd zijn met de geheimen, de schaduwrijke krochten van hun geest, maar zij dwalen.

Slechts een paar keer in ons leven, wanneer we langzaam bijkomen, als na een zware nacht, in een van de duistere steegjes van het verstand, kan er weleens een zwak, knipperend licht aangaan, als van een peertje met een bijzonder laag vermogen dat wordt geteisterd door de wind, maar het dooft weer voor we de kans hebben gekregen om verder te kijken dan onze eigen voeten. Als we toch de kans krijgen om meer te zien, dan zijn we maar wat blij wanneer het licht weer uitgaat. Arme zielen zijn we toch.

En hoe kunnen we ooit begrijpen wat anderen drijft, als we niet eens weten wat onze eigen motivaties zijn? Hoe kunnen we ooit zoiets onbezonnens doen als proberen te voorspellen waartoe mensen wel en niet in staat zijn? Het is pure waarzeggerij, niets meer of niets minder.'

Even plots als hij begonnen was, brak hij zijn toespraak weer af. Hij knipperde met zijn ogen en glimlachte naar mijn moeder.

Ze had haar mond een beetje open en leek onder de indruk. Ze was nog nooit getuige geweest van een van meneer Coldwells lynchiaanse monologen over het donkere onderbewustzijn.

In de stilte die volgde, werd Ernest, die op de trapjes had zitten dommelen, wakker. Hij miauwde en sprong de schemerige tuin in.

'Wel, Jonah ... Ik denk dat je gelijk hebt,' zei mam uiteindelijk. Haar verblufte uitdrukking had plaatsgemaakt voor lichte wroeging. 'Het is natuurlijk ook voor een stuk mijn schuld. Ik heb Mo veel te vaak alleen gelaten deze zomer. Ik had moeten klaarstaan voor mijn zoon, in plaats van mijn hoofd te verliezen over ... een illusie ...'

'Hou op, zeg. Ik ben geen twaalf meer!' Ik wreef over mijn oogleden. Ik was moe.

'Ik ga maar eens naar binnen. Meneer Coldwell, ik bel u.'
Hij liet me gaan met een minzaam handgebaar en ging rechtop zitten, als om op te staan. 'Nog een glaasje wijn, Jonah?' zei mam snel.
'O.' Hij knipperde verlegen met zijn ogen en leunde langzaam weer achterover. Hij glimlachte allerbeminnelijkst. 'Dat zou heerlijk zijn.'

Ik viel neer op mijn bed, deed mijn ogen dicht en smeedde een soort plan voor de komende dagen.
Woensdag ben ik weg uit dit achterlijke gat, had Dean gezegd.
Als dat de waarheid was, dan kon ik hem een paar dagen geven om te verdwijnen en proberen vol te houden tegen mam en meneer Coldwell dat hij de stad uit was en misschien pas terug zou keren tegen het weekend.
Om er zeker van te zijn dat het gezin werkelijk vertrok, zou ik iedere dag naar het huis gaan en ze vanuit de bosjes in de gaten houden, tot de verhuiswagens het laatste designermeubelstuk hadden ingeladen.
Alleen dan zou ik overwegen om zijn naam door te geven aan de politie. Alleen zijn naam, niet die van Ashley.
Het was een armzalig plan, maar ik kon niets beters bedenken.

De volgende ochtend was ik op zoek naar een kaart van Berkton en omgeving in een stapel gehavende tijdschriften, toen mam in de deuropening verscheen.
'Hey.'
Ze glimlachte naar me. Het leek of ze goed herstelde van haar debacle van twee dagen geleden. Meneer Abramovitz had gisteren nog gebeld om zich te verontschuldigen en ze hadden een deal gesloten waar ze tevreden mee was.

'Wat ben je van plan?'
'Kijken of-ie thuis is.'
'Waarom bel je hem niet op?'
'Ik wil hem zíén.'
'Oké.' Ze haalde haar schouders op. 'Ik ga naar Berkton, een kijkje nemen op de tweedehandsmarkt. We hebben stoelen nodig, is het je ook opgevallen? Al de onze wiebelen.'
'O.'
Ik wou dat ik met haar mee kon gaan. Rommelmarkten vond ik heerlijk.
'Leuk. Veel plezier.' Ik begon verder te zoeken in de stapel papier en probeerde mijn afgunst te verbergen.
'Wat zoek je?'
'Een kaart. Hier is ze. Klaar.'
We stonden daar een ogenblik in stilte, ik met de kaart in mijn handen, en toen draaide ze zich om en ze ging.

Er was een manier om in Deans achtertuin te komen via Connely Street, een straat die parallel liep met Graynes Bend, de straat waar hij woonde. In Connely Street zou ik het bos in moeten, dat een kilometer of wat verderop aan Deans tuin grensde. Als er geen hekken of zo stonden, zou ik het hele stuk gemakkelijk kunnen oversteken. Eigendommen waren hier zo uitgestrekt dat heel weinig mensen de moeite deden om hun land af te bakenen, dus een hek was onwaarschijnlijk. Vervolgens zou ik me moeten verbergen. Misschien kon ik in een boom klimmen, van waaruit ik het huis kon zien zonder dat ik zelf gezien werd.
Het was een omslachtige manier om uit te vissen in welk stadium van vertrek het gezin zich bevond, en ik zag ertegenop, maar het was de enige manier die ik kon bedenken.

En om eerlijk te zijn voelde ik ook de drang om ze te bespioneren. De plotse ommezwaai in Deans gedrag tegenover mij had me diep geschokt, en ik was niet in staat om lamlendig te zitten wachten tot het effect van de klap begon af te nemen. Ik moest er op een actieve manier iets aan doen, en het leek me een goed idee om iets meer te weten te komen over Dean en zijn ouders.

Toen ik in Connely Street stond, vlak bij de plek waar ik het bos in moest, leek het hele plan me minder aantrekkelijk dan ooit. Even stond ik op het punt terug te keren en Dean op te bellen, zoals mam had gesuggereerd. Weifelend zette ik een voet in de berm en ik tuurde door de bomen in de richting waar ik dacht dat ik heen moest.
Een auto ging hard door de bocht en kwam mijn richting uit. Ik knielde en trok mijn schoenveter los. Als Dean in die auto zat en me daar zag, zou hij meteen raden wat ik van plan was. Toen de auto voorbij was, besloot ik dat het nu of nooit was, en ik begon me een weg te banen door het struikgewas.
Na een paar stappen kwam ik bij een roestige ouwe draad, die meer op de grond lag dan dat hij overeind werd gehouden. Ik vermoedde dat de draad misschien al de grens was van het eigendom van Deans ouders, dus ik stapte erover en begon er in een rechte lijn van weg te lopen.
Ik hoopte maar dat niets me zou overkomen terwijl ik hier rondsnuffelde. Ik zou al te gemakkelijk in een oude waterput kunnen vallen, of in een klem kunnen stappen. De streek kende verhalen genoeg over mensen die alleen het bos in waren gegaan en waren gestorven, hulpeloos en door en door verdwaald, op maar een paar kilometer van hun eigen voordeur.
Blijkbaar was mijn richtingsgevoel beter ontwikkeld dan ik dacht, want na een minuut of tien kwam Deans hut in zicht. De

hut bevond zich in een minivalleitje, en ik stond op een helling, dus probeerde ik me schuil te houden achter een rodondendron. Gelukkig was het niet moeilijk om de hut voorbij te lopen in de richting van het huis en uit het zicht te blijven. Ik bukte me en rende naar de volgende struik.

Toen ik naar de andere kant van het bosje wilde lopen, viel ik bijna over een massieve hoop, die helemaal was bedekt met een groen zeil. Het zeil zag er nieuw uit en bedekte zo'n zeven vierkante meter van een object of objecten die ongeveer tot mijn middel kwamen.

Natuurlijk wilde ik weten wat eronder zat. De vorm van de hoop gaf me absoluut geen idee, dus liep ik eromheen, zoekend naar een plekje waar het zeil een beetje loszat, en ik deed het omhoog.

Een fietswiel kwam tevoorschijn, de metalen spaken glimmend afstekend tegen het bruine bladertapijt. Naar de omvang van de hoop onder het zeil te oordelen, zaten er wel twintig fietsen onder, die er allemaal nieuw en duur uitzagen, zorgvuldig uit het zicht, op zo'n afstand van de hut dat niemand er toevallig tegenaan zou lopen.

Behalve ik.

Het was niet moeilijk om te raden waarom die fietsen hier lagen. Ze waren allemaal gestolen van de straten van stadjes in de buurt en hiernaartoe gebracht in de laadbak van Ashleys pick-up, om opnieuw te worden samengesteld en vervolgens verkocht als tweedehands. Het werd me allemaal duidelijk. En Dean had me willen testen, om uit te vissen of ik genoeg van een kleine crimineel in me had om deel te nemen aan zijn zaakjes.

Ik kreeg er een akelig gevoel van om daar te staan met alweer een nieuw bewijs van Deans onbetrouwbaarheid, maar het was een ontdekking die me wel in staat stelde om de foto onmiddellijk terug te krijgen, zonder gevolgen voor mijn persoonlijke veiligheid. Ik zou naar huis gaan en Dean vertellen dat ik de fietsen gevonden had. In ruil voor de foto zou ik hem niet aangeven bij de politie. Hij kon nog steeds dreigen met Snake, maar ik was er behoorlijk zeker van dat mijn positie nu beter was dan de zijne.

Zorgvuldig stopte ik het zeil terug waar het gezeten had, en ik wilde op mijn stappen terugkeren, toen ik een mannenstem hoorde.

Ik bevroor. Ik draaide me om en dook weg achter het zeil voor ik me realiseerde dat de persoon bij wie de stem hoorde, een eind weg was en dat hij me in ieder geval niet kon zien.

Ik werd nieuwsgierig en kwam weer achter het zeil vandaan. De stem kwam uit de richting van de tuin. Misschien was het Deans vader?

Onwillig om mijn kans – mijn enige kans, voor zover ik wist – te verkijken om hem te zien te krijgen, begon ik me in de richting van de stem te bewegen. Ik had er vertrouwen in dat ik onopgemerkt zou blijven, omdat het gazon door grote struiken gescheiden werd van het bos.

Toen ik erg dichtbij was en kon verstaan wat-ie zei, viel ik op mijn knieën en kroop ik de struiken in, zo dicht bij het gazon als ik durfde.

'Goed gedaan, Danny ...' hoorde ik hem zeggen. 'Goed werk. Je hebt daar echt wel het verschil gemaakt, kerel ... Doe zo voort en hou me op de hoogte wat die uitgaven betreft, oké? ... Wat? ... Nee ... Even de boel aan het afsluiten ... Reken maar dat ik blij ben ... Nee, dat was mijn vrouw, maar het bleek ook niet te zijn wat ze had verwacht ... O ja, dat was een makkie ... Nee, je moet me niet voor de middag verwachten ... Oké, tot later.'

Er viel een stilte en ik gluurde door de bladeren. Ik wilde dolgraag zien hoe hij eruitzag. Eindelijk kwam hij in zicht, maar hij had zijn rug naar me toe. Hij was eerder klein van stuk, net als Dean, en droeg een zomerpak. Zijn haar was helemaal grijs en zijn stem was diep en raspend. Ik kon zijn leeftijd moeilijk schatten, maar misschien was-ie wel over de zestig. Hij stond stil, blijkbaar was hij nog niet klaar met bellen. Van het huis kon ik weinig zien, de achterkant ging schuil achter een grote pergola met goudenregen.

Deans vader floot en begon toen weer te praten, met iemand anders deze keer.

'Hallo.' Hij zei het anders dan daarstraks, toen hij aan het kletsen was met een collega of een werknemer en zijn stem luid en joviaal had geklonken. Nu klonk hij beleefd en onpersoonlijk, dus had hij iemand aan de lijn die hij niet kende.

'Hallo, dit is meneer Bryar. Kan ik een bestelling plaatsen voor morgen?'

Bryar. De naam klonk nogal banaal.

'Ja ... Nee, maakt u er maar een vol boeket van ... Geen boodschap, nee.'

Toen zei de persoon aan de andere kant van de lijn iets wat hem aan het lachen maakte, en ik voelde een steek van verlangen. Zijn lach klonk net als die van Dean, hartelijk en oprecht, alsof de persoon die hem aan het lachen had gemaakt grappiger was dan om het even wie, en hij dat innig waardeerde. Toen gaf hij het nummer van zijn kredietkaart en een adres ergens in een stad die ik niet kende.

Ik ontnuchterde en zag mezelf plots als op een afstand, verborgen in de struiken, trachtend een glimp op te vangen van een man wiens zoon helemaal niets om me gaf. Het was geen opbeurend beeld, en ik wilde zo snel mogelijk gaan doen wat ik moest doen, zodat ik dit alles eens en voor altijd achter me kon laten. Ik kroop terug uit de struiken en ging op weg naar huis.

Mam was er niet. Perfect.

Ik keek in het telefoonboek, maar natuurlijk stonden de Bryars er nog niet in. Ik vond wel een nummer dat je kon bellen als je het nummer zocht van een persoon of een onderneming, dus dat draaide ik.

'Hallo,' stotterde ik toen er een mevrouw de telefoon beantwoordde. Ik had nog niet echt nagedacht over wat ik zou zeggen. 'Eh ... ik probeer het nummer te pakken te krijgen van m'n buurman ... Hij is net hierheen verhuisd, en ik wilde hem eens uitnodigen ... Bryar is de naam, in Graynes Bend.'

De vrouw gaf me het nummer en ik krabbelde het neer op een hoekje van de kaart, die ik op het tafeltje bij de telefoon had neergelegd. Ik bedankte haar, haakte in en draaide onmiddellijk het nummer dat ik had gekregen. Toen de telefoon vijf of zes keer was overgegaan, begon ik de zenuwen te krijgen. Mijn hart begon te racen, en ik maakte een sprongetje toen ik eindelijk een klik hoorde.

Niemand had de telefoon opgenomen. Een metalen stem zei 'Het spijt ons. Dit nummer is niet meer in gebruik. Probeert u het opnieuw.'

Ik vloekte en draaide het nummer opnieuw, erg zorgvuldig deze keer. Zelfs voor ik de klik opnieuw hoorde, wist ik dat ik niet het verkeerde nummer had gedraaid.

Even de boel afsluiten, had Deans vader gezegd. Ze waren al weg.

20

Ik zat op de veranda, ondergedompeld in de lichtjes ruisende kalmte van de middag, en wachtte op de terugkeer van mijn moeder. Alles was rustig en stil. De meeste achtergrondgeluiden bestonden in het zachte zuchten van de bomen en de vogels die hun ding deden in het gebladerte, wat gepaard ging met druk gepiep, boos gekras, en lange, trillende zangstonden. Een klein vliegtuigje kwam brommend dichterbij en liet toen de motor stilvallen vlak boven het huis. Dat hoorde ik vaak. Het was wellicht een goeie plek om te beginnen zweven.

Ik zat in gedachten verzonken, meegesleept door mijn speculaties over waar Dean zich nu bevond. Volgens mijn verbeelding waren de Bryars naar Californië vertrokken. Het leek me een betere plek om de lichtheid van het bestaan te proeven dan hier in New England.

Deans ouders, zijn vader meer bepaald, was getipt over de verkoop van een kasteel, met wijngaarden op de zuidelijke hellingen en zicht op de oceaan. Het was een gedroomde kans om hier weg te komen, en hij had ze met beide handen gegrepen.

Meneer Bryar, een ongeduldige, luidruchtige kerel, had met flinke tegenzin ingestemd met het idee van zijn vrouw om naar New England te verkassen. Het leek een boze droom: het nachtleven, de restaurants en herenclubs in de stad opgeven om ergens als een saaie huisvader in de bossen te gaan samenhokken met zijn vrouw en zijn zoon. In tegenstelling tot zijn vrouw zag hij de charme er niet van in. Hij had alleen ingestemd met het plan omdat hij een gebaar van verzoening had moeten stellen. Ze had lucht gekregen van zijn meest recente affaire, een die hij om andere desastreuze voorvallen het liefst zo snel mogelijk wilde vergeten. Dus waren ze uit de stad vertrokken. Hij was een tijdje braaf en volgzaam geweest (zijn enige daden van zwijgende rebellie bestonden erin te weigeren sommige bezoekers te begroeten, en obscene strips te lezen aan de ontbijttafel), maar nu lag de bal weer in zijn kamp, en hoe.

Meneer Bryar had de jaren die als de middelbare leeftijd werden beschouwd een beetje met een verslagen gemoed doorstaan, maar nu ze achter hem lagen, had hij zichzelf teruggevonden: mannelijker dan ooit, en rijker dan ooit. Zijn onverwoestbare optimisme kwam in steeds krachtiger golven terug, en hij begon duchtig plannen te smeden voor zijn pensioen, dat hij met geheven hoofd tegemoet zag. Dat hij aan de slag zou blijven, stond buiten kijf. Hij wist zelfs al wat hij het liefst zou doen: wijn maken en verkopen. Waarom in 's hemelsnaam niet? Het werk in de buitenlucht zou zijn rijpere huid een gezonde tint geven, en het zou nog es echt een uitdaging betekenen, voor hij echt te oud werd om nog te werken en klaar was om te worden afgevoerd naar een chic bejaardentehuis.

Vanaf het eerste ogenblik dat hij over het landgoed had gehoord, was er een munt rinkelend naar beneden gevallen in de gokmachine van zijn leven. De munt klikte op zijn plaats en zette het mechanisme in gang, zodat hij nog een kans had om te winnen. Hij had eerlijk gezegd geen benul van wijn (behalve welke hij lekker vond) en wist niet hoe hij gemaakt werd, maar hij zou andere mensen betalen om dat voor hem te weten. Hij wilde vooral de marketing op zich nemen.

Hij had zijn hele leven in verzekeringen gezeten en had ook geen benul van marketing, maar hij *wist* gewoon dat hij er goed in zou zijn. Het draaide allemaal om lef en gezond verstand.

Hoe meer hij erover nadacht, hoe meer hij popelde om eraan

te beginnen. Hij had zijn beste jaren in een saai kantoor doorgebracht, goed geld verdiend, dat was waar, maar niettemin opgesloten en omsingeld door droogstoppels, en het idee om zijn eigen product op de markt te gooien was razend opwindend. Dit was het moment. Hij had niets te verliezen, en genoeg professionele ervaring en autoriteit om een bloeiende zaak te starten.

Wijn trok hem aan omdat het drinken van wijn iets was dat mensen hier altijd met klasse en verfijning zouden associëren. Tegelijk was het ook een drank die door de Fransen bij elke gelegenheid werd gedronken, dus zat er nog veel potentieel in. Waarom geen sprankelende wijn, een beetje als cider, met een sportief imago? Een wijn die je uit het flesje kon drinken terwijl je naar een wedstrijd van de Red Sox keek. De honger naar meer smaken, meer texturen, meer soorten fizz en crisp en crunch van het grote publiek was onverzadigbaar, en wijn had volgens hem op dat vlak nog een grote rol te spelen.

Voordat hij echter aan het grensverleggende werk begon, zou hij op zijn eigen uitmuntende smaak afgaan om een betrouwbare wijn van topkwaliteit in elkaar te boksen, een wijntje dat alles had om een instantklassieker te worden.

En er was meer ... Meneer Bryar had iets met champagne. Het was zo sexy en wild. Op verschillende gedenkwaardige gelegenheden had hij champagne gedronken uit de navel van een mooi, jong ding met minder remmingen dan een hartvormige ballon, ontsnapt uit de hand van een kind op een winderige dag aan zee. Hij hield zo vreselijk veel van champagne dat hij zijn eigen label wilde hebben, net zoals andere mensen hun eigen poëziebundel wilden. Het zou een aparte liefhebberij voor hem zijn, een project van passie om zijn eigen superieure champagne te creëren.

Hij zag het voor zich: zijn naam zou op magnumflessen staan

die bewonderend werden doorgegeven onder verbluffende vrouwen in kleine zwarte jurkjes. Ze zouden zijn geest indrinken, hun ronde boezems zouden hijgend in extase op en neer gaan en ze zouden massaal zijn bed in duiken.

Als het er allemaal om draaide dat hij zich verloor in zijn werk, dan werd hij liever gebotteld voor een feest dan voor een zakenlunch.

Er was nog een reden, een heel praktische dan, waarom hij wijn wilde gaan verbouwen: hij kon zijn zoon het vak leren en de zaak aan hem overlaten.

Tot dusver waren ze nog niet wat je noemt de beste vrienden. Dean was een koppig, arrogant stuk vreten (net zoals zijn vader was op die leeftijd, dacht meneer Bryar teder) en wilde zijn vader niet eens plezieren met af en toe een spelletje golf. Hij had z'n mond vol over niet gaan studeren en meteen z'n eigen zaak beginnen. Wel, meneer Bryar zou hem volop de kans geven om zichzelf te bewijzen. Wat hem betrof, hoefden ze elkaar niet aan het hart te drukken, samenwerken was genoeg. Dat zou hun band al een stuk hechter maken.

Meneer Bryar keek er geweldig naar uit om alle wijsheid en de door de jaren heen verfijnde trucjes die hem zo succesvol hadden gemaakt, door te geven aan zijn zoon. Geen detail zou hij overslaan, hij zou hem leren hoe hij zich moest kleden en hoe strategische telefoontjes te plegen in het midden van een conversatie.

Misschien – het was een wilde gedachte, maar het leek hem wel wat – kon hij Dean naar Frankrijk sturen voor een jaartje, in de leer bij een wijnboer, terwijl in Californië de druiven rijpten en hij alles in gereedheid bracht om de productie te starten. Het zou de zoon een speciaal gevoel van expertise geven, alsof hij slimmer was dan zijn ouwe pa.

Meneer Bryar wist hoeveel het kon opleveren als je iemand het gevoel gaf dat-ie slim en bekwaam was.

Dat waren de plannen. Hij zou er niet rouwig om zijn om New York en het Noordoosten, waar hij nagenoeg zijn hele leven had gewoond, vaarwel te zeggen, want de hele streek hing hem grondig de keel uit. New York was verloren, behoorde eens en voor altijd toe aan een nieuwe generatie, die geen benul meer had van stijl. Meneer Bryar was een man van ouderwetse decadentie, van net dat beetje extra. De topmensen van tegenwoordig waren allemaal van die kerels die gingen fitnessen als ze niet aan het werk waren, en geen greintje lol meer trapten. Het was nog erger dan in de jaren tachtig, toen iedereen keihard werkte en geen feestje over durfde te slaan, want in die tijd zat de sfeer er tenminste nog in: ze waren pioniers, specialisten van het snelle bedrijfsleven, en niemand kon ze iets maken. Je overleefde de helse druk door de sloten geld die je verdiende, en hier en daar een snuif coke als toetje. Nu moest je het zien te redden op yoghurt en wortelen, en leven met de voortdurende dreiging vervangen te worden door iemand die meer diploma's had. Wel, hij gunde het ze van harte, maar hij smeerde 'm.

In New England, waar hij was opgegroeid, had hij zich nooit echt thuis gevoeld, en naarmate hij ouder werd, viel het hem steeds meer op wat voor treurige plek het eigenlijk was. Tenzij je van bomen hield. Het weer was ronduit verschrikkelijk, ijzig in de winter en smoorheet in de zomer. Het pendelen naar de stad was akelig. Het hele concept van New England als landelijk paradijs, waar je esdoornsiroop op je pannenkoeken goot en met paard en kar over overdekte bruggetjes dokkerde, was passé. Niemand die goed bij zijn hoofd was, wilde nog in een zelfgebreide trui bij de haard zitten. Alle beroemdheden, zelfs die uit Boston, verhuisden naar Malibu zodra ze ook maar een beetje geld hadden.

Allemaal, behalve de schrijvers en de dichters, die lelijk en saai waren, en ráár, en het goed deden in een hard klimaat, omdat ze dan binnen konden zitten schrijven. Hij grinnikte.

Op een keer was hij door een sneeuwstorm in een klein dorp gestrand, en hij was er een café annex boekenwinkel binnen gegaan, waar er op dat moment een optreden plaatsvond van een hedendaagse folkband. Tjongetjonge. Je pietje zou van minder ineenkrimpen. Het leek alsof de folkjeugd van tegenwoordig nog havelozer was dan die van de jaren zestig. De jongens droegen allemaal rare brilletjes, net of ze ze zelf hadden gemaakt uit ijzerdraad, en hun gezichtshaar kwam bijna uit hun oren. De meiden roken naar natte wol en droegen lange, vormeloze jurken. Ze sloegen allemaal op tamboerijnen en zongen onmelodieuze, onbegrijpelijke teksten. Nadat één zo'n meid hem bij wijze van performance was komen kietelen met een plumeau, was hij wijselijk naar zijn auto gegaan en had daar de rest van de storm uitgezeten. Hij onderdrukte een rilling wanneer hij eraan terugdacht.

In Californië zou de jeugd tenminste leuk zijn om naar te kijken, slank, gebruind en niet bevangen door een verlangen om eruit te zien als Herman Melville.

Het had meneer Bryar geen noemenswaardige moeite gekost om zijn vrouw te overtuigen. Ze was klaar met de inrichting van het huis in Graynes Bend, en ze had een nieuw project nodig. Ze had gehoopt om horden gasten te krijgen in de weekends, maar dat was dik tegengevallen. Tot nu toe was alleen de ouwe kameel Betsy Witherspoon komen opdagen, in de illusie dat ze verre familie was. Toen hij Angela een chateau aanbood om er iets leuks mee te doen, was ze dolgelukkig geweest. Misschien kon hij haar langs zijn neus weg suggereren dat ze personeel nodig hadden, een stel Franse au pairs in zwart-met-witte uniformpjes …

Nee, meneer Bryar kon zijn geluk niet op. Hij schonk voor zichzelf nog een glaasje port in, terwijl hij de verkoopakte bestudeerde. De brandverzekering was niet mis. Hm. Toevallig zijn branche...

Hij droomde opnieuw weg. Je leven veranderen was zo gemakkelijk, hij kon maar niet begrijpen hoe sommige mensen verder bleven ploeteren zoals ze bezig waren ...

Een auto stopte op het kleine parkeerterrein bij de straat, en ik moest de gedachten en opinies van de fictieve meneer Bryar noodgedwongen de rug toekeren. Deuren sloegen open en dicht, en ik zag mensen door het gebladerte.

'Hoi schat!' Het was mam. Ze droeg een paar boodschappentassen en een stoel. Meneer Coldwell liep achter haar aan, met een tweede stoel. Hij hield zijn ogen bescheiden op het tuinpad gericht. Hij zag er nogal zelfbewust uit. Ik wist dat hij zou wachten met me te begroeten tot hij zo dichtbij was dat hij zijn stem niet hoefde te verheffen. Toen ze halt hielden bij de veranda, glimlachte hij en gaf hij me een knipoog.

Mam zag er opnieuw ademloos en gelukkig uit, een beetje minder dan voor haar ontslag, maar goed. De glans van haar kortstondige carrière in de wereld van het recht was nog niet helemaal verdwenen, als het bruine kleurtje van een voorbije vakantie. Misschien had ze er toch meer zelfvertrouwen aan overgehouden, ondanks het jammerlijke einde.

Ze keek me glimlachend aan, maar met een onderzoekende blik, en zei: 'Ben je wel in orde, schat? Je lijkt me een beetje bleekjes.'

Ik glimlachte terug. Ik voelde me inderdaad een beetje onwerkelijk, een beetje transparant, alsof ik een moment eerder iemand anders was geweest en mijn eigen lichaam net weer vaste vorm had aangenomen.

'Ik zat gewoon te denken.'

'Kijk eens!' Ze zette haar stoel neer in het gras. Het was een erg mooie, sierlijke stoel, gemaakt van donker hout. Meneer Coldwell zette de zijne er zorgvuldig naast. Ze zagen er vreemd uit in het gras, en tegelijk was er iets vertrouwds aan, alsof ik ze eerder al had gezien, in een droom misschien? Ze deden me ergens aan denken. Toen wist ik het: ze hadden datzelfde vreemde als de kunstwerken in meneer Coldwells grote boek over dada. Ik staarde naar de stoelen. Bizar eigenlijk, hoe een vertrouwd voorwerp er anders kon komen uit te zien als je het in een andere omgeving plaatste.

Hetzelfde gebeurde met mensen, zou ik snel merken.

'Wat vind je ervan? Ik heb er nog drie in de auto zitten. Ik kwam meneer Coldwell tegen op de common. Hij heeft me geholpen om ze naar het parkeerterrein te dragen.'

Toen ze zijn naam zei, lachte meneer Coldwell, die wat terzijde stond, alsof hij een vreemdeling was die in een gesprek dat hij niet verstaat plots een bekend woord hoort vallen.

'Kan ik helpen?' Ik stond op. Ik voelde me een beetje duizelig.

'Ja. We hebben wat voor je. Een cadeautje.'

Het bleek een boek te zijn, een oude maar in goede staat gebleven pocket van Graham Greenes *Brighton Rock*. Meneer Coldwell had het gekocht om me op te vrolijken, zo zei hij zonder een zweem van ironie.

Als dit de middag was geweest waarop mam en meneer Coldwell elkaar hadden ontmoet, dan had ze kunnen zeggen dat ze hem had gevonden op de vlooienmarkt.

Dat was echter niet zo. Hij had al een tijdje een oogje op 'r, en zij op hem. Toen het tot me doordrong dat dat wellicht een belangrijk motief was geweest voor mijn aanstelling als assistent, voelde ik me even gebruikt, maar toen vergaf ik het hem.

Ik had vast hetzelfde gedaan, als ik hem was geweest.

Ondanks zijn verstokte beleefdheid en de diepe gêne waarmee hij ons territorium binnendrong, was hij met geen stokken meer buiten te krijgen. Meneer Coldwell was smoorverliefd en schonk het voorwerp van zijn affectie zijn diepste toewijding. Mijn moeders opgewektheid en haar speelse gevoel voor humor trokken hem aan, zoals een mot wordt aangetrokken door een kaars, en volgens zijn instinct was er geen gevaar dat hij zich zou branden.

Aldus kwam meneer Coldwell (ik kon mezelf er niet toe brengen hem 'Jonah' te noemen), de eeuwige vrijgezel, de eenzame wolf, op zijn tenen ons huis binnen geslopen, op zoek naar een warm plekje bij de haard. Vrijwel meteen ging hij er gezonder uitzien, en minder verstrooid. Hij haalde Juanita, die mijn moeder vanaf het begin adoreerde en in haar voetsporen van kamer naar kamer waggelde. Nu en dan, wanneer mam haar bij zich op de sofa nam, keek ze over haar schouder en gaf ze ons een onuitstaanbaar verwende blik. Ze was een te slome hond om Ernest erg van zijn stuk te brengen, en ze leefden vredig naast elkaar.

Meneer Coldwell was niet van de gedachte af te brengen dat hij iets moest doen in ruil voor zijn dagelijkse maaltijd, en hij besloot te gaan zingen. Ik had hem nooit als iets anders gezien dan een stijve, ouwe gek, maar nu bleek dat er nog wel wat rock-'n-roll in hem zat, al was het dan van een donkere soort. Op een avond onthulde hij dat hij piano kon spelen. Mam haalde meteen Vicky's oude synthesizer van de zolder en daagde hem meisjesachtig giechelend uit om het te bewijzen. Hij keek haar aan met een flikkering in zijn ogen en installeerde het ding zonder een woord.

De zon was aan het ondergaan, en het licht maakte de strepen op de ramen zichtbaar en deed de stofdeeltjes dansen. De kamer kreeg er iets dromerigs door, een gewichtloze sfeer.

Meneer Coldwell had de synthesizer op orgelstand gezet en ging zitten, met het bedaarde air van een concertpianist. Hij begon de eerste noten van een sombere ballad te spelen en begeleidde zichzelf terwijl hij zong:

'Come sail your ships
Around me
And burn your bridges down'

Niemand had kunnen voorzien dat hij zo'n mooie, diepe, bijwijlen donderende stem had. Ik keek naar mijn moeder. Haar ogen glansden, en ik wist dat het goed raak was.

De dagen werden korter, merkte ik op een avond toen ik op de veranda stond. Ik voelde geen speciale spijt dat de zomer grotendeels voorbij was, en ook geen blije opwinding voor het nakende herfsttrimester op school.

De teleurstelling over het opblazen van mijn nieuwe plannen, hoe wild en onwaarschijnlijk ze er ook hadden uitgezien, had ik ergens diep in me begraven. Ik was niet van plan om er tegen iemand over te praten.

Vreemd genoeg sneed noch mam, noch meneer Coldwell het onderwerp van de foto aan in de weken die volgden op Deans vertrek. Misschien voelden ze aan dat er toch niets te zeggen viel. Misschien dachten ze dat ik meer tijd nodig had.

Mam wierp me weleens een vragende blik toe, en dan wist ik dat ze op het punt stond om erover te beginnen, maar ze deed het niet.

Eén keer vroeg ze: 'Hoe gaat het met je vriend Dean? Die heb ik al lang niet meer gezien.'

'Hij is verhuisd naar Californië,' zei ik. 'Hij is weg.' Mijn toonloze stem en uitdrukkingsloze gezicht weerhielden haar ervan om door te vragen. Ze zei zelfs niet dat ze het jammer voor me vond.

Meneer Coldwell zei ook nooit iets over de foto. Misschien wilde hij onze prille, nieuwe familieconstellatie niet verstoren. Misschien was hij al die tijd al zo bang geweest dat de foto gestolen zou worden, dat wanneer het ook echt gebeurde, hij erin berustte, als was het een onafwendbare gang van zaken.

De dagen kabbelden slaapverwekkend voorbij. Mam ging op zoek naar ander werk. Meneer Coldwell deed God weet wat, tikkend op zijn ouderwetse schrijfmachine.

Van tijd tot tijd liet ik mijn blik over de politieberichten in de *Berkton Bulletin* glijden, met een soort afstandelijke nieuwsgierigheid, om te zien of er al iemand over Deans fietsen was gevallen. Ik had een anonieme tip kunnen geven, vanuit een telefooncel in de stad, maar het kon me niet genoeg schelen. *Laat ze roesten,* dacht ik, *die stomme fietsen.*

We zaten 's avonds altijd lang aan tafel. Tijdens het eten en daarna voerden mam en meneer Coldwell eindeloze, felle discussies, en ik mocht gewoon bij ze zitten, afwezig en zwijgzaam. Ze gingen zo in elkaar op, terwijl ze debatteerden over filosofische noties als De Onkenbare Andere (meneer Coldwells favoriet), xenofobie en zelfbeschikking, dat ze gewoonlijk niet merkten hoe ik in een comfortabele lethargie werd gesust door hun continue woordenstroom.

Nu en dan werden mijn zwaarmoedige gedachten onderbroken door een flard van hun conversatie die wel tot me doordrong. Meneer Coldwell zei iets als 'Hannah, lieverd, het is volstrekt normaal om iedereen te wantrouwen die je niet kent. Maar het is dwaas – dwaas! – om sommige vreemden meer te vertrouwen dan anderen!'

Mam protesteerde dan, en zo gingen ze weer een uur door.

Ik bleef vaak op mijn kamer en sliep als ik niet las, bij voorkeur dikke romans waar ik in opging en die me de kans gaven mijn droeve lot zo lang mogelijk te ontstijgen. Ik kon het niet opbrengen om ergens heen te gaan. Waar was het ook goed voor? Het had alleen zin als je niet terugkwam.

21

'Ben jij Mo Hamster?'
Ik opende mijn ogen en kwam verdwaasd half overeind. Ik was op de veranda in slaap gevallen.
'Sorry dat ik je wakker maak, maar ik heb een pakje voor je.'
De vrolijke postbode, een jonge kerel, torende hoog boven me uit. Zijn hoofd leek tussen twee hangende bloempotten te zweven.
Hij was aan het kauwen, en een flauwe muntgeur drong mijn neus binnen. Zijn zomeruniform accentueerde zijn stevige bouw, zijn dikke beentjes staken komisch uit zijn korte broek. Hij droeg een zonnebril met pilotenmontuur, net als die kerel bij Macmillan's, de eigenaar van de quad, die ook postbode moest zijn geweest.
Hij overhandigde me het pakket.
'Bedankt.'
'Graag gedaan!' Zijn opdracht hier was vervuld en hij moest naar het volgende huis, maar hij bleef nog even treuzelen. Hij stapte van de veranda en inspecteerde ongevraagd de bloembedden, zoals alleen postbodes dat mogen.

Hij richtte zich weer tot mij, ijverig kauwend, en knikte naar een bedje echinacea's. 'Mooie bloemen. Mooi hoog opgeschoten.' Ik had nog niet bewogen. Ik zat half rechtop met het pakje in mijn schoot te wachten tot hij zou vertrekken.

'Ben je een tuinier?' De postbode hield zijn hoofd schuin en bekeek me afwachtend.

'Ja. Soms.' Ik lachte flauwtjes.

'Goed zo. Ik ook. Ik heb drie hectare grond. Een enorme grasmachine. Heeft een flinke duit gekost. En een vijver, met koi. Flinke knapen.' Hij spreidde hoekig zijn armen en gaf met zijn handen liefdevol, bijna strelend, de maat aan van een grote vis. 'Je kunt ze blijven voeren, ze hebben altijd honger.'

Hij pauzeerde en wachtte op mijn reactie. Hij stond trots en groot op zijn korte beentjes.

'Mijn gazon is prachtig. Als een golfterrein. Je zou het eens moeten zien. Nog steeds fris en groen, zelfs in deze tijd van het jaar.'

Ik knikte en toen wandelde hij fluitend naar zijn postwagentje. Eindelijk was ik alleen. Ik staarde naar het pakje in mijn schoot.

Het was afgestempeld in Lexington, Kentucky. Ik scheurde de tape eraf en woog het in mijn hand.

Ik beefde. Eindelijk zou ik een verklaring krijgen voor wat er gebeurd was de voorbije weken. Ik kon niet wachten, en toch aarzelde ik. Wat als het iets anders bleek te zijn? Een postorder waar ik niet om gevraagd had?

Het was open. Ik gluurde in het pakje en zag de vergulde lijst van de foto.

Mijn hart sprong op.

Ik haalde Rose Sélavy uit het pakje en onderzocht haar vluchtig. Niets dat wees op schade. Ik legde haar voorzichtig opzij en graaide in het pakje naar de brief.

Er was geen brief, maar mijn vingers sloten zich om een klein plastic zakje waar iets in zat. Met trillende handen haalde ik het eruit.

Dat was vreemd. In het zakje zaten wat scrabbleblokjes, een stuk of tien. Ik schudde ze uit het zakje en bekeek ze, maar ze maakten me niets wijzer. Er waren geen briefjes aan bevestigd, er stond niets op geschreven of in gekrast. Teleurgesteld legde ik ze op een rij. A, N, D, R, O, R, Y, E, S.

Wat had dat in 's hemelsnaam te betekenen? Koortsachtig zocht ik in het pakje naar een briefje, een kaartje, om het even wat.

Er zat niets meer in. Ik hield het ondersteboven, schudde ermee, scheurde het open.

Niets. Geen briefje, geen letter, geen retouradres.

Een gevoel van teleurstelling, zo intens dat ik wel kon huilen, spoelde over me heen. Al mijn hoop op een verklaring, een verontschuldiging, werd de grond in geboord.

Hij had simpelweg niet de moeite gedaan om een briefje te schrijven. Het zou zo makkelijk geweest zijn, maar hij had het niet de moeite waard gevonden.

Ik had zin om de foto te pakken en hem in duizend stukjes kapot te gooien op de vloer.

Ik viel naar voren, mijn buik tegen mijn knieën, in een poging de stroom van woede en machteloosheid in bedwang te houden, en bleef zo even zitten. Het bloed vloeide terug naar mijn hersenen en ik werd kalmer.

Ik moest meneer Coldwell zijn foto gaan teruggeven. Dan zou er toch iemand blij zijn.

Hij zat te lezen in Vicky's oude kamer. Ons huis was niet zo groot dat er een studeerkamer voor hem was. Vicky's bureau was groot genoeg om dienst te doen, en de rondslingerende tienerattributen leken hem niet te storen.

Ik klopte, hoewel de deur open was. Hij keek niet op.

'Meneer Coldwell?'

'Huh?' Hij keek om. Zijn bril stond op het puntje van zijn neus. Hij was van het type dat zich geregeld zo diep concentreert dat zijn haar ervan in de war raakt.

'Ik heb wat voor u.' Ik liep naar het bureau en zette de foto er voorzichtig op neer.

Hij zat daar en staarde ernaar.

Toen mompelde hij: 'Wel, wel … Dat is onverwacht, kun je wel zeggen … Hoe heb je hem teruggekregen?'

'Met de post.'

'En je weet niet …?' Hij maakte zijn zin niet af, maar trok zijn wenkbrauwen op in twee grote vraagtekens.

'Nee. Er was geen briefje. Het pakje is verstuurd in Kentucky, maar ik ken niemand in Kentucky.'

Ik klonk vast heel erg bitter en neerslachtig, want hij zei met een troostende stem: 'O, het doet er niet toe, het voornaamste is dat ik hem terug heb. Laten we het als een mysterie beschouwen. De dief krijgt wroeging. Intrigerend, vind je niet?'

Ik zei niets.

Plots sprong hij op. 'Howie zal verrukt zijn. Ik ga hem meteen bellen. De arme man was er zo aangeslagen van, dat ik geen minuut langer moet wachten om hem het goeie nieuws te vertellen.'

Hij stommelde de kamer uit en gaf me in het voorbijgaan een schouderklopje.

Ik stond daar maar, en staarde naar Vicky's bureau. Tom Cruise keek tegenwoordig neer op dikke boeken vol bloemlezingen. Er leek iets ongemakkelijks in zijn verblindend witte glimlach te zijn geslopen.

Dus. Dat was dat. Er was nu niets meer dat mij en Dean verbond.

Kentucky. Ik had nooit gedacht aan Kentucky. Volop gras. Koeien en paarden. En Dean.

De rest van die week sloot ik mezelf op als een kluizenaar. De komst van het pakje zonder briefje erbij maakte me chagrijniger dan ooit. Ik had het zakje met de scrabbleblokjes terug in het gehavende pakje gestopt, het geheel op mijn kleerkast gesmeten, uit het zicht, en geprobeerd de hele zaak nu definitief te vergeten.

Op een dag, ergens in de late ochtend, nadat ik al langer dan een uur met mijn voeten op mijn bureau in het niets had zitten staren, onbeweeglijk terwijl de lange, luie middagen met Dean me bleven kwellen in mijn eenzaamheid, schoot er me iets te binnen.

Misschien had hij niet gewoon wat scrabbleletters in een zakje gegooid, die als zijn handtekening moesten fungeren. Misschien had hij op *mij* gerekend om er een woord mee te vormen.

Mijn ongelooflijke sloomheid vervloekend (ik weet het aan de halfbewuste staat waarin ik al een tijd verkeerde), greep ik een stoel. Ik ging erop staan en tastte naar het pakje dat al dagen in het stof op mijn kast lag. Ongeduldig rukte ik het zakje eruit, ik gooide mezelf op bed en legde zorgvuldig alle negen letters weer naast elkaar.

Y, E, S, D, A, R, O, R, N.

Het waren vast de letters van de naam van het dorp of de stad waar hij nu woonde. Als ik wat plausibele namen bijeen kon zoeken, dan kon ik morgen naar het postkantoor gaan en opzoeken welke stadjes, dorpen en gehuchten, alles wat groot genoeg was om een postcode te hebben, overeenkwamen met mijn anagrammen. Later zou ik zijn naam kunnen opzoeken in het telefoonregister.

Het was erg slim van hem. Hij had zijn naam of adres nergens op het pakje geschreven voor het geval ik hem wilde aangeven bij de politie, maar hij had het wel mogelijk gemaakt om hem op te sporen, als ik bereid was om wat geduld te hebben. En dan zou hij me alles uitleggen.

Mijn hart bonsde en mijn oren gonsden. IJverig begon ik woordcombinaties te vormen met de letters, en ik schreef neer wat ik gevonden had. Er zou een stadje kunnen zijn dat DARNORESY heette. Of een dorp met de naam SREARYDON. Dat klonk een tikkeltje Welsh, maar het was mogelijk. Er waren vreemdere namen dan dat. ADONSERRY. DONYSERRA.

Ik puzzelde en vloekte, en werd het zoeken uiteindelijk moe. Dit leidde nergens toe.

En toen zag ik het. RORYSDEAN veranderde in SORRY, DEAN.

Daar had je het. Een simpele boodschap, recht door zee, alles en niets verduidelijkend.

SORRY.

Duizelig van het ingespannen turen naar de letters ging ik mijn kamer uit. Ik moest naar buiten, het huis uit voor een tijdje.

Toen ik op de overloop stond, zag ik een groot hoofd vol blonde krullen, dat zwoegend de trap op kwam.

Ik kuchte nieuwsgierig. Het hoofd hoorde me en keek op.

Het was Vicky, met nieuw krullend en gebleekt haar. Ze worstelde met een grote koffer. Toen ze me zag staan, stopte ze. Ze balanceerde de koffer gevaarlijk op een trede, stak haar hand op en wees naar beneden. Ze begroette me niet, na al die maanden afwezigheid, maar grimaste half bevreesd, half verafschuwd, en vormde met haar lippen de woorden *wat gebeurt hier?*

Meneer Coldwell hing beneden aan de telefoon met Howie. Ze hadden de gewoonte elkaar elke dag even op te bellen, zodat ze, in de overtuiging dat de telefoon hardhorig maakte, met luide stem banaliteiten konden debiteren. Meneer Coldwell zei onder andere:

'Geweldig, Howie! Nee, ik heb het over Hannah. Kom vanavond gezellig iets drinken! Nee, ik ben bij haar thuis.'

Ondanks mijn depressie begon ik te grijnzen. Vicky stond op het punt een nare ontdekking te doen.

Ik hielp haar de koffer naar haar kamer te dragen. Ze smeet de deur dicht en viel er tegenaan, alsof ze wilde verhinderen dat er een kudde wilde zwijnen de kamer binnen drong.

'Wat is er hier aan de hand?' zei ze met een schrille stem. 'Wat doet Coldwell in ons huis?'

'Eh ...' Ik dacht nog even na over de meest delicate manier om haar het nieuws te melden. 'Eh ... hij en mam zijn speciale vrienden.'

Haar mond viel open. 'Wat bedoel je, speciale vrienden? Hebben ze allebei een handicap?'

'Nee.' Ik onderdrukte demonisch gelach. Dit was heerlijk. Ik bedankte God dat hij me nog één pleziertje gunde in deze vallei van tranen.

'Vrienden in de romantische zin van het woord. Meer als geliefden, zou je kunnen zeggen.'

Ze gaf een gilletje en sloeg haar hand voor haar mond. Haar ogen puilden uit van de horror en de schok. Toen vroeg ze, op een ontzette fluistertoon: 'Ze gaan met elkaar naar bed?'

'Als dat nog niet het geval is, dan zijn ze het zeker van plan,' zei ik vrolijk. 'Probeer aan het idee te wennen. Je haar zit leuk.'

'Vind jij dat normaal?' siste ze. 'Coldwell? Hij is een engerd!'

'Niet waar, hij is erg aardig, als je 'm beter leert kennen.'

Haar ogen flikkerden angstaanjagend. 'Hoe lang is dit al bezig?'

'Ik weet het niet, het is nog erg pril, hoor, misschien een week of twee. Ik heb de dagen niet zitten tellen.'

Mijn nonchalance met betrekking tot tijd leek haar eraan te herinneren dat ze nog een appeltje met me te schillen had.

'Waar ging dat allemaal over laatst aan de telefoon, toen je zei dat mam depressief was?'

Ik haalde mijn schouders op en probeerde onschuldig te kijken. 'Heb ik dan gezegd dat ze depressief was?'

'Ja! En je zei ook dat ik geen bal om jullie gaf.' Haar stem nam gevaarlijk in volume toe. 'Wel, hier ben ik! Denk je nog steeds dat het me niets kan schelen? Hè?'

Ik gaf geen antwoord. Ik moest me hard concentreren om niet te schuldbewust te lijken.

'Ik hoop dat je nu tevreden bent, jij dramatisch eikeltje! Ik kom hierheen gerend omdat je me ik-weet-niet-hoe ongerust hebt gemaakt, en wat tref ik aan? Die griezel van een leraar, kletsend aan *mijn* telefoon, in bed met *mijn* moeder!'

Terwijl ze zo aan het razen was, viel haar oog plots op meneer Coldwells boeken.

'Wat is dat? Heb je mijn kamer gebruikt?' Ze liep naar haar bureau, met de bedoeling een boek op te pakken, maar ze stopte halverwege en haar hand bleef trillend in de lucht hangen.

Geschokt fluisterde ze: 'Poe? Heeft hij hier –'

'Hij heeft geen studeerkamer.' Ik staarde naar mijn schoenen en zette me schrap.

'Hij heeft geen studeerkamer?! Zal ik je eens vertellen wat ík nu niet heb, door jouw schuld? Een vakantie in Florida met mijn vriendin Charlene!'

'Er zijn krokodillen in Florida,' zei ik kleintjes.

Haar ogen spoten vuur. 'Eruit. Nu!'

Meneer Coldwell zat op de veranda, ineengezakt op een stoel. Toen hij me hoorde, keek hij op.

'Kijk eens naar al die commotie daar.' Hij gebaarde naar het

huis van mevrouw Swansey. 'Je buurvrouw heeft gasten.'
Ik keek vluchtig en ongeïnteresseerd. Een paar mannen waren met dozen in de weer. Door het gebladerte kon ik niet zien wat voor dozen.
'Ik durf te wedden dat ze een nieuwe televisie heeft gekocht. Die ouwe van haar is om de haverklap kapot.'
Er viel een stilte.
Een paar ogenblikken later vroeg hij: 'Was dat niet je zus? Vicky?'
'Ja.' Ik glimlachte. Hij moest Vicky honderden keren gezien hebben op school. 'Ze is op haar kamer. Ik denk dat ze daar een poosje zal blijven, ze heeft een lange trip achter de rug en ik denk dat ze moe is.'
'Ik ga maar eens naar huis.' Hij probeerde luchtig te klinken, maar hij kon zijn weerzin niet verbergen. 'Ik moet de planten water geven. Wil je tegen je moeder zeggen dat ik haar vanavond wel es bel?'
'Tuurlijk. Vicky blijft niet lang. Dat doet ze nooit.'
Hij keek me niet aan, maar knikte heftig, alsof het allemaal wel goed zat.
'Ze heeft ruimte nodig, en veel mensen om zich heen met wie ze kan roddelen en bekvechten. Ik wil hier nu ook niet blijven. Kun je me een lift geven naar de stad?'
Zijn ogen stonden een beetje waterig toen hij me weer aankeek.
'Laten we meteen vertrekken en de hond meenemen.'
'Dank je wel.'
'Graag gedaan.'

Vicky zou maar een paar dagen blijven. Ze spendeerde een middag heftig fluisterend aan de telefoon, waardoor ze min of meer leek bij te komen, en boekte en passant een ticket naar Florida. De permanent ongelovige uitdrukking op haar gezicht ging evenwel niet weg, wat ze ook aan het doen was. Van haar kregen we te horen dat mevrouw Swansey aan het verhuizen was omdat ze na jaren trouw meespelen de loterij had gewonnen.

'Weten jullie dan *helemaal niets*?' riep Vicky uit, toen bleek dat we het nieuws nog niet hadden gehoord. 'Zijn jullie dan niet *geïnteresseerd*? De hele stad weet ervan.' Ze schudde meewarig haar hoofd. 'Trouwens, mevrouw Swansey is erg blij dat ze kan verhuizen, ze neemt een luxeflat dicht bij haar zoon. Ze zegt dat ze zich hier niet meer veilig voelt alleen. Dat verbaast me niks, ik zou me ook niet op m'n gemak voelen als ik naast *jullie* woonde.'

Ik liet meneer Coldwell stoppen aan de rand van de stad. Het was een mooie, warme middag en een hoop mensen waren aan de wandel, een hond aan het uitlaten of op zoek naar een ijsje. Ik liep in de massa, erg langzaam, en probeerde iedereen gade te slaan. Maar de mensen bewogen snel, sloegen hoeken om en staken de straat over, en ik werd er duizelig van.

Ik wilde gaan zitten.

Er was een klein park, met banken in een halve cirkel en een bushalte. Verschillende mensen zaten op de banken. Ze leken te zitten dutten in de warmte. Ze zaten met hun hoofd naar beneden, netjes op gelijke afstand van elkaar, als duiven op een richel.

Ik ging naast een man in een wit pak zitten. Van dichtbij zag ik dat het verfomfaaid was. Hij had een gevouwen krant op zijn schoot.

Ik hoorde een ver tromgeroffel. Mussen tjirpten onophoudelijk in de struiken. Het was het meest zomerse geluid dat ik kon bedenken.

Opeens werd ik erg moe. Ik deed mijn ogen dicht, en voelde me veilig met al die stadsgeluiden om me heen.

Een bus stopte bij de halte. Ik opende één oog, bang dat iedereen zou opstaan om naar de bus toe te lopen, maar niemand in de halve cirkel verroerde een vin. Misschien wachtten ze niet op de bus, maar waren ze hier gewoon komen zitten, net als ik.

Een groepje tienermeisjes liep voorbij. Ze liepen snel terwijl ze praatten en lachten. Geen enkele onder hen keek naar ons.

Mijn hoofd klaarde plots een beetje op, en in een flits begreep ik waarom mensen op straat wilden leven. Je kon nergens anders minder zichtbaar zijn. Als je de eenzaamheid zocht door de hele dag op je kamer te blijven, dan zou je nog minder het gevoel hebben alleen te zijn dan hier op straat, waar mensen er een erezaak van maakten om je niet aan te kijken.

De trommel werd luider. Het geluid kreeg plots gestalte. Het was meneer de superheld, de straatmuzikant met Caraïbische roots die elke lente opdook en bij het begin van de herfst weer verdween. Hij liep met zijn zelfgemaakte drum over het voetpad. Hij hield op met drummen, veegde het zweet van zijn gezicht en kwam dichterbij, op zoek naar wat schaduw.

Hij leek een beetje te hinken. Dat was me nooit eerder opgevallen.

Er was een lege plek in de halve cirkel, recht tegenover mijn plekje, en daar ging de superheld zitten. Hij zette zijn trommel neer tussen zijn benen, zuchtte en begon in zijn zakken naar iets te zoeken.

Mijn ogen vielen weer dicht, het was onmogelijk om ze open te houden. Ik luisterde naar de mussen. Een laag vliegend vliegtuig maakte een hoop lawaai, en een ogenblik lang hoorde ik niets anders. Toen het wegebde en verdween, klonk er een hoog, bijna jammerend geluid in de cirkel, eerst stil en daarna luider, rijzend en dalend, om uiteindelijk over te gaan in een melodie. Ik wist niet wat het was, dus opende ik mijn ogen.

Het was de superheld die zijn stem aan het smeren was voor een nieuw lied. Het was een lied dat hij zou zingen voor z'n eigen plezier, zoveel kon ik opmaken uit het feit dat hij nog steeds neerzat met zijn ogen half dicht. Hij zat daar in zichzelf gekeerd, sloeg imaginaire bladen vol noten en tekst om, testte het ritme, knipoogde naar de leden van zijn beroemde band. Het geluid in zijn keel werd intenser, verzamelde kracht, wachtte op het juiste moment.

De superheld keek op en staarde dromerig naar de straat. Alleen ik wist dat hij ergens anders was.

Toen begon hij te zingen, en de avondschemering viel over het stadje. Zijn woorden klonken droevig en teder, vol liefde en weemoed. Ze stegen op naar de bomen, ze doordrongen de zwoele lucht met verlangen en hartzeer. Het was de geest van een lied, veel te mooi om ergens in de echte wereld te weerklinken. Het was de muziek van een magische, afgelegen plek, zoals de top van een eiland bij zonsondergang.

'*Summertime*
And the livin' is easy,
Fish are jumpin'
And the cotton is high.'

Niemand bewoog, niemand zei iets. De man naast me in het witte pak begon zich koelte toe te wuiven met zijn krant.

Ondanks de warmte begon mijn vel te prikken van een plotse kou. Ik wreef in mijn ogen en ze brandden even, van het zout op mijn vingers.

Mijn hart sloeg te snel. Toen het lied uit was, stond ik op en deed ik alsof mijn bus was gearriveerd, maar niemand lette op me.

22

In een waas ging ik naar de bibliotheek. Zonder iemand aan te kijken liep ik het gebouw binnen, recht naar de trap, en ik daalde af naar -1, de non-fictieafdeling.

Er was niemand, voor zover ik kon zien, en het was er lekker koel. Om er zeker van te zijn dat ik niet gestoord zou worden, ging ik naar de hoek met de poëzie en de boeken in vreemde talen, en ik liet me tussen de rekken op de grond vallen. Ik ging plat op mijn rug liggen, mijn armen en benen gespreid als een zeester, en sloot mijn ogen.

Het gevoel van mijn lichaam dat op de harde, massieve vloer drukte, kalmeerde me. Met de boekenrekken, die aan beide kanten boven me uittorenden, voelde het net alsof ik op de bodem van een canyon lag.

Er heerste een vredige stilte op deze kelderverdieping, op een soort getik na, als van leidingen, en af en toe de echo van een verre stem.

Ik was het ondertussen gewend om na de middag te slapen, en ik voelde me zo uitgeput dat ik me meteen voelde wegzinken, daar op de vloer in de bibliotheek. De geluiden vermengden zich en veranderden, klonken stiller en luider, als golven die op het strand rolden. Mijn hoofd knikte naar één kant. Mijn ademhaling was oppervlakkig maar gelijkmatig. De boeken om me heen fluisterden, toen riepen ze –

'Mo?'

Een stem zei mijn naam. Ik fronste geërgerd en wilde dat hij zou ophouden, zodat ik opnieuw kon wegzinken in zoete bewusteloosheid.

'Mo? Is alles in orde?' Iemand knielde naast me. Ik kon een knie bij mijn zij voelen. Ik deed mijn ogen open.

Het bezorgde gezicht van Heinz verscheen boven me. Toen hij zag dat ik niet was flauwgevallen, maakte zijn bezorgdheid plaats voor een uitdrukking van diepe opluchting.

Ik zei niets. Ik keek gewoon naar hem. Misschien zou hij weer weggaan nu hij had vastgesteld dat ik oké was, en me alleen laten om van mijn vloer te genieten. Ik was zo moe.

'Kun je opstaan?' Er klonk weer ongerustheid in zijn stem, omdat ik zo inert bleef liggen.

Ik knikte, een beetje kwaad dit keer, maar bewoog verder niet. Waarom kon hij geen hint begrijpen?

'Heb je frisse lucht nodig?' drong hij aan.

Ik besloot het maar op te geven en opende mijn mond om te antwoorden. Mijn tong was droog en plakte aan mijn gehemelte. Mijn stem klonk dik en hees.

'Het is niks. Ik ben gewoon moe.'

Wat zielig. Wat deed Heinz eigenlijk in de bibliotheek?

Hij keek me aan alsof hij me niet helemaal geloofde. 'Je bent helemaal bleek. Ben je ziek geweest? Het is een tijdje geleden dat ik je heb gezien.'

'Nee. Moe.'

Ik sprak, maar tot hiertoe had ik niet bewogen. Ik had geduld. Vroeg of laat moest hij wel weggaan.

'Zal ik je iets brengen? Koffie? Water?'

Ik dacht even na. Als ik ja zei, dan zou hij weggaan en kon ik naar de lege vergaderzaal kruipen.

Maar hij zou me vinden. Bovendien, hij had alles toch al bedorven.

Ik deed een poging om mijn hoofd op te heffen. Tot mijn verbazing lukte het. Mijn spieren trokken samen, mijn gewrichten bleven op hun plaats. Algauw zat ik helemaal rechtop. Ik wiebelde met mijn voeten.

Mijn bloed begon – woesj – weer te stromen.

Ik giechelde.

Heinz keek me vreemd aan, maar zei niets.

'Misschien moet ik wat eten.' Ik glimlachte naar Heinz. Eigenlijk was hij de kwaadste niet.

Hij knikte me bemoedigend toe, en bloosde toen hij zei: 'Kom mee naar mijn huis. Mijn moeder kan iets voor je maken. Ik sta voor de bieb geparkeerd.'

Ik had echt honger. De gedachte aan de keuken van de Bubendorfs, geurig van de koffie en het lekkere eten, deed me duizelen. De glimlach van mevrouw Bubendorf. Ik zou niets hoeven uit te leggen.

'Oké. Bedankt.'

'Geweldig. Graag gedaan,' zei Heinz. Hij gaf me een hand en trok me omhoog.

'Er zit een vlek op je broek.'

Ik keek naar beneden. 'O? Ja.'

'Mijn moeder zal er wel raad mee weten.'

We stapten in de lift, die vreselijk traag was. Ik keek naar mezelf in de spiegel. Ik zag een niet zo frisse jongen met een holle blik. Verlegen keek ik weg.

'Bedankt, Heinz,' zei ik. 'Maar ik koop wel een nieuwe.'